Felder: Liebeszeichen und andere Dorfgeschichten
aus dem Bregenzerwald

Franz Michael Felder

Liebeszeichen

und andere Dorfgeschichten aus dem Bregenzerwald

Herausgegeben von Jelko Peters und Jürgen Thaler

Libelle

Liebeszeichen

Eine Erzählung aus dem Bregenzerwald

1.

Zwei Tage nach einem Oktobersturme, dessen Spuren noch ringsum in den herbstlich gelben Buchenwäldern zu sehen waren, saß auf der hinter Schwarzenberg über die Ach führenden *Bersbucher Brücke* ein schwarzlockiges Bürschchen und schaute hinab in die ungemessene Tiefe, aus der das Rauschen und Gurgeln der mit welken Blättern übersäten Ach sich nicht ohne einiges Grausen hören lässt. Immer weiter beugte sich der Waghals über die für weniger Herzhafte errichtete Seitenwand der Brücke hinaus und murmelte vor sich hin: »Wie das doch prächtig ist und großartig, über dem gähnenden Abgrunde auf der sicheren Brücke zu stehen als Herr über Leben und Tod; ein Sprung und – Hui!« –
Erschrick nur nicht, Leser! Denn unser Bürschchen denkt im Ernste gewiss ebenso wenig an dergleichen als das Vöglein, welches dort auf dem dünnen, halb entblättert über die Tiefe hinaushängenden Buchenaste sich stolz und sicher wiegt, bis ein heftiger Windstoß den Ast bewegt. Aber ein etwas wunderlicher Kauz ist der junge Mensch denn doch und scheint seine Freude zu haben am Durcheinanderwirbeln der Blätter, wie am Tosen und Brummen des Stromes, über dessen gelb glänzenden Grund sich grüne, blaue und schwarze Schlangen zu winden scheinen, während dort weiter drinnen in einem wohl kirchturmhoch mit Wasser gefüllten Becken sich das bisschen Abendröte spiegelt, welches ob der Brücke zwischen riesigen Tannen und starren, hoch aufragenden Felsenköpfen hereinglänzt. – Jetzt ist es windstill

geworden, und gleichmäßig brummt die Ach da unten, immer mehr und mehr nebelblauend, wo nicht ein Strahl der Abendröte in ihren Schoß fällt. Ungeduldig wartet das Bürschchen, bis der Tanz der Blätter wieder beginnt. Und da es ihm nicht gelingt, einen großen, starren Ast, der hart an ihm sich ausstreckt, mit dem kurzen Reisestock zu erlangen, um die letzten Blätter von demselben abzuschütteln, wird das hübsch gebundene Tagebuch aus der auf der Brücke liegenden Reisetasche gezogen. Der Verschwender reißt ein schneeweißes, noch unbeschriebenes Blatt heraus und lässt es in die Tiefe fliegen.

»Das muss entweder ein Papiermacher oder ein wahrer Bruder Liederlich oder ein rechter Dummian sein«, brummte ein Bäuerlein, welches eben, von dem über die Brückenwand Hinauslehnenden kaum bemerkt, darüberschritt und mit Missfallen seine Verschwendung ansah. Ganz unrecht konnte man dem Bäuerlein billigerweise nicht geben. Das Bürschchen konnte wirklich recht leichtsinnig sein und hätte vielleicht bald auch seinen, allerdings nicht mehr gerade neuen Hut dem Tagebuchblatt nachfliegen lassen, wenn ihm die Sache noch so viel Vergnügen wie anfangs gemacht hätte. Aber als es so dem Blatt nachstarrte, wie dasselbe flog und flog, von Klippe zu Klippe, nach rechts und links in die immer dunklere, grausame Tiefe, da fuhr ihm plötzlich ein ganz eigenes Zittern in die Glieder, und unfähig, länger hinabzusehen, schloss es die Augen und suchte sich an einem festen Gegenstande zu halten.

Sein Tagebuch abermals zur Hand nehmend, suchte dann der wieder sicherer Gewordene ein Plätzchen, wo es noch hell und bequem zum Sitzen war, und begann mit dem Stift, ungewöhnlich schnell zu schreiben. Wir dürfen ihm schon über die Schultern blicken und sehen, was aus den zierlichen Buchstaben werden wird; denn er hat es gar nicht ungern, wenn man sieht, dass er gewissenhaft sein Tagebuch führt, wie verstohlen er zuweilen auch damit tun mag.

»Also wieder im lieben alten Heimatsland und auch selbst noch immer der Alte! Droben auf dem Lorenaberg, wo der ganze Bregenzerwald fast zu übersehen war, mit den stillen Dörfern, mit den grasreichen Wiesen, den taubesäten Hügeln und den gesegneten Alpen; droben war es mir zu weit, zu mannigfaltig. Und hier in diesem furchtbaren Loch – würden viele sagen – hält ein Schauspiel mich schon länger als eine halbe Stunde fest. – Was ist schön und was ist uns zuwider? Wie viel lieblicher klingt doch das trauliche Du als das feine Sie. In Schwarzenberg hab ich dem ersten Bäuerlein, das mich wieder einmal mit Du anredete, meine letzte Zigarre geschenkt. Ich hätte es küssen mögen, das alte gute Männchen in Holzschuhen. Es lag etwas in dem breiten, sonnverbrannten Gesichte, was außer mir wohl kein Mensch auch nur ein wenig hübsch genannt hätte. Und doch! Was ist schön? Gewiss nur, was man vom Menschen als solchem erwartet; was auch der Blinde sehen, auch der Taube hören kann. Aber das und gerade das, würde man bei äußerlich schönen Menschen meistens umsonst suchen. Sie sind ja schon von Jugend auf zu sehr daran gewöhnt, durch ihr Erscheinen zu gewinnen, als dass sie daran denken dürften, es könne wohl auch ihnen noch etwas fehlen. Und wie sie sich gewöhnen, durch ihr Äußeres zu gelten, so veräußerlicht sich auch ihr ganzes Wesen. Inwendig sind sie, wie ihre Bewunderer, leer und hohl.« –

So würde wohl noch lange über innere und äußere Schönheit abgehandelt worden sein, wenn nicht die allmählich aus der Tiefe heraufsteigende Dunkelheit das Weiterschreiben unmöglich gemacht hätte. Das Bürschchen stand auf, steckte das Tagebuch ein, strich sich die langen Locken aus dem blassen, auch nicht gerade schönen, aber ausdrucksvollen Gesichte und hing sich das neben ihm liegende Ränzchen wieder um. »Also jetzt geht's wieder der Heimat zu«, jubelte der rasch Vorwärtsschreitende, während er seinen Reisestock im Kreise herumdrehte, dass es wie ein Spinnrad schnurrte. »Der Heimat, wo ich als unbedeutendes Kind spielte, wo ich so manchen unverdienten, aber im Grunde doch gut gemeinten Tadel hören musste. Grüß Gott, Du liebes Dörflein, für das ich nun als Lehrer wirken, für dessen Zukunft ich entscheidend werden kann! Aus dem unbeholfenen Träumer ist ein Mann geworden, dem ihr eure Kinder nun anvertrauen dürft, ohne Sorgen. Oh! wie will ich sie lehren und ziehen! Wie soll es schön sein in meinem Dörflein, wenn ihr mich nur zwanzig Jahre machen lasst!«

2.

Schnell und immer schneller schritt der junge Lehrer auf tannenüberhangenem Pfade am Felsen heimwärts. Es war weniger die Sorge, von der völligen Dunkelheit noch vor Erreichung eines Reisezieles überfallen zu werden, als Sehnsucht und freudige Erwartung, was ihn so rasch seinem nicht mehr allzu fernen Geburtsorte zutrieb. Von Ermüdung merkte er jetzt nichts mehr, obwohl er eines Ganges von Bregenz kam, wo er sich in letzter Zeit zu seinem *Berufe als Schullehrer* vorbereitet und auch die besten Zeugnisse erhalten hatte. Und nun ging es heim! Im fremden, langen Rock, den ausländischen Hut auf dem ein wenig stolz aufgerichteten Köpfchen, mit der schönen Zigarrenspitze in der glatten, weißen Hand und getragen von tausend schönen Plänen und Hoffnungen, die sich bald verwirklichen mussten. Jetzt war er da, der große Tag, auf den der Lehrer sich schon seit Monaten freute, dass er der ernsten, langweiligen Base in Bregenz draußen gewiss lange früher davongelaufen wäre, wenn er nur daheim bis zum Beginne der Schulzeit etwas anzufangen gewusst hätte. Man darf aber darum nicht glauben, dass er sich, wie das auch schon vorgekommen sein soll, nur aus Stolz, um unter den Bauern eine Rolle zu spielen, oder aus anderen ähnlichen Gründen dem Berufe des Lehrstandes widmete. Er war eben ein »guter Kopf« gewesen, der sich durchaus nicht bändigen ließ, und aus solchen – wird allgemein behauptet – gebe es entweder Studenten oder Lehrer oder Spitzbuben. Im Franzsepp nun – hatte es früher geheißen – stecke so etwas von allen dreien, doch werde dann am Ende der Lehrer wohl noch Meister werden und die anderen beiden, wenigstens so weit als unumgänglich nötig, zurückdrängen. Hatte er doch schon als Schulbub am liebsten den Lehrer gespielt, während andere Knaben sich weit lieber mit hölzernen Rossen und Kühen beschäftigten. Und Franzsepp wusste nicht nur gravitätisch mit Stock und Feder unter seinen Altersgenossen herumzugehen, »ruhig mit die Füß« oder »Händ auf der Bank« zu rufen und schallende Ohrfeigen auszuteilen, sondern er hatte auch eine ganz eigene, ungemein leicht fassliche Art, selbst nicht besonders gelehrigen Kindern alles, sogar die halbverhexte Sprachlehre, in kurzer Zeit ohne besondere Mühe beizubringen, sodass viele von ihm weit mehr als von ihrem damaligen Lehrer lernten. Das war übrigens auch gar bald geschehen und würde ihn anderwärts wohl nicht einmal besonders zu empfehlen imstande gewesen sein.

Als Sohn eines reichen Bauern, der noch für fünf andere Burschen zu sorgen hatte, war Christian vor zwölf Jahren in den Lehrstand hineingekommen, er wusste selbst kaum recht, wie es eigentlich zugegangen war, und ohne zu diesem wie zu einem anderen Berufe eine besondere Zu- oder Abneigung in sich zu empfinden. Der Vater, der eben wenigstens einen seiner Söhne von der lästigen *Rekrutenaushebung* freimachen wollte, hatte den Ältesten eine Zeit lang nach Bregenz geschickt, und als erster Gemeinderat stellte er den mit hübschen Taschentüchern und dem Anfang von einem Bärtchen zurückkommenden Christian der Gemeinde als künftigen Lehrer dar. So war der Christian Lehrer geworden und mehr als ein Jahrzehnt geblieben. Nun aber hätte er denn doch gern endlich das von den jüngeren Brüdern zum Teil schon verlassene Anwesen des Vaters übernehmen und sich einen eigenen Hausstand gründen mögen. Er war daher der Erste gewesen, welcher dem Franzsepp großmütig riet, ein Jahr oder so etwas nach Bregenz zu gehen und ihn dann von seinem Pöstlein zu verdrängen. Franzsepp hatte diesen Gedanken mit der ganzen Leidenschaftlichkeit seines Wesens erfasst. Er war gerade in den Jahren, wo er notwendig etwas anfangen musste, und noch war ihm nichts Klügeres, ja überhaupt nicht einmal etwas Kluges eingefallen. Den Beruf eines Lehrers aber hielt er viel zu hoch, als dass er hätte ahnen können, wie gern der Christian ihm seinen Platz abtreten würde. Nun war es natürlich, dass er seiner ältesten, und man darf sagen, einzigen Liebhaberei nachgab. Schon wenige Wochen später wanderte er nach Bregenz, wo er bei einer alten Base Kost und Wohnung frei erhielt. Nur wenige in der Gemeinde würden so bald aus den bisherigen Verhältnissen heraus gewesen sein als er. Seine Eltern ruhten schon seit Jahren auf dem Friedhofe, ihr kleines Anwesen hatte der *Vorsteher*, Franzsepps Vormund, gleich nach ihrem Tode verkauft, das einzige Kind für die Zinsen – also jedenfalls billiger, als andere das getan hätten – zu sich genommen und ihn gehalten wie ein eigenes Kind. Man hätte ihm wahrhaftig keinen bessern Platz wünschen können, wenn er nicht von dem in den talentvollen Burschen ein wenig vernarrten Vorsteher zu sehr verzogen worden wäre. Mochte er sich den Tag hindurch alles erlauben oder zu gar nichts aufgelegt sein, abends, wenn er dem etwas kurzsichtigen Mann aus einer Zeitung oder einem Buche vorlas, war er eben wieder der allerprächtigste Kerl weit und breit. Da sah ja der Vorsteher, dass er doch auch ruhig sitzen, auch ordentlich tun könne, denn nur so zuweilen einen Sprung oder sonst eine Unart konnte man billigerweise dem erst Neunjährigen nicht verargen. Das war ihm ja nur gesund; besonders im Sommer, wo er schon

des Vorstehers Schreiberei besorgen half, während draußen alles zum Hüpfen und Spielen einzuladen schien.
»Jugend muss hüpfen«, meinte der Vorsteher und sprach gegen andere beruhigend die Hoffnung aus, dass dem guten Jungen, der ja nur die für ihn sicher langweiligen Schreibstunden mit Gewalt wieder einbringen wolle, noch manches vergehen werde. Und das geschah früher, als er selbst es erwartete und wünschte. Franzsepp wurde von Jahr zu Jahr ernster. Unter seinen Altersgenossen wollte er eben nur noch Schule und Lehrer spielen. Er wurde daher nur von wenigen geliebt, wie viel Liebes und Gutes auch alle von ihm zu erzählen wussten. Nach dem Tode des Vorstehers wusste mit dem fast neunzehn Jahre alt gewordenen Burschen, der nur daheim im Schatten sitzen und schreiben oder lesen mochte, kein Mensch im Dorf etwas Vernünftiges anzufangen als – wie gesagt – der Klopfer. – So nannte man den Lehrer Christian wegen seiner Eigenheit, jeden seiner vielen *»Zörne«* auf dem Tische mit irgendetwas Erreichbarem auszuklopfen. Und noch nie war die Gemeinde dem Christian für etwas so dankbar wie für den Gedanken, statt seiner den Franzsepp in die Schule zu lassen. So ein Faulpelz liegt wie eine Last auf der Gemeinde, die gern auf ihre Angehörigen ein wenig stolz sein möchte. Es erleichtert daher alle ordentlich, wenn er sich zu regen beginnt, mag dann aus ihm werden, was will.
Bei der Base in Bregenz nun lag der Speck nicht mehr so dicht, und das Kanapee war nicht so weich wie beim guten, seligen Vorsteher. Auf Franzsepps Gemüt lastete bald etwas wie Heimweh. Aber er hatte ja keine Heimat mehr, und die wenigen, die sich noch um ihn kümmerten, weil sie ihn für etwas Rechtes hielten, sollten sich ja doch nicht getäuscht sehen in ihrer Gutherzigkeit. Es galt also jetzt, die Tage so fruchtbar als nur möglich für künftige Jahre zu machen. Dann und wann gab es doch eine freie Stunde, wo man sich zerstreuen und unterhalten konnte. Dabei erfuhr er denn,

dass es sich ganz gut mit allerlei Leuten leben lässt, wenn man nur für sie ein Herz und nicht zu viel Hochmut und Vorurteil mitbringt. Er selbst hätte nie geglaubt, dass er so gut mit Leuten aller Art auskommen, sich so angenehm mit ihnen unterhalten könne. So war ihm selbst das ernste Gesicht und der lange Rosenkranz der Base, wie alles andere, was ihn aus ihrem düsteren Hause trieb, eine Wohltat, für die er Gott nach und nach auch wirklich danken lernte. Seiner Selbstbespiegelungssucht diente noch das Tagebuch, welches er auf Anraten seiner Lehrer sorgfältig führte. So ist denn aus ihm der wunderliche Bursche geworden, den wir nun im halbdunklen Tale der Bregenzerach dem inneren Walde zuschreiten sehen.

Rötlich schimmernd und funkelnd winkt ihm dort südlich über die näheren Berge herüber die sagenumwobene »Kanisfluh« mit der versteinerten Geisterkirche. Jetzt glaubt er eine der wunderbaren Gestalten heraustreten zu sehen, mit denen früher seine Einbildung den stillen, ernsten Felsen belebte. Jetzt schon sieht er jene hart vor sich, die ihm die Schneehand entgegenstreckt, um ihn zu grüßen und in das vor ihm sich ausbreitende Heimatdorf einzuführen. Schon hört er das Schellengeläute der zum Brunnen getriebenen Kühe und des begleitenden Knechtes lustigen Johler, welcher – von der Feierabendglocke unterbrochen – zwischen den Bergen in eins mit den zum Gebete mahnenden Klängen zusammenzuschmelzen sucht. Und drinnen im Stall beim jungen, munteren Kälbchen stehen jetzt wohl die lieben Kinderlein und plaudern vom heiligen Klaus und wie ihnen etwa der neue Lehrer gefallen werde! Wohin will er?

Jetzt ist das Geläute erstillt. Droben, im nun ganz schwarzen Tannenwalde und gleich überall von Berg und Tal, von Fels und Wald wiedergegeben, hallt das Feierabendlied der armen *Holzhacker*, die schon von den Höhen aus den besorgten Ihrigen die glückliche Vollendung des harten Tagewerks und die baldige Heimkehr künden. Für nur kargen

Lohn müssen diese guten Leute eine harte, gefahrvolle Arbeit verrichten und sind doch so froh. Warum sollte es der Lehrer nicht sein, der noch viel Größeres als sie ohne Lebensgefahr vollbringen konnte? Im Dorfe angelangt, zieht er die Zigarrentasche heraus, aber sie ist leer und bleibt leer. »Ich Leichtsinn«, murmelte der Lehrer, »konnte ich mich wieder einmal dem Augenblick so hingeben, noch das allerletzte Stück an einen Fremden zu verschenken, und jetzt gäb' ich trotz meiner Geldnot einen halben Gulden, wenn ich ›eine dampfen‹ könnte beim Einzug in Jerusalem!«

3.

Es gibt wohl kaum einen angenehmeren Spaziergang als im Dunkel eines warmheiteren Herbstabends auf der stillen Gasse eines bekannten Dorfes. Aus jeder Wohnung schimmert ein Licht und winkt deinen Gedanken hinein in den Kreis, der um den großen, runden Tisch im Herrgottswinkel – mit dem kleinen Hausaltar hinter dem Glaskasten – sich bildete. Du kennst sie alle, mit ihren Freuden, Hoffnungen und Sorgen, und sie erzählen dir, bis ein anderes Licht dich wieder in einen anderen Kreis, zu anderen Hoffnungen und Sorgen hinzieht.

Dem jungen Lehrer waren die Verhältnisse derjenigen, zwischen deren Häusern er jetzt gegen die Dorfkirche hinaufschritt, umso weniger fremd geworden, weil sein noch immer nicht überwundenes Heimweh ihn mit unwiderstehlicher Gewalt zu jedem aus seinem Geburtsorte nach Bregenz Gekommenen hinzog, um gute und böse Neuigkeiten von daheim zu erfragen. Schon der Schein des ersten Lichtes hatte ihn aus dem Halbdunkel seiner Zukunftspläne in die einfache, doch ungemein schöne und kurzweilige Wirklichkeit geführt. Bald war er mit den an ihm vorüberziehenden alten Bekannten in so guter Unterhaltung, dass er beinahe erschrak, als er schon die alte Dorfkirche mit dem etwas baufälligen Turme ganz hart vor sich erblickte. War denn das Dörfchen wirklich nicht länger? Alle Häuser hatte er in Gedanken schon durchgeprüft! Nicht ein einziges fiel ihm noch ein, wie lang er sich auch besinnen mochte, während er seine Schritte mehr und mehr mäßigte. Sehr kleine und merkwürdig einfache Häuser; freilich aber in Wirklichkeit doch immerhin etwas größer, als er sich es in Bregenz draußen vorgestellt hatte. Nur mit dem Wirtshause »Zur Krone« ging es ihm wunderlich. Es war doch dieses hart neben der Kirche, mit der großmächtigen Holzlage vor der Stubenwand. Aber früher war dasselbe ihm weitaus als das stattlichste im ganzen Dorfe erschienen, und nie hätte Franzsepp geglaubt, dass es ihm einmal so erbärmlich und unbedeutend vorkommen würde.

Doch hier war kein Irrtum möglich. Zudem sah er jetzt des seligen Kronenwirtes schöne, aber stolze Philomena einem Gaste herausleuchten und hörte, wie sie dem ihr zugleich bittendes und befehlendes »Komm bald wieder« nachrief. Es war der Klopfer oder, wie der in diesem Augenblicke so dankbare Franzsepp sich geschwind im Stillen verbesserte, der gute Lehrer Christian, welcher so bedeutsam in sein Leben eingegriffen und für seine Zukunft entschieden hatte.

»Halt!«, rief er dem Herauseilenden zu.

»Was ist das?«, fragte Christian stehen bleibend.

»Gar nichts; darum eben können wir noch ganz gemütlich ein Glas Bier trinken, wenn du so gut sein und wieder hineingehen willst.«

»Mit Verlaub, mit wem? – Die Stimme ist mir ganz bekannt.«

»Mit dem Franzsepp.«

»Es hat ihrer sechzehn, drum hat man jedem einen Übernamen gegeben.«

»Nun, ich bin der Franzsepp von Bregenz.«

»Ah – der Lehrer?!«

»Natürlich – ja«, antwortete Franzsepp, und das »Ja« klang eigen feierlich, nachdem das »Natürlich« dem Ärger über Christians schlechtes Gehör ein wenig Luft gemacht hatte. Christian selbst, der oft Beneidete, war der Erste, welcher ihn Lehrer nannte. Franzsepp hatte das Gefühl, dass er ihm sein Lebtag dessen gedenken werde. »Ja, ja«, sagte Christian, sich vergnügt die Hände reibend. »Ich hätte daran denken sollen, dass du doch endlich bald kommen müsstest.«
Die beiden waren hart bei dem Hause zusammengetreten. Der Lehrer reichte dem guten Christian die schneeweiße Hand, die dieser so kräftig drückte, dass Franzsepp beinahe laut aufgeschrien hätte. Philomena kam mit dem Licht heraus, und nun wurde der Angekommene schweigend von oben bis unten gemustert. Des Mädchens Urteil verriet sich nur durch ein freundliches Lächeln und die beinahe dringende Einladung, doch gleich hinein in die Stube zu kommen. Christian aber erfasste nochmals die Hand seines Nachfolgers im Amte und sagte: »So – Gott Lob und Dank, nun bist du Lehrer, und das ein rechter!« Stolz und doch demütig schaute er den vor ihm stehenden Franzsepp, ohne seine Hand loszulassen, lange an. Das war sein Werk!
Kein Mensch in der Stube hätte den voran Eintretenden gleich erkannt in den fremden Kleidern, mit dem kleinen Hütchen in der weißen Hand, wenn Christian nicht gleich nachgerufen hätte, dass dies des Vorstehers verzogener Franzsepp sei, aus dem sich kein Mensch etwas Rechtes zu machen traute. Er aber habe dann das Bürschchen nach Bregenz gebracht, wo nun ein Mann aus ihm geworden sei, dass man weit gehen könne, bis noch so einer irgendwo zu finden. Franzsepp machte merkwürdig große Augen, als er sich so dem Doktor und den angesehensten Männern der Gemeinde vorgestellt sah. Diese aber standen auf, reichten ihm die Hände und luden zum Niedersitzen bei ihnen ein, während Philomena einen Strohstuhl aus dem Herrenstüble holte und zum Tisch stellte. Die Leute haben doch Art, obwohl sie mich

früher oft etwas unbillig behandelten, dachte Franzsepp. Warum aber überhaupt ihnen das nachtragen? Ich war damals eben noch nicht Lehrer.
Jetzt brachte das Brigittle, welches etwas jünger als Schwester Philomena und noch neben Franzsepp in der Werktagsschule gesessen war, das von Franzsepp zum guten Anfang verlangte gute Bier. In einem Deckelkrug wurde seine Halbe vor ihm hingestellt, wie sonst nur der Doktor und der Ortsvorsteher einen vor sich stehen hatten. Selbst der gute Klopf…, der Christian, bekam keinen Deckelkrug mehr. Ja, so ist die Welt! Alles wechselt, steigt und sinkt; kein Ansehen, gar nichts hat Bestand. Franzsepp sah den bisherigen Lehrer mitleidig an, als aber dieser sein einfaches Glas so ganz neidlos lächelnd nach Bregenzerwälder Art an seinen Deckelkrug stieß – ja, da wurde ihm ganz eigentümlich zumute und er verdemütigte sich vor Christian, welcher alles so männlich zu ertragen die Kraft hatte. Nein, er selbst wäre es wahrscheinlich nicht so leicht imstande gewesen. Franzsepp wurde sehr schweigsam. Die anderen aber begannen den Christian und Philomena zu necken. Nun würden in der Fastnacht denn doch einmal beide Zeit zum Heiraten bekommen. Die Philomena brauche nur noch Ja zu sagen, dann sei alles im Reinen.
»Die werden sich den Verlobungskuss wohl schon gegeben haben«, vermutete der Doktor.
»Nein, das nicht«, rief die bisher beinahe unbemerkt gebliebene Wirtin im Nebenzimmer und unter die halb offene Türe tretend, fuhr sie leidenschaftlich fort: »Noch heute tät ich mein Mädchen fortjagen – ohne Gnad und Barmherzigkeit, hinaus in die kohlschwarze Nacht, wenn sie mir solche Dummheiten, solche *Kesselflickermoden* machen wollte.«
»Aber Wirtin«, entgegnete der Doktor, »ein Kuss ist doch nur eine Liebesäußerung, ein ganz natürlicher Ausdruck von Liebe, die ja – Gott sei Dank – wie dem Kesselflicker so auch dem König und Kaiser das Leben erst recht schön macht.

Auch fromme Weiber wie ihr küssen die Kreuze, ihre Rosenkränze und Heiligenbilder und nennen das ein Liebeszeichen. Es ist schon einmal so, und ich finde, wie gesagt, nichts natürlicher als das.«
»Und ich«, eiferte die Wirtin, »finde nichts gemeiner, unsittlicher und verdächtiger. Mir sollte einmal einer so gekommen sein.«
»Wunderliche, verknöcherte Leute!«
»Gar nicht sauber, Herr Doktor«, sagte die Wirtin etwas bitter. »So wunderlich und verknöchert sind eben alle, welche noch auf Anstand und fromme Sitten halten.«
»Alle?«, fragte der Doktor und sah wie hilfesuchend jeden Anwesenden scharf an. Diese aber schauten mit etwas gezwungen scheinendem Ernste vor sich in das Glas oder nickten der Wirtin beifällig zu. Mancher mochte dem forschenden Blicke des Doktors zu entgehen wünschen; denn es gab doch solche, die dieser Streit wieder einmal recht lebhaft an schöne, nun längst entschwundene Stunden erinnert haben mochte. Aber es würde daheim bei dem seit damals »ernsthaft« gewordenen Weibe einen bösen Tag gegeben haben, wenn in Erfahrung gebracht worden, dass das Behagen, die Freude an so einer Erinnerung selbst nur durch das unbedeutendste Zeichen Ausdruck gefunden hätte. Der Doktor sah sich allein, auch der junge Lehrer, welcher ja seinen Hut jetzt immer nach dem Winde zu drehen hatte, schwieg. Aber wäre das nicht auch für ihn das Klügste gewesen? Er hätte vorher wissen können, wie es ihm gehen musste. Doch er fühlte sich den anderen immer so überlegen, dass er sich eben in jeden Streit mit ihnen einlassen zu dürfen glaubte. Nun aber sah er doch ein, dass es die höchste Zeit zum Rückzuge sei, wenn er nicht überall in üblen Ruf kommen wollte als »junger *Weltflügel*«, dem eine ordentliche Person sich nicht einmal ohne Sorgen anvertrauen dürfe. Wohl nur, um im neu belebten Gespräch unangenehme Erinnerungen dieser Art recht schnell wieder loszuwerden, murmelte er, sich

zum Lächeln zwingend: »Den Weibsbildern lässt sich so wenig etwas einreden als etwas abstreiten. Dies wollen wir uns merken, auf dass wir lange leben und es uns wohl ergehe auf Erden.«

Der Lehrer, an den diese Worte gerichtet waren, fuhr beinahe erschrocken auf. Während der Abhandlung über das Küssen waren seine Blicke von Philomenas lieblicher Gestalt derart gefangen, dass auch seinem Gehör die Unterredung zum großen Teil verloren ging. Das stolze Mädchen hatte ihn freundlich angeschaut und dabei die Kirschenlippen so eigen gespitzt, dass Franzsepp jetzt – den Worten des Doktors aufmerksam folgend, um das Gesagte in der nun folgenden Pause sich ergänzen und recht lebhaft ausmalen zu können – schon die Dummheit machen und dem Doktor beistimmen wollte, als dieser sich an ihn wendete und ihn wieder in die nüchterne, trockene Wirklichkeit zurückbrachte. Da stand die noch immer zürnende Wirtin mit in die Seite gestemmten Armen, dort das blasse Brigittle, dessen tiefer, fragender Blick die leichtsinnige Schwester bewachen zu wollen schien. Zwischen ihnen aber stand Philomena wie eine Rose zwischen Dornen, und um ihre Lippen schwebte ein Lächeln, dass Franzsepp von Herzen gern hätte der Christian sein mögen, wenn dieser auch keinen Deckelkrug vor sich auf dem Tisch hatte. Aber warum bekam Christian nicht auch einen, wenn derselbe wirklich etwas im Hause galt, und warum wurde er sichtlich von beiden Schwestern bevorzugt? Jetzt war eben er der Lehrer, nach dem Pfarrer und Vorsteher sozusagen der erste Mann in der Gemeinde. Vielleicht – doch nein, dem guten Christian sollte nicht durch einen so bösen Streich vergolten werden. War Philomena seine Geliebte, so sollte sie es ja bleiben, so lange – sie wollte. Aber auch dann durfte man mit ihr reden und kurzweilen, sooft es beiden Teilen gefiel. Was überhaupt ging ihn der alte Lehrer an? Vor allem hatte er denn doch für den neuen zu sorgen, um für ihn irgendwo im Dorfe ein anständiges

Quartier zu bekommen. Ein besseres freilich als hier würde wohl schwerlich irgendwo zu finden sein. Nahe bei der Schule, dem Pfarrhof und – Philomena. Dann jeden Abend ordentliche Gesellschaft und kurz alles ganz anders, viel, viel besser als drunten bei Base Ursula, die ihm auch unaufgefordert Aufnahme in ihrer baufälligen Hütte versprach; aber sicher nur darum, weil die Schlaue annahm, dass er gewiss nicht komme und sie sich daher ganz billig als dienstwillige Base zeigen könne.
Ja, ja! Die Ursula hätte ihn getrost einladen dürfen, denn bei ihr drunten war doch kein Platz mehr für ihn, nachdem er einmal etwas von der Welt gesehen und gehört hatte. Hier in der Krone war Leben und alles, was der Lehrer brauchte. Kam er aus der Schule, so konnte Philomena jedes Mal beim gemeinsamen Mahl erzählen, was vorging, während er sich von der Welt abschließen und zu Kindern einsperren musste. Abends, wenn niemand da war, las er der Philomena und dem Brigittle etwas recht Schönes vor. Waren dagegen Gäste da, so hatte er das Zeug, sie zu unterhalten und allenfalls auch zu bedienen, so gut wie irgendeiner. In einem Hause, wo so viel und vielerlei aus und ein ging, musste man jemanden wie ihn vortrefflich brauchen können, und es durfte getrost abgewartet werden, ob Philomena – der er ja wie ein Bruder werden musste – noch Lust habe, sich wieder an einen anderen zu gewöhnen.
Franzsepp war eben daran, sich seine Stellung in diesem Hause mit den allerschönsten Farben auszumalen, als der Doktor ihn spöttisch lächelnd fragte: »Und was sagt man denn in Bregenz draußen vom Küssen?«
»Anderes Land – anderer Brauch«, antwortete Franzsepp, dem Doktor innerlich von Herzen dankend, dass er ihn wieder an seine Pflichten gegen die Gesellschaft erinnert, welche er nun nicht mehr so vernachlässigen durfte, wenn er sich seine schöne Stellung wirklich erobern und erhalten wollte. Der Lehrer fing nun von Bregenz zu erzählen an und

kam unwillkürlich auf Personen und Verhältnisse zu sprechen, welche besonders die beiden Mädchen ungemein interessieren mussten. Den anderen Gästen freilich wurde dabei gar bald die Weile lang, und sie folgten dem Beispiele der Wirtin, welche dem Lehrer gähnend »Schlaf wohl« sagte und die Stube verließ.

4.

Aber wenn auch noch das Brigittle gegangen wäre, den Lehrer würde selbst das nicht besonders verlegen gemacht haben. Vor diesem wunderlichen Mädchen, welches ihn nur so ansah und dabei tat, als ob es nicht fünfe zählen könne, war ihm schon den Abend hindurch beinahe angst geworden. Wohl lag in ihrem Blicke nichts von der Strenge der alten Wirtin; aber dem Lehrer war derselbe doch zu ernst. Philomena wollte immer noch mehr von Bregenz hören. Brigittle dagegen gedachte der früheren Jahre, erzählte von Franzsepps Knabenstreichen und verriet dabei ein so gutes Gedächtnis, eine so feine Beobachtungsgabe, dass dem Lehrer manchmal ordentlich angst wurde. Zuweilen lachte er wohl auch überlaut mit, doch er musste sich dazu ein wenig zwingen, und sein Lachen klang nie so froh wie das des Mädchens, welches eine rechte Freude daran zu haben schien, ihn wieder einmal an seine früheren Tollheiten und seinen Knabenstolz zu erinnern. Wenn sie dann nebenbei behauptete, schon damals geahnt zu haben, dass noch einmal was Rechtes aus ihm werde, so wusste er erst nicht, wie das auszulegen und was für ein Gesicht hiebei zu machen sei. Lieber als den Reden des wunderbaren Mädchens glaubte er Philomenas Lächeln, welches ihm zu sagen schien: Sie ist noch ein Kind und kein Mensch braucht sich um sie zu kümmern. Und allerdings nur ein Kind konnte so sein wie sie. Die Ausgelassenheit selbst, wo andere gewiss verlegen geworden wären und dann doch wieder so ängstlich, so befangen und scheu. Das Mädchen schien dem nicht einmal um ein ganzes Jahr älteren Lehrer noch viel zu jung, um sich in ernste Unterhaltung mit ihm tiefer einzulassen. Dem Nämlichen, der heute schon so tiefe Gedanken über schöne Menschen in das Tagebuch schrieb, tat es jetzt ungemein wohl, als die wunderhübsche Philomena ihrer blassen Schwester zu verstehen gab, dass man sie hier genug gesehen und gehört hätte. »Das wird sich ja auch richten«, lächelte Franzsepp so auf den *Stockzähnen*. Doch sein Behagen währte nur, bis das Brigittle, schon unter der offenen Stubentür stehend, ihn und die Schwester ganz eigen ernst ansah, worauf sie ohne ein Wort des Abschiedes die Stube verließ. Nur Philomenas immer freundlicheres Lächeln gab dem Lehrer Mut und Selbstgefühl wieder.

Philomena hatte ihre Freude an dem lebhaften Burschen, der so hübsch zu erzählen verstand und dabei so viel Lebensart zeigte, dass das Mädchen meinte, er müsse jedenfalls mit sehr vornehmen, gebildeten Leuten Umgang gehabt haben, sodass die Unterhaltung mit ihm nicht nur angenehm, sondern zugleich auch eine große Ehre sei. Schon gleich nach seinem Kommen hatte sie in der Küche zur Mutter gesagt: »Es dürfe die ganze Gemeinde stolz sein auf diesen Mann.« Die Mutter aber, die außer der Wirtschaft sich sehr wenig zu kümmern pflegte, hatte nur gelächelt und gesagt: »Vorzeiten sei man der Meinung gewesen, man solle den Tag nicht vor dem Abend loben.« Ja, die Mutter war eben nur eine Bäuerin und hatte niemals in die Bücher und Zeitungen hineingesehen, welche auf Anraten eines *Weinreisenden*, der im Hause sehr viel galt, zur Unterhaltung der Gäste angeschafft wurden. Philomena dagegen hatte hineingesehen und sich sogar schon genug Bildung herausgenommen, um einen Mann wie den Lehrer gehörig schätzen zu können. Für die Mutter gab es keinen bedeutenderen Menschen als den Christian, und zwar nicht, weil er etwa Lehrer, sondern einzig, weil er ein reicher, kräftiger Bauer war und eine sehr angesehene Verwandtschaft hatte. Auch der Philomena war Christian keineswegs zuwider und wenn einmal geheiratet werden sollte, so musste es jedenfalls mit ihm sein, der sich von ihr so leicht wie sonst selten einer weisen und leiten ließ. Jetzt aber war sie noch nicht geneigt, ihr Pfund auf Christians Hof zu vergraben. Es sollte sich doch auch jemand mit ihr an dem erfreuen, was sie neben der Arbeit sich aus den Büchern und in dem Umgang mit vornehmen Leuten angeeignet, die im Sommer ihr Haus zu besuchen pflegten.

Während die beiden zerstreut über ziemlich gleichgültige Dinge plauderten, rückten sie sich immer näher. Der Lehrer erfasste bald des Mädchens weiche, warme Hand und überließ sich ganz dem bisher noch nicht gekannten Gefühle, einem so hübschen Kinde bei Weitem nicht gleichgültig zu sein. Philomena suchte lange nach dem rechten Worte, um das einzuleiten, was augenblicklich ihre wichtigste Angelegenheit war. Da sie es aber nicht fand, wurde sie ungeduldig und indem sie Franzseppens Hand plötzlich noch fester hielt, fragte sie ihn mit leiser Stimme: »Wo – bei wem willst du im Winter bleiben?«

»Wo man mich gern hat, wenn so ein Ort in unserem Dorfe zu finden ist.«

»Das wird leicht sein – ganz leicht«, sagte das Mädchen nach einer Pause, während der man die noch im Dorfe herumziehenden *Nachtbuben* jauchzen und singen hörte.

Für gewöhnlich würde der Lehrer schon in kürzerer Zeit auf andere Gedanken gekommen sein, sodass er die endlich folgende Antwort nicht mehr an das Frühere anzuknüpfen vermocht hätte. Jetzt aber war das glücklicherweise nicht der Fall, obwohl ihn der Lärm der Burschen auf der Gasse – die auch anderen keine Ruhe gönnten, keine noch beleuchtete Stube unbesehen und kein Pärchen unbelauscht ließen – zu-

erst beinahe zu einer Lobrede auf die strenge Polizei draußen in Bregenz begeisterte. Des Mädchens Antwort gab ihn ganz dem Augenblicke wieder, und herzhaft sagte er: »Am allerliebsten wäre und blieb ich gerade hier bei – euch im Wirtshaus. Philomena, das müsste schön werden und kurzweilig an den langen Winterabenden.«
»Ei ja«, rief das Mädchen mit funkelnden Augen. »Du tätest uns vorlesen und erzählen und erklären. Dann müssten wir nachher auch nicht mehr wie Stöcke dastehen vor vornehmen Leuten, welche etwas wissen und etwas können, und die guten Bauern sollten Augen machen über die Philomena, die sie bisher immer fast nur ausgelacht haben.«
»Tun sie das?«, fragte der Lehrer heftig. »Nun, bei mir und neben mir«, fuhr er dann nicht ohne Selbstgefühl fort, »soll das in Zukunft anders werden. Ich will mächtig eingreifen in das Leben dieser Leute, unter denen es für dich wohl recht hart zu leben war. Ich bedaure dich, dass du so hier schalten musstest, ganz allein und von keinem verstanden. Hättest du denn nie in die Welt hinausgehen mögen?«
»Nein, es wäre mir angst unter lauter vornehmen und gescheiten Leuten«, antwortete das Mädchen. »Etwas höher jedoch, als die meisten herum, wollte ich doch nicht ungern stehen.«
»Oh, du stehst hoch, unerreichbar hoch«, seufzte der Lehrer, welcher alle Mühe anwandte, um sich nicht einmal als Wirt und Philomena als – Frau Lehrerin zu denken. »Nun«, fuhr er nach einer Weile fort, während er des Mädchens weiche, warme Schneehand erfasste, »nichts auf der Welt tut solche Wunder wie Wissenschaft und Bildung. Schließlich muss diesen sich alles beugen. Das sei unter diesen ziemlich rohen Leuten mein und auch dein Trost. Denn freilich, so schnell wirst du bei ihresgleichen die Anerkennung, das Verständnis nicht finden, wie du es verdienst.«
»Aber fort möcht ich doch auch nicht«, sagte das Mädchen entschieden, ohne dass es dem Lehrer seine Hand entzog.

»Nein«, wiederholte es beinahe bittend, »fort möcht ich nicht, wie unnatürlich, ja wie roh mir auch das Fühlen und Empfinden dieser Bauern manches Mal vorkommt.«
Dem Lehrer war ganz eigen zumute. Er musste etwas sagen – gleich, ohne sich noch zu besinnen: »Wunderlich«, lachte er, »war mir doch in der Abhandlung über – der Streit war mir merkwürdig«, verbesserte er schnell, »wo die Mutter sich dem Doktor gegenüber gar so ereiferte.« Einigermaßen erschrocken, entzog das Mädchen dem Lehrer seine Hand und frug fast strenge: »Hatte die Mutter nicht recht?«
»Wie ist es denn dir vorgekommen?«
»Ich mag das dir nicht so heraussagen.«
»Darfst du nicht?«, fragte der Lehrer und fuhr dann, seine Frage bereuend und verwünschend, ohne dem Mädchen Zeit zur Antwort zu lassen, fort: »In der Welt draußen gewöhnt man sich, darüber viel freier zu denken und zu reden.«
»Ich weiß es und will es dir schon verzeihen; aber hier – hier ...«
»Wenn du so redest«, bemerkte der Lehrer nun auch streng, »dann freilich gehörst du mit Leib und Seele zu diesen Bauern und würdest schwerlich anderswo gut hinpassen.«
Das war ein Schlag, der schmerzlich traf. Die Wirkung war für den Lehrer eine vorteilhafte, wenn er das Mädchen demütigen wollte. Aber sein Herz war zu gut, um dieses zu wollen. Er war so unzufrieden mit sich selbst als das Mädchen. Beide plagten sich mit Vorwürfen, auf so Närrisches gekommen zu sein. Die Unterhaltung wurde immer trockener, und der Lehrer bemerkte endlich, dass es doch Zeit zum Schlafengehen sei, wenn man nicht noch von den im Dorfe herumschwärmenden Nachtbuben belauscht und schon morgen überall im Gerede sein wolle. Jetzt wurde Philomena gesprächig und erzählte einen Fall nach dem anderen, wo die Nachtbuben durch ihr Horchen und Plaudern öffentliche Meinung gemacht, ja sogar Ehen sowohl gestiftet

als verhindert hätten. Die beiden hatten das behagliche Gefühl, über eine böse Klippe glücklich wieder hinübergekommen zu sein. Jetzt erst tauten die Herzen recht auf; eine Stunde war verschwatzt, man merkte es gar nicht, und als schließlich der Lehrer etwas übermütig der peinlichen Zwischenpause gedachte, fügte er lächelnd bei: »Zum Abschied gibst du mir nun doch – oder nicht?«
»Ja – doch nur einen, um dich nicht zu erzürnen, denn ich hab dich gern. Im Ernste freilich täte ich es ums Leben nicht. Aber ich will dir zeigen, dass ich denn doch nicht gar – gar so verbregenzerwäldert bin.«
Und sie küssten sich. Dieser Fall kam unter dem Dache sicher noch niemals vor. War es ein Wunder, dass die Wände zu zittern, die Fenster zu klirren, der alte Tisch zu wackeln, alles ringsum zu baumeln und zu wanken begann? Das Mädchen schien zwar schon im Voraus auf schreckliche Dinge gefasst zu sein. Als nun aber ein Schlag in die Holzwand das im Herrgottswinkel aufgenagelte Kreuz auf den Tisch herunterstürzte, da flog sie mit dem Rufe »Jesus, die Nachtbuben!«, zuerst gegen das Schlafzimmer der Mutter, dann zurück in den Ofenwinkel. Der Lehrer aber löschte noch geschwinde das Licht, bevor er leise fluchend zur Türe hinausschlich.

5.

Das Licht auszulöschen war das Gefehlteste, und der Tumult nahm gleich darauf derart zu, dass der Lehrer die schon geöffnete Haustür wieder zuschlug und in der Stube etwas ruhigeres Wetter abzuwarten beschloss. Er dachte an die schrecklichen Schlägereien, die früher schon beim Vorsteher untersucht wurden, und es galt ihm für gewiss, dass Christian mit im Spiele sei, der sich wohl nicht jede Bevorzugung des neuen Lehrers so leicht wie die mit dem Deckelkruge gefallen ließ. Schon bei dessen erster Begrüßung hatte er dem Lehrer seine starke Faust so empfinden lassen, dass er einer noch leidenschaftlicheren womöglich aus dem Wege gehen wollte. Am sichersten blieb er während dieses Lärmens und Tobens hart hinter der geschlossenen Haustüre. Selbst in die Stube zu gehen war gefährlich, denn die rohen Burschen konnten ihn auch durch ein zerschlagenes Fenster hinausholen, wie es zu seiner Knabenzeit einigen aus der *Schweiz zurückgekommenen Arbeitern* geschah, die ebenfalls neue Moden ins Land zu bringen versucht hatten. Aber mochte kommen, was wollte, das Mädchen durfte er nicht sich selbst überlassen. Er musste sich als Mann zeigen, das war ihm klar. So tastete er im Dunkel nach der Stubentüre, die er bald fand und so leise als möglich zu öffnen versuchte. Doch kam er damit nicht weiter als zu der Überzeugung, dass Philomena die Tür von innen geschlossen, also durchaus nichts mehr mit ihm zu tun haben wolle. Gerade, wie wenn die dumme Geschichte sie mehr oder weniger anginge als ihn.

Der Lehrer dachte an Philomenas letzte Worte. Ihr war nach diesen es ja nicht ernst. Sie war eben ein hochmütiges, leichtsinniges Ding. Und er? Mit fest geballter Faust, die er sich oft wieder hart vor die Stirne hielt, blieb Franzsepp vor der geschlossenen Stubentüre stehen, bis es draußen wieder ruhig und stille geworden. Dann tappte er hinaus auf die Gasse, wie ein Schleichhändler über die Grenze, und eilte so schnell als möglich auf langen Um- und Abwegen dem Hause des seligen Altvorstehers zu. Durch eine ihm von früher her bekannte Spalte in der Stadelwand gelangte er glücklich auf den duftenden Heuboden, wo er sofort den schönen, langen Rock rücksichtslos zum Kopfkissen zusammenballte und sich dann tief in das Heu vergrub. Hier nun konnte er, wenn auch nicht ruhig, so doch sicher über die erzdumme Geschichte nachdenken. Bald verwünschte er die ungebildeten Burschen, die ihm alles verdarben, bald ärgerte er sich darüber, dass eigentlich gar nichts für ihn verdorben war, da ja das Mädchen, wie sie selbst sagte, ihm nicht »im Ernste« – nachgab, sondern nur, um zu zeigen, wie vorurteilsfrei, wie gebildet sie sei. Und er Tropf hatte sich so einer Laune überlassen und dabei noch Wunderdinge eingebildet. Er, der nun Führer, sozusagen der Apostel einer ganzen Gemeinde werden wollte, hatte derselben sich heute so erbärmlich vorgestellt, dass die ernsten Hausväter bedenklich werden mussten und sich vielleicht ernstlich fragten, was so ein Mensch die Kinder wohl lehren werde. Immer tiefer bohrte Franzsepp sich in die Heuhaufen hinein. Ach, er hätte sich in die Erde, ja bis in das Fegfeuer hinab verkriechen mögen vor Scham und Ärger über sich selbst. Dann weinte er bitterlich und erst nach Mitternacht konnte er schlafen, bis das Geräusch des beholzschuhten Hausknechtes ihn wieder erweckte.

Er tastete erschrocken herum und stieß den Kopf einige Male an die mächtigen Dachbalken, bis er sich wieder deutlich auf sein letztes Erlebnis besann. Dann kletterte er so geräuschlos als möglich die Leiter hinab in den dunklen Gang zwischen dem Wohnhaus und der Stallung und hielt es ordentlich für ein Glück, dass es ihm ganz unbemerkt in das Freie zu kommen gelang. Um die Küchentüre herumwendend, lockte lieblicher Kaffeegeruch den einer Erfrischung so Bedürftigen beinahe wieder zurück. Aber die Furcht, gefragt zu werden, wo er übernachtete, trieb ihn schließlich zum Dorfe hinaus und in den Wald, wo er eine geeignetere Stunde zum Eintritt in des Altvorstehers Wohnung abzuwarten gedachte. Doch er hatte sich selbst zu viel oder seinem Hunger zu wenig zugetraut. Schon während es zur Messe läutete, kam er wieder in das Dorf und suchte ein abgelegenes, etwas verrufenes Wirtshaus auf, wo er jede Frage grob abweisen durfte. Bis weit in den Vormittag blieb er da, trank zwei Schüsseln Kaffee und schritt dann langsam dem Hause des Altvorstehers zu.

Wie schön hatte er sich den ersten Spaziergang in seinem Dorfe noch gestern vorgestellt. Alle Kinder dachte er sich rechts und links am Wege. Die Väter unter den Türen und die Mütter, jede ihren Kleinsten zum Fenster hinaushaltend, der von ihm ja so viel zu erwarten hatte. Franzsepp war gerade nicht besonders vom Hochmutsteufel geplagt, aber als Lehrer durfte er denn doch auf ein freundliches Entgegenkommen rechnen, statt darauf, dass er von jedem angesehen werde, wie jemand seine Reisetasche ansieht, die er unverschlossen längere Zeit einen verdächtigen Menschen tragen ließ. Vielleicht war das nur seine Einbildung und die kalte Novemberluft konnte an allem schuld sein. Der neue Lehrer aber brachte die ihm begegnenden sauren und bitter lächelnden Gesichter mit dem gestrigen Abend in Zusammenhang und nicht ohne Zagen trat er in das Haus des guten, für ihn doch zu früh verstorbenen Altvorstehers, wo er dessen jüngste, vierzigjährige Schwester ganz allein in der Stube antraf. »Woher kommst du denn schon so früh oder bist du gar seit gestern schon da und hast dich nicht einmal geregt?«, fragte das liebe, gute Bäschen mit einer Herzlichkeit, die den Lehrer sonst recht glücklich gemacht hätte, während er jetzt nur noch mehr seine Fassung verlor.

»Ich bin im Wirtshaus gewesen«, stotterte er.

»Aber doch nicht in der Krone?«

Also auch die gute Base hatte wohl schon von der unseligen Geschichte des gestrigen Abends gehört.

»Gestern Abend«, sagte der Lehrer langsam, »kam ich allerdings hungrig und müde in der Krone an und habe dann vielleicht – wie das in diesem Zustande nur zu bald geschehen ist, etwas mehr getrunken, als mir gerade nötig und wohltätig sein mochte. Ich will es nicht leugnen, dass ich mich etwas närrisch aufführte. Da sind dann die Nachtbuben gekommen, und die und alles miteinander hat mich so geärgert, dass ich gleich fort und zu euch auf den Heustock ging.«

Es ist dem Lehrer zu verzeihen, wenn er heute einem unsichern, durch den schönen Deckelkrug herbeigeführten Zustande zuschrieb, was er sonst sich nicht zu erklären vermocht hätte. »Du hättest mich aber gleich wecken sollen«, tadelte die Bäuerin und setzte dann des Langen und Breiten auseinander, dass man ihm zu solcher Scheu unter diesem Dache noch sein Lebtag nie Veranlassung gegeben habe. »Aber«, unterbrach sie sich dann plötzlich, »ich Närrin schwätze da von der Gastfreundschaft unseres Hauses ein Langes und Großes, während du armes Tröpflein zuhören und hungern musst.« Und nun eilte die gute Margarethe in das Nebenzimmer, um zuerst in ihres Mannes Sonntagsweste einige Zigarren zu suchen, die der Lehrer verdampfen sollte, bis sie Besseres aufzutragen imstande war. Als sie endlich »Herrenprügel« und Zündhölzchen gefunden und vor ihm auf den Tisch gestellt hatte, sperrte sie die Stubentüre weit auf, um auch draußen in der Küche nebenbei noch eins plaudern zu können. Bald fing es auf dem Herde vor dem Stubenofen, links neben der offenen Türe, zu prasseln und zu brodeln an, sodass der Lehrer Margarethens zahllose Fragen kaum noch hören konnte. Liebliche Düfte durchzogen die geräumige Stube und begeisterten den guten Lehrer zu der lebhaftesten Schilderung einer bei der geizigen Base verlebten hungrigen Vergangenheit. Unterdessen wurde ein Berg von Kuchen, eine Familienschüssel voll Milch mit Zucker vor ihm aufgestellt und dabei auch noch von einem Braten und ganz weich gesottenem Obste geredet. Hier ist gut sein, dachte der Lehrer, während Margarethe ihn vor Erzählen kaum zum Essen und vor Essen kaum zum Reden kommen lassen wollte. Doch er begann nun immer mutiger von seiner Zukunft zu reden, besonders betonend, dass er sich zuerst um ein anständiges Kosthaus umsehen müsse.

»Und um eines, wo du es gut hast, dass du nicht am Ende noch gar krank wirst. Das bist du dir und ebenso auch der Gemeinde schuldig«, sagte Margarethe herzlich warm und bedauerte, dass es ihr nicht möglich sei, selbst für ihn zu tun, was für ihn getan werden müsse. »Mein Mann«, erzählte sie, »hat vor Kurzem ein größeres Anwesen gekauft. Das beziehen wir schon in den nächsten Tagen mit Rind und Kind, um dort das Heu zu verfüttern. So wird denn dieses Haus wenigstens den halben Winter geschlossen sein, da wir selbst am Sonntag nicht mehr in unsere, sondern in die Kirche des Dorfes gehen, zu dem dieser Hof gehört.« Selbst der im Lehrer auf diese Mitteilung erwachende Unmut wurde durch die herzgute Margarethe bald wieder zerstreut, und als ein ganz anderer Mann, der dem Lehrer von heute Morgen auch äußerlich kaum gleichsah, verließ er eine Stunde später das Haus. »Nun sollen sie mir nur kommen mit den vielsagenden Blicken«, murmelte er. Doch das Flüstern einiger Vorübergehender und endlich gar die Frage des Vorstehers, ob er auch wüsste, wo *Kussnacht* sei, brachten ihn wieder so um allen Mut, dass er in keinem angesehenen Hause mehr um Kost und Quartier zu fragen wagte, sondern sich demütig und ohne Besinnen auf den Kreuzweg vor dem Dorf zu Christinen, dem armen Bäschen, machte. »So ist es auf der Welt«, klagte er. »Ein dummer Streich nur und man kann jeden als nicht mit der Zeit fortgeschrittenen Tropf bedauern, der einem aus einem Winkel heraus noch ein freundliches Gesicht macht. Doch gerade in dieser Veränderlichkeit liegt auch der Trost, dass es bald wieder besser kommt. Sie sollen mich nur in ihre Schule lassen – dann werden sie noch ganz andere Augen machen.«

6.

Wohl noch zwanzigmal ärger als der Lehrer war Philomena über den plötzlichen Lärm der Burschen erschrocken. Und doch war der erste Schrecken nicht so furchtbar wie nachher der Gedanke an Christian und die strenge Mutter, an den morgigen Tag und die ganze Zukunft. Hatte sie doch so dumm, so schlecht gehandelt, dass sie nicht einmal sich entschuldigen konnte, sondern immer wieder die bittersten Vorwürfe machen musste. Hätte sie gewusst, dass er noch draußen vor der Stubentür stand, sie wäre hinaus und würde mit ihm aufbegehrt haben, wie er noch sein Lebtag es nie erlebte. Aber sie wähnte den Erbärmlichen schon längst fort. Er konnte ja, wie ein Dieb, das Licht löschen, davonschleichen und sie allein der Schande, den Vorwürfen der Ihrigen und all dem Unheil überlassen, das aus einer verwünschten Minute entstand. Er konnte gehen in seiner aus der verderbten Welt hereingebrachten Frechheit, konnte sich senkelaufrecht, mit zur Seite gestrichenem Haare, vor die Leute hinstellen. Denn er hatte sie nur zum Besten gehabt und durfte sich freuen an der dummen Geschichte. Sie aber fühlte, dass sie nicht einmal der Mutter davon werde erzählen können. Nur dem Pfarrer wollte sie sagen, wie der neue Lehrer durchaus nicht von dem Holze sei, aus welchem die Heiligen geschnitzt werden. Dann kam er gewiss bald fort, und sie brauchte nicht mehr, sooft Gott den Morgen anzündete, zu fürchten, dass sie irgendwo vor seinem durchdringenden Blicke erbeben müsse. Ja, so musste es werden. Durch diesen Entschluss etwas beruhigt, wagte sie endlich den Winkel zu verlassen und sich in ihre Kammer zu begeben. Recht still öffnete sie die Türen, huschte auf den Zehen hindurch und tat alles Mögliche, um ja von der Mutter nicht mehr gehört zu werden. Schon stand sie vor der Tür ihres Kämmerleins und glaubte sich glücklich entronnen, als die Mutter sie mit der allerunwilligsten Stimme an ihr Bett zurückrief und sie dort ausschalt. Und zwar noch ärger, als Philomena im ersten Zorne mit dem Lehrer aufzubegehren Lust hatte. Zitternd lehnte das Mädchen sich an die beinahe mannshohe Bettstelle, welche das halbe Zimmer einnahm, und wagte nicht ein Wörtlein zu erwidern. Die Mutter hatte ja ganz

recht und alle hatten recht, welche ihr von jeher nichts Gutes zutrauten und sie ein eitles, leichtsinniges Ding zu nennen pflegten.
Am folgenden Morgen war in der Krone schon in aller Frühe Feuer und Licht. Die Frage, was wohl »der und die«, besonders der sonst so gute, aber in gewissen Dingen sehr eigensinnige Christian sagen werde, wenn die Nachtbuben plaudern sollten, hatte weder die Wirtin noch Philomena schlafen lassen.
»Nun?«, fragte die Wirtin ihr hübsches Kind streng und doch etwas mitleidig, als es in die Stube trat: »Nun, was für ein Gesicht willst du ihm machen, wenn er kommt?«
»Ich denke ihm alles treulich zu erzählen«, antwortete Philomena leise.
»Damit würdest du närrisches, unerfahrenes Tröpfle dir es ganz verderben. Dann wird er dich gewiss nicht mehr haben wollen. Er soll uns aber bleiben, und darum muss die dumme Geschichte vertuscht, ausgeputzt und ein wenig lächerlich gemacht werden. Ich weiß nur nicht, wie das anzufangen ist.«
»Ich wohl!«
»Ei, wie denn?«
»Gar nicht«, antwortete das Mädchen entschieden und fuhr mit Wärme fort: »Christian ist ein herzensguter Kerl, mit dem sich ein Wort reden lässt. Auf ihn ist mehr zu geben als auf so einen jungen Weltflügel. Ach Gott! Dass ich seine Geradheit, seinen Biedersinn unterschätzen konnte! Nein, das darf nicht mehr geschehen. Er soll mich kennen, wie ich bin, und wenn er mich dann nicht mag …«
Die Mutter wollte etwas sagen, das mit einem Aber anfing, doch sie unterbrach sich, als hart vor der Tür schwere Tritte gehört wurden. Die Tür sprang einen Augenblick später auf, und der Lehrer Christian trat herein in den eng anliegenden Lederhosen, die der kurze Überzieher ganz unbedeckt ließ. Er war ordentlich gekämmt und aufgeputzt wie sonst selten

am Sonntage. Nur der großmächtige Hut fehlte und die hinten auf den Kopf gesteckte, langseidene Zipfelkappe baumelte bei jedem Tritt über den breiten Rücken hin und her. Ohne Gruß oder Anrede setzte er sich auf die Bank, welche wie in allen Bauernhäusern unter den kleinen Fenstern längs der glatten Holzwand hinlief, dass diese krachte und seufzte. Dann stemmte er die Ellbogen auf den Wirtstisch, wo auch noch des Lehrers Deckelkrug stand, stützte das Kinn auf die flachen Hände und sah zuerst die Mutter, dann die Tochter streng fragend an. Länger als eine Minute war es in der Stube so still, dass man des seligen Kronenwirtes goldene Taschenuhr an der hinteren Wand gehen hörte. Endlich fragte die Wirtin einigermaßen spitz: »Was willst du schon so früh?«

»Wollt Ihr nichts?«, fragte Christian zurück, und es war nicht möglich, von dem ruhigen, etwas strengen Ton dieser Frage auf sein Empfinden zu schließen.

Die Wirtin schwieg. Philomena seufzte.

»Wenn Ihr«, fuhr Christian langsam fort, »mir heute nichts zu sagen habt, dann« – seine Stimme begann leise zu beben – »dann hab ich genug gehört. Genug gehört und gesehen«, fuhr er plötzlich in ganz anderem Ton und mit einem Faustschlag auf den Tisch fort. »Wenn Ihr einen Narren zum Spielen wollt, so lasst Euch einen aus Holz machen, damit ihm nichts wehtut. Mir war's mit Philomena heiliger Ernst; aber darum kann und will ich mir so etwas beim Herrgott nicht gefallen lassen.«

Die letzten Worte begleitete ein mächtiger Faustschlag auf den Tisch, sodass Philomena erschrocken zusammenfuhr, obwohl sie sich an Ähnliches schon längst hatte gewöhnen müssen.

Er ist trotz alledem doch wirklich ein herzguter Kerl, und der Anfang klingt nicht halb so schlimm, als man hat fürchten müssen, dachte die Wirtin.

»Was ist denn geschehen?«, fragte sie.

»Ich habe es mit Philomena zu tun«, antwortete Christian. »Die weiß alles ganz gut. Ich habe genug an dem, was ich sah mit diesen meinen Augen und du kannst genug bekommen an dem, was du noch hören wirst. Könnte ich mir das Mädchen nur aus dem Sinn schlagen, dann käm ich gewiss nie mehr in diese Stube. Aber immer treibt es mich: die und nur die. Bei anderen dagegen ist mir nichts recht und nichts gut genug. Sie, die Hexe, hält es mit mir schon anders. Das tut mir so weh. Aber doch möchte ich ihr gewiss und wahrhaftig keine Nacht wünschen, wie ich soeben eine erlebt. Zuerst wohl! Ja, da hab ich es ihr gegönnt, dass ihre Schande in das Dorf und in die Nacht hinausgeschrien und gesungen würde in Liedlein, welche die Burschen schon unter dem Horchen erdichteten. Doch dann ist mir in den Sinn gekommen: Vielleicht geht es ihr wie mir bei anderen Mädchen. An dem müsste ich freilich unschuldig leiden und tragen jahrelang. Auch ihr darf ich darum nicht böse sein. Aber Leute, man mag sich so etwas sagen, solang man will, man wird nur billiger gegen andere, aber noch nicht ruhig und man ist keinen Augenblick sicher, ob es nicht wieder von Neuem losbricht. Jetzt will ich Gewissheit. Ich kann die Nacht nicht mehr erwarten, darum kam ich schon am Morgen und frage dich mit heiligem Ernste und auf dein Gewissen: Bin ich dir lieb und recht und willst du mich oder nicht? Willst du mich, so ist's gut und du kannst bleiben, wo du willst und solang du magst. Denn ich glaube dir und habe dir dann nichts zu sagen als ›Vergelt's Gott‹, und ... solche Dummheiten mit neuen Lehrern kann ich noch viel weniger leiden als nach dem, was gestern an diesem Tische geredet wurde, deine Mutter. – Willst du mich aber nicht, magst du mich nicht, so habe ich es immerhin um dich verdient, dass du mir das offen sagst, bevor Alte und Junge mit mir ihren Spaß treiben dürfen.«

Philomena in ihrem Ofenwinkel wurde ganz eigen wohl und weh. Große, warme Tropfen rannen aus ihren schönen

Augen über die Hand, welche sie auf die stürmisch wogende Brust gelegt hatte. Wie war er so gut, so bieder, der Christian! Und sie, das Unglückskind, hatte ihm eine so wichtige Stunde wegnehmen können, für den grünen, selbstsüchtigen Weltflügel! War aber Franzsepp etwas Besseres, so musste er sie heute selbst verachten, dass seine glatten Worte ihr so zu Kopfe gestiegen. Christian schmeichelte nicht, der redete die Sprache des Herzens, die schönste, wahrste, der man trauen durfte. Oh! Gott Lob und Dank! Sie hatte das edle Herz noch nicht verloren, dessen sie sich so unwert gemacht. Noch konnte sie so viel Treue, so viel Liebe und Nachsicht verdienen. Und ja, das wollte sie. – Das und nichts anderes mehr, solange sie lebte. Ohne der stark sich besinnenden Mutter noch Zeit zu einer wohlberechneten Antwort zu lassen, flog das Mädchen dem Christian an den Hals und jubelte: »Oh! Christian! Ich will vom Herzen gern alles, was du willst und was dich freut. Ich habe es nicht verdient, dass du so bist. Aber verzeihe mir, ich habe auch nie geglaubt, dass du so sein kannst!«

Und das Mädchen verbarg ihr schönes Gesicht an der Brust des Überglücklichen, der plötzlich alles um sich her vergaß. Ach, sie hätte ihn – küssen mögen, wenn sie nicht gefürchtet hätte, ihn damit wieder zu erinnern, woran er sein Lebtag nicht mehr erinnert werden sollte. – Christian wusste nicht, wie ihm war, als Philomenas Atem ihn anwehte. Zitternd saß er da und war nicht imstande, auch nur durch ein Wort auszudrücken, was er fühlte. Und doch drängte es ihn, zu sagen, wie gern, wie ganz er dem guten, lieben Kinde alles, alles vergebe, da er doch nur dadurch so unaussprechlich glücklich wurde. Einem langen, innigen Blick in des Mädchens seelenvolles Auge folgte wirklich und wahrhaftig – ein herzhafter Kuss. Erst spät im Vormittag ging Christian heim. Der heutige Tag war für ihn ein wahrer Festtag. Keine Arbeit rührte er an, und erst gegen Abend, als es Zeit war für den Stall, wurden die in der traurigsten Stimmung angelegten besseren Kleider wieder fröhlich mit den alten vertauscht. – Wie viel hatte sich seit damals doch verändert!

7.

Zwei Menschen hängen oft an einem Ereignisse wie zwei Waagschalen, deren eine nur steigt, wenn die andere niedergedrückt wird. – Noch gestern war Franzsepp so sicher und selbstbewusst aufgetreten gegenüber dem demütigen Christian, der nicht einmal mehr einen Deckelkrug erhielt. Heute, während der Letztere jauchzend und singend in sein Kämmerlein eilte, um sich umzukleiden, schlich der neue Lehrer traurig in dem kaum drei Manneslängen hohen, dunklen, baufälligen Häuschen der Base herum. Er suchte einige Gegenstände, welche allenfalls geeignet wären, in dem engen, nur durch ein papierbeklebtes Fensterlein erhellten Zimmerchen einen Stuhl und einen Tisch einigermaßen zu ersetzen: Ein trauriger, kalter Winter schien ihn in dieser düsteren Behausung zu erwarten. Und doch war er noch viel zu sehr mit dem Allernächsten beschäftigt, um nur die Hälfte von dem zu ahnen oder sich wenigstens lebhaft vorzustellen, was jeder Dorfschullehrer mit Bestimmtheit erwarten muss und was besonders ihm noch bevorstand. So sah er erst in den folgenden Tagen das unfreundliche Gesicht seiner sparsamen Base, welche nicht erwartet haben mochte, dass er ihre Einladung so ernsthaft nehmen und sich wirklich bei ihr einquartieren werde. Bis zu dem Tage, an welchem die *Werktagsschule* begann, kam er sich gerade wie das fünfte Rad am Wagen vor. Das Ausgehen war ihm durch die Spottreden der Begegnenden, welche ihn den Mädchenhelden nannten, bald verleidet. Daheim aber, wo er nichts zu tun und nur wenig zu lesen hatte, war es zum Sterben langweilig, wenn man auch das immer gleich starre Gesicht der Base nicht zu den Herrlichkeiten dieses Hauses zählte. Er hatte sich es schön ausgemalt, wie er jeden Posttag zu Pfarrer und Vorsteher stiefeln werde, um über die Weltereignisse zu reden und die neuesten Zeitungen mitzunehmen. Jetzt aber, da ihn alles wie einen Übeltäter ansah und er zuletzt selbst kaum wusste, wofür er sich halten sollte, hatte er dazu alle Lust verloren. Erst einen Tag *vor Martini* machte er dem Pfarrer den ersten Besuch, da er sich diesem doch nicht erst morgen in der Schule vorstellen konnte.

Mit klopfendem Herzen stieg er langsam die weiße, hölzerne Stiege hinauf, klopfte so leise, dass er das erste Mal gar nicht gehört wurde, und war dann auf das Angenehmste überrascht, sich von dem ehrwürdigen Greis mit solcher Freundlichkeit empfangen zu sehen. – Der hat gottlob noch nichts gehört, dachte er anfangs, fing aber stark zu zweifeln an, als der Pfarrer ihm sagte, wie er nicht nur in der Schule ein tüchtiger Lehrer sein, sondern sich überall als Mann geben müsse, damit er auch bei den Eltern das Vertrauen nicht verliere, ohne welches der beste Lehrer nichts auszurichten vermöge. Während im Gegenteil selbst ein schlechterer beinahe Wunder wirken könne, wenn nur die ganze Gemeinde auf seiner Seite sei. Beim Heimgehen trug Franzsepp sein Köpfchen wieder einmal höher.

Mit leichterem Herzen reichte er am anderen Tag in der Schulstube, die gerade so hoch war, dass er aufrecht stehen konnte, jedem der eintretenden Kinder die Hand zum Gruße, was diesen allerdings ausländisch vorkommen mochte. Hier war nun seine Welt. Da wollte er wirken, wollte mit den Kindern nach der Zeit auch die Alten wieder gewinnen, wie es der Pfarrer gesagt, um auf diese Weise immer Größeres zu erreichen. Er gehörte jetzt ganz der Gemeinde, ganz den ihm anvertrauten schuldlosen Wesen an. Dieser Gedanke hob ihn über alles hinaus, was sich zwischen ihn und die anderen gelegt hatte. Anfangs ging auch alles so vortrefflich, dass es sich der Lehrer nicht besser hätte vorstellen und wünschen können. Die Scheu der Kinder vor dem Fremden war bald überwunden, und mit der Zuneigung kam natürlich auch die Lust zum Lernen, sodass Franzsepp nicht mehr künstlich die Wärme erhalten musste, die bereits ein Schüler dem anderen mitzuteilen begann. Wenn er nur die Kinder Tag und Nacht hätte in der Schule oder doch von den Eltern fernhalten können, dass diese nie von seiner neuen Schulordnung, von seiner Art, mit Kindern umzugehen und ihre Sprache zu reden, erfahren hätten. Das eben vermochte Franzsepp nicht zu ändern, wie viele Verdrießlichkeiten ihm aus dem Dareinreden der Eltern auch erwuchsen. Mit Hülfe des fleißigen Pfarrers, der nicht aus Volkstümlichkeitssucht, sondern recht von Herzen Kinderfreund war, hatte früher Christian die Schule in so ziemlich gutem Stand erhalten. Dennoch fand Franzsepp manchen Übelstand zu bekämpfen und musste manche Neuerung einführen. Wer aber das will und anstrebt, der soll in seiner Gemeinde fester Wurzel gefasst haben, als es bei unserem Lehrer der Fall war. »Unsere Kinder«, hieß es, »brauchen nicht so neumodisch zu werden wie der Lehrer. Katechismus und Rechnen, das hält warm und hilft durch die Welt. Das Übrige – nun – mag recht sein, aber im besten Fall ist es wie ein goldener Fingerring, nicht für die Bauern, und wird weggelegt oder verloren, wenn man arbeiten muss.« Nur zu oft hatte Franzsepp Gelegenheit, den nachteiligen Einfluss solcher Reden zu bemerken. Einmal, als er den Kindern sagte, er denke nun, ihnen einiges aus der Geschichte vorzutragen, bemerkte ein Schüler ganz trocken: »Mein Vater hat gesagt: Am Ende werde er uns auch noch das Küssen lehren.«

Der erschrockene Lehrer sah sich ängstlich um und suchte aus jedem Gesicht die Wirkung dieser Worte zu lesen. Er atmete leicht auf, da er nirgends ein rechtes Verständnis zu bemerken meinte. Doch wagte er nicht, ein Wort an den vorlauten Schwätzer zu richten, um jedes Aufsehen zu vermeiden und ja nicht merken zu lassen, wie viel Pein ihm diese Rede erregt.

Etwa drei Wochen später wurde aus *Schmids biblischer Geschichte* für Kinder vorgelesen: »Sei gegrüßt, sagte Judas, und küsste ihn.« »Der hat es auch wie unser Lehrer gehalten«, bemerkte der nämliche Junge, und alle Kinder fingen an, überlaut zu lachen. Was war zu tun? Franzsepp wusste sich weder zu raten noch zu helfen. Und doch hatte er nicht den Mut, dem Einzigen, der da mächtig einzuschreiten imstande gewesen, nämlich dem alten Pfarrer, den ganzen Hergang zu erzählen. Der »prächtige Einfall« des Knaben wurde im ganzen Dorfe herumerzählt und belacht. Nun wollte jeder Junge noch Witzigeres zutage fördern, um doch auch einmal so berühmt zu werden. Der Lehrer aber, der die Lacher und die Ernsten sich gegenübersah, durfte nicht dreinschlagen, ja sich nicht einmal anmerken lassen, was in seinem Innern sich immer mächtiger zu regen begann. Starr und stumm stand er da, während es in ihm kochte und gärte. Und nur am harten Brot des Bäschens durfte er seinen Ärger auslassen. –

So ging es mitten in den Fasching hinein. An Christians Hochzeitstag aber – ja, da musste er doch einmal ein bisschen zeigen, wie ihm eigentlich bei dem Spaße zumute war. Als Lehrer wurde er eingeladen, am Schlusse des Hochzeitsmahls die Fest- oder *Abdankungsrede* zu halten. Er hatte auch wirklich zu diesem Zwecke eine schöne, lange Abhandlung über die Ehe geschrieben, aber er brachte es nicht über sich, unter so frohe und glückliche Menschen zu gehen und sich da vielleicht manche Neckerei gefallen zu lassen. Ja, er blieb daheim und bat sogar das Bäschen, die Haustüre zu schließen, da doch heute kein Mensch mehr komme. Christian wartete mit Sehnsucht auf seinen Schützling, da bis zur Abdankungsrede alle Anwesenden auf seine Rechnung es sich recht herzlich gut gehen ließen. Als nun endlich der anwesende Pfarrer eine kurze Rede halten musste, schrieben die meisten das Ausbleiben des Lehrers seiner Eifersucht und dem Ärger zu, dass es ihm nicht gelang, dem guten Christian seine Philomena wegzuküssen. So erfuhr denn auch der Pfarrer, was ihm Franzsepp nicht zu sagen gewagt und was man ihm bisher umso weniger mitteilte, weil doch niemand dem Lehrer schaden mochte. Die ganze Geschichte wurde jetzt von vielen nur für einen Spaß gehalten, da sie ihre Folgen nicht zu übersehen vermochten. Man beschäftigte sich nun mit der Frage, wohin den Lehrer seine Eifersucht getrieben habe. Doch kein Mensch vermutete, dass er daheim im geschlossenen Hause seiner Base sitze und mit dieser den beinahe endlosen Abendrosenkranz durchbete. Er wusste wirklich nichts mit sich und seiner Zeit anzufangen; daher tat er, was wenigstens dem Bäschen Freude machte, ihm selbst aber heute keine große Selbstüberwindung kostete. Wohl hätte er sich eine bessere Unterhaltung gewünscht, aber wo sollte er sie finden? Auf der Gasse mochte er sich durchaus nicht sehen lassen. Auch war der Abend kalt, und ein Haus, wo er sich behaglich fühlte, gab es für ihn nicht mehr. Sogar des seligen Vorstehers Schwester, die Margarethe, war gegen ihn und sagte ihm schon vor längerer Zeit ziemlich deutlich, er brauche nicht mehr zu kommen und sie zu ärgern mit dem Gedanken, was er jetzt sei und was er hätte werden können. – Und an dem allem war eigentlich jener Kuss schuld. Allzu empfindlich gegen den Spott, den er nun einmal hervorgerufen hatte, war er immer auf Gehässigkeiten gefasst und sah selbst darin Beleidigung und Hohn, was nur der Ausdruck einer derben Gutmütigkeit und Geradheit war. Nachdem er sich aber den Leuten gegenüber dachte, fing er mit ihnen zu rechten an, wobei ihn sein Trotz und seine Selbstliebe auf einen Posten stellten, von dem aus er den Bauern unmöglich die Hand zur Versöhnung reichen konnte. War doch nach seiner Ansicht mehr das harte, verknöcherte Wesen der Leute als sein Fehler die Schuld, dass er in so übeln Ruf kam oder wenigstens das Vertrauen der Gemeindeangehörigen verloren hatte. Aber brauchte er mit dem, was er war und konnte, sich auch um das Urteil dieser so tief unter ihm stehenden Tröpfe zu kümmern? »Nein, nicht im Geringsten«, sagte er sich hundertmal und würde sich damit auch beruhigt haben, wenn nicht die Liebe zu seinem Berufe und der Wunsch, als Lehrer Tüchtiges auszurichten, ihm seine Lage und seine Stellung der Gemeinde gegenüber immer unerträglicher gemacht hätte. Und wer immer in seine Nähe kam, musste seine üble Laune empfinden, selbst das gute Brigittle, welches den so traurig herumschleichenden Lehrer herzlich zu bemitleiden schien. Er wollte aber nicht bemitleidet sein. Daher mied er jetzt das Mädchen, dessen Umgang er zuerst Philomena zum Trotze gesucht hatte, und weil das Mädchen, dem er anfangs die allerdings hübschere Schwester vorzog, immer mehr sein Herz gewann. Er hatte ein Gefühl, als ob er dem guten Kinde an jenem Abende sehr unrecht getan, obwohl er doch nur die Philomena in einen etwas übeln Ruf gebracht hatte. Dieses unbestimmte Gefühl zog ihn bald zu dem zartfühlenden Brigittle, bald hielt es ihn zurück. Je nachdem seine üble Laune ihn weich machte, wie zuweilen, wenn er das wunderbare Kind auf dem Kirchweg suchte und antraf, oder trotzig und bitter, wie heute, wo er jeden vom Wirtshause zu seinem Neste herüberhallenden Jauchzer wie einen Stich in das Herz empfand, wechselte sein Verhalten. –

Nachdem endlich die Base das letzte Vaterunser gebetet und das letzte Kreuz gemacht hatte, hielt sie ihm eine lange Lobrede, dass er an einem so unruhigen Abende tugendlich daheimbleibe und ihr den Rosenkranz beten helfe. Sie habe es doch endlich von Gott und seiner heiligen Mutter erbetet, dass der böse Weltgeist aus ihm zu fahren beginne. Es wisse kein Mensch, was ohne ihr Gebet aus ihm geworden wäre. – »Weiß aber jemand, was in diesem Käfig noch aus mir werden wird?«, fragte der Lehrer.

»Im Winter kannst du natürlich lehren. Im Sommer aber, wo andere deines Standes als Maurer, als Tagelöhner oder mit der Heugabel ihr Brot verdienen, ja – da weiß ich freilich noch nicht, was du Verwöhnter anfangen sollst. Bei mir bleiben kannst du schon um das Kostgeld, denn du gefällst mir weit besser als in den ersten Wochen.«

Den Lehrer berührte es doppelt unangenehm, jetzt auf solche Weise an seine Zukunft erinnert zu werden. – »Du kannst mir also auch nicht sagen, was hier aus mir wird?«, fragte er beinahe spöttisch.

»Einen Alpknecht gibst du nicht. Vielleicht kannst du ein bisschen heuen, nebenbei dem jetzigen Vorsteher den Schreiber machen; dazu magst ein wenig fischen in der Ach für den Kronenwirt und den Pfarrer und zwischendurch Vergnügungsreisenden den Führer abgeben. So ein studierter Lehrer kann …«

»Zum Narren werden, wenn es ein bisschen lang so währt«, sagte Franzsepp und verließ dann, ohne dem erstaunten Bäschen »Gut Nacht!« oder »Gelobt sei Jesus Christus!« zu sagen, mit hastigen Schritten die Stube.

Das also war seine Zukunft! Sozusagen mit einem Striche hatte die Base sie gemalt. Und wie grob, wie sorglos ihm das Bild auch vorkam, seine Einbildung vermochte darin wenig zu ändern und nichts zu verbessern. Ja, so war sein Sommer, und dann kam wieder ein Schulwinter, der nach dem natürlichen Lauf der Dinge noch schlimmer werden musste als der jetzige. Oh wäre ich um Gottes willen nie Lehrer geworden!, klagte er. Der Knecht, der Taglöhner hat nur einen Meister, den Mesner kann man das ganze Jahr brauchen und er ist dennoch zuweilen sein eigener Herr. Unsereiner aber hängt immer in der Luft, ist nie frei und hat gar nichts, wenn einmal die Liebe zur Sache dahin ist. Da klimpert nichts und übertäubt die Klagen des Geplagten. Dagegen erfasst etwa ein Maurer mit schwielenbedeckter Hand im Herbst den vollen Beutel und wirft ihn auf den Tisch oder an die Wand. Wäre ich ein Maurer, dass ich doch gleich fort könnte. Oh! Wie wollte ich die Steine klopfen und alles verschwitzen! Aber auch ich bin ja durchaus nicht angebunden wie der Christian, der, weil er sich von der Rekrutenaushebung freimachte, nun durchaus herhalten muss, wenn die Gemeinde will, tröstete Franzsepp sich wieder und erschrak dann selbst beinahe über den in ihm erwachenden Gedanken. Angebunden war er freilich nicht; aber – nein, nein. Alle Schulkinder standen vor ihm und schrien Nein. Auch manchen vernünftigen Mann in der Gemeinde glaubte er zu sehen und zu hören, der ihm zuredete, doch einer Laune nicht sein ganzes, schönes, für die Gemeinde gewiss segensreiches Wirken zu opfern. Freilich waren das Gestalten einer aufgeregten Einbildung, keine Wesen der wirklichen Welt. Aber unser Lehrer ist nicht der Erste und auch nicht der Letzte, welcher sich leichter von diesem als von jenem getrennt hätte. »Nein, ich kann nicht gehen«, rief er, »und doch«, fügte er wieder seufzend bei. Er wachte die ganze Nacht und hörte das Jauchzen der heimkehrenden Hochzeitsgäste. Jeden Glockenschlag zählte er und wusste doch nie, wie lang die Nacht noch währen werde, bis endlich die grelle Stimme der Base zum Morgenessen rief.

In der Schule sagte er sich heute, dass es denn so lange nicht mehr fortgehen könne. In den letzten drei Monaten hatte er – alles zusammengenommen – nicht so viel Trotz und Spott erleben müssen als in diesen drei Stunden. Krampfhaft ballte sich seine Faust in der Tasche, denn er wagte doch nicht dreinzuschlagen, und als er endlich alle Herrschaft über sich selbst zu verlieren fürchtete, schickte er die Kinder plötzlich heim, obwohl es noch eine Stunde Zeit zum Mittagessen war. Nun kam der Pfarrer zu ihm und fragte fast rau, was es denn heute Wichtigeres für ihn gebe als die Erfüllung seines Berufes, dass er sich so mir nichts, dir nichts Feierabend mache.

»Oh! Herr Pfarrer«, jammerte Franzsepp.

»Sie können unmöglich noch Lehrer sein. Sie dürfen nicht mehr.«

Das war nicht zu bestreiten. Franzsepp stand so ziemlich gefasst vor dem Pfarrer, dessen entschiedenes Wort nun auf einmal allen seinen Kämpfen und Zweifeln ein Ende machte. Auch ihm war der Beruf des Lehrers ein so wichtiger, heiliger, dass er dem Pfarrer innerlich recht geben musste.
»Schon im letzten Herbst«, fuhr der Pfarrer, den blass und stumm vor ihm dastehenden Lehrer mitleidig anblickend, milder fort, »schon im Herbst habe ich Ihnen an das Herz gelegt: Sie dürfen nicht bloß die Schule für Ihren Wirkungskreis halten. Pfarrer und Lehrer müssen vor allem imponieren. Mir war schon damals bange um Sie, denn ich hielt Sie zu sehr für ein Kind des Augenblicks. Aber wie leichtsinnig, wie frech Sie das streng sittliche Gefühl des Volkes verletzen konnten, habe ich leider erst gestern erfahren. Jetzt ist es aus für so einen, und ich werde bis zum Schluss der Schule noch genug zu wehren und zu tun haben, dass nicht alles aus Rand und Band geht.«
Franzsepp zitterte am ganzen Leibe. Es wurde ihm heiß und kalt, aber schließlich ging er doch mit leichterem Herzen heim als manchen Tag vorher.

8.

Was dem Emporklimmenden als Handhabe dient und ihn sicher und fest hält, das kann brechen unter der Last des Stürzenden und seinen Fall noch gefährlicher machen. Was Franzsepp seit seiner Ankunft als Lehrer tat, hätte genügt, ihn zum beliebtesten Menschen zu machen, wenn er nur nicht anfangs den Gegnern jeder Neuerung und allen, die ihn sonst nicht recht leiden konnten, sich gleichsam in die Hände gegeben hätte. Zuerst waren es die Verwandten des Christian, welche ohne dessen Wissen und Wollen dem Lehrer zu schaden suchten. Dann wurde auch durch Franzsepps

Freunde manches verdorben, indem diese, da sie das Küssen nicht zu entschuldigen vermochten, den aus dem Neste getriebenen Christian lächerlich zu machen gesucht hatten. So wurde das Geschwätz von der Sache so laut, dass das Echo davon bald auch in die Schule dringen musste, wo es täglich größeres Unheil anrichtete. Der Pfarrer hatte daher ganz recht, als er sagte, dass Franzsepp unter solchen Umständen als Lehrer geradezu unmöglich werde. Das sah kein Mensch so gut ein als Franzsepp selbst. Musste er doch vom Herzen froh sein, dass der ehrwürdige, allgemein beliebte Pfarrer ihm die Kinder auf die Prüfung vorbereiten half. Nach Schluss der Schule sah Franzsepp sich wieder auf der weiten Gasse. Aber das tat ihm unvergleichlich weniger weh als früher das Bewusstsein, auf einem so wichtigen Posten zu sein und denselben doch nicht gehörig versehen zu können. Jetzt musste etwas anderes angefangen werden, um in den besten Jahren wenigstens ehrlich durchzukommen. Aber, wenn es irgend möglich war, nicht hier, wo zu den vielen über ihn bereits umlaufenden Nachrichten noch die kam, dass er als Schullehrer zu nichts nutz sei und dass die Kinder seit Mannesgedenken nie so viele unanständige, ja selbst geradezu schändliche Reden aus der Schulstube mit heimgebracht hätten als eben diesen Winter. Daher sei vom Pfarrer und dem Schulaufseher für den nächsten Winter wieder mit dem Klopfer unterhandelt worden. »Es ist doch ein Elend«, wurde meist der Mitteilung dieser wirklichen Tatsachen beigefügt, »so eine Handwerksburschennatur in der Gemeinde zu haben und mitzahlen zu müssen!«

»Ihr sollt sie nicht mehr lange haben müssen, diese Natur«, rief Franzsepp, als er das an einem Sonntag beim Essen von seiner Base hörte. Er schrieb sofort an einen ehemaligen Schulgefährten nach Bern und ersuchte denselben, sich in der Gegend nach einem Platze für ihn umzusehen. Er glaube zu allem so gut der Mann zu sein als ein anderer Anfänger. Alles sei ihm erwünscht, wenn er nur so schnell als möglich fortkommen könne. Die Antwort ließ lange auf sich warten, und unterdessen wurde der Lärm von einem bevorstehenden *Kriege mit Italien* immer lauter. Schon hieß es, dass auf dem Gerichte den Burschen in Franzsepps Alter keine Pässe mehr gegeben würden, da man keinen Augenblick sicher sei, ob selbe nicht wieder zur Rekrutenaushebung aufgerufen werden müssten. Die in der Fremde Lebenden schrieben den Ihrigen, dass die Arbeit überall ausgehe, und Franzsepp durfte umso weniger noch auf ein Schreiben von Bern hoffen, da sogar solche kein Unterkommen mehr fanden, die ihre Lehrzeit schon überstanden hatten. So war denn der Sommer ziemlich dem ähnlich, was die Base an jenem Abend sagte, als Franzsepp ihr so ordentlich den Rosenkranz beten half. Zu verdienen war nicht viel, da jetzt um geringen Lohn viel kräftigere und geübtere Arbeiter gefunden wurden. Es war ein furchtbar langer Sommer für Franzsepp, und er hätte von Herzen gewünscht, sofort zum Losen aufgerufen zu werden. Nicht im Entferntesten dachte er daran, als Lehrer oder als einziger Sohn und Verwalter seines Vermögens um Befreiung von der Aushebung einzukommen. Es reifte vielmehr der Entschluss in ihm, für einen anderen einzustehen, wenn er so glücklich sein und sich beim Losen freispielen sollte. Schon jetzt fuhr ein etwas soldatischer Geist in ihn. Es kam ihm auf einmal recht erbärmlich vor, so bei der mürrischen Base zu sitzen, über die Welt oder sich selbst jammernd, am Hungertuche zu nagen, als ob man an Händen und Füßen gebunden sei. Einmal musste doch auch dieser verwünschte Sommer mit seinen vielen Hundstagen zu Ende sein, und er hatte ja noch Vermögen genug, um so ruhig als mancher Handwerker eine bessere Zukunft erwarten zu können.

Nun begehrte er mit seiner Base einmal recht mordsmäßig auf und sagte ihr: Er wisse schon, was sich für einen Menschen gehöre und sofort werde er ihr elendes Nest verlassen, wenn sie ihm nur Gesichter schneide und ihn für gutes Geld

nicht auch anständig halten könne. Und als dann die Base zu weinen und zu jammern begann, verließ er die düstere Stube. Eines Ganges eilte er in das Wirtshaus, in welchem er auch am Morgen nach seiner Ankunft einige Stunden verbracht hatte. Und von jenem Morgen an bis heute hatte er nicht so viel Schönes und Gutes gehört, als er nun in einer Viertelstunde zu hören bekam. Er nahm das auch lächelnd an, ohne sich zu fragen, wie, woher und warum das komme. Es tat ihm unaussprechlich wohl, doch wieder einmal etwas zu gelten. In gehobener Stimmung verließ er erst bei einbrechender Dunkelheit mit stolz aufgerichtetem Kopfe das etwas verrufene Haus. »Kronenwirtschaft hin und her«, lachte er. »Soll man daheim auf der Pritsche jammern, wenn es einem nicht gelingt, diesen und gerade diesen Berg zu erklimmen? In anderen Öfen wird auch Brot gebacken, sagt der Handwerker, und ich bin um nichts besser als er.«
Am folgenden Sonntage, gleich nach dem Nachmittagsgottesdienste, eilte Franzsepp wieder dem Wirtshause zu, wo er den kurzen, so fröhlichen Abend erlebt hatte. Heute kam er schon mit einigen Erwartungen, er hörte aber nur wieder die alten Schmeichelworte, die ihm jetzt »schrecklich albern« vorkamen und nur zu sehr die Gemeinheit eines Kreises verrieten, in den nur der Unmut ihn hatte treiben können. In der übelsten Stimmung verließ er heute schon nach einer Viertelstunde das Haus und eilte in die lang gemiedene Krone, wo er eine recht fröhliche Gesellschaft fand. Das Brigittle wurde eben ersucht, ein Lied mit der Zither zu begleiten. Die Wirtin aber wollte das durchaus nicht geschehen lassen, da es ja alle Hände voll zu tun gebe. – »Hier sind andere Hände, die zwar nicht so schön und kunstfertig für das Geschäft sind, aber so gut taugen wie die Hände des Mädchens«, rief der sich erhebende Lehrer, welcher Brigittles Spiel zu hören wünschte und auch dem von den Gästen immer beschäftigten Kinde etwas Ruhe von Herzen gönnte. Er freute sich schon, einer Gesellschaft, die er droben bei

den Schnäpslein des vorhin verlassenen Spinnwebenwirtes wieder achten und schätzen gelernt hatte, einen Dienst und eine Freude machen zu können. Viele lächelten ihm recht freundlich zu, einer aber rief: »Du musst nur nicht meinen, dass du dafür wieder einen Kuss erwischen kannst.«
Das war zu viel für den Lehrer.
»Ich meine nichts, als dass ihr grobe Klötze seid, mit denen sich gar nicht leben lässt«, rief er und verließ die Stube. Wäre der Lehrer noch geblieben, so würde er wohl eine ruhigere Nacht gehabt haben. Er würde es erlebt haben, dass schon die meisten den Spötter tadelten, bevor das Mädchen das Köpfchen stolz aufrichtend mit einer so klagenden Stimme, wie man sie gar nicht erwarten durfte, zu der Gesellschaft sagte: »Ich kann nicht mehr spielen, denn immer klänge mir ein Misston darein. Ich mag es aber auch nicht, da ich doch der Mutter helfen muss, nachdem ihr meinen Ersatzmann fortgetrieben habt.«
Der Lehrer suchte sich daheim sein Tagebuch, las das auf der Bersbucher Brücke Eingetragene wieder und schrieb dann auf das folgende Blatt, welches er leer gelassen hatte, um einmal sein erstes Erlebnis in der Heimat einzutragen: »Der ist auf dem Eise, welcher alles überwunden meint. Beweis hierfür ist eine Geschichte, deren ich an dieser Stelle stets gedenken werde, wenn ich auch nicht den Mut habe, sie herzuschreiben. ›Hübsche und gute Menschen‹, schrieb ich damals; Philomena und Brigittle würde ich heute den Gegensatz nennen. Aber wozu ein Tagebuch führen, wenn man dabei nicht auch klüger wird? Es ist wohl gut, dass die Klänge der Trommel bald das Geschwirre im Kopfe überdonnern. Bis dahin aber lebe wohl, nutzloses, altkluges Tagebuch!«

9.

Der Kriegslärm war wieder verhallt. Die Bauern lachten oder schimpften auf die verlogenen Zeitungsschreiber sowohl als über die, welche ihnen aufs Wort geglaubt hatten oder ferner noch glauben zu wollen schienen. Es sah schon ziemlich herbstlich aus; den Wäldern und den darüber stehenden Bergen hatte der September seinen Nebelschleier umgehängt. Aber obwohl es schon stark abwärts den langen *Kartoffelabenden* entgegenging, musste doch mancher die Seinigen noch verlassen, um in der Fremde wenigstens einige Wochenlöhne über das Reisegeld hinaus zu verdienen, für die lange Zeit des Winters, in der es für Maurer, Zimmerleute und Anstreicher so viel zu vertun und nur wenig einzubringen gab. Franzsepp konnte sich jetzt nicht mehr zum Fortgehen entschließen, obwohl er nun von Bern eine recht freundliche Einladung erhalten hatte. Sein Entschluss, Soldat zu werden, stand fest; daher mochte er jetzt nirgends mehr anbinden und besonders nicht als Lehrling sich noch die wenigen fernen Wochen bis zum Tage der schon angekündigten Rekrutenaushebung verderben. Von seiner Absicht hatte er noch keinem Menschen ein Wort gesagt als dem Pfarrer. Mit diesem schien er überhaupt trotz allem noch auf ziemlich gutem Fuße zu stehen; ein Umstand, der ihn wohl auch der Gemeinde wieder nähergebracht haben würde, wenn es jetzt dem Verbitterten darum zu tun gewesen wäre. Bei ihm aber stand es einmal fest, dass er hier das Wasser verschüttet habe, und sein Betragen sollte beweisen, es liege ihm nicht mehr viel daran, wenn jetzt auch noch der Krug zerschlagen werden sollte. – Die Base, die ihn für krank hielt und herzlich zu bedauern begann, ließ ihn jetzt ohne Tadel machen, was er wollte. Tagelang strich er in den Wäldern und auf den Bergen herum. Viele Alpknechte wollten ihn schon mit einem Gewehre gesehen haben; doch den Pächtern des Forstes schien er nicht gefährlich genug, um ihm besonders aufzupassen. Man ließ ihn ungestört gehen, bis der Winter ihn neuerdings in das enge Häuschen der Base einsperrte. Hier saß er nun, während Christian zu seinem großen Ärger wieder Schule halten musste, und vertrieb sich die Zeit bei den Büchern des Pfarrers, bis endlich nach dem Dreikönigsfest der sogenannte »Spieltag« bekannt gegeben wurde, an dem die Militärpflichtigen in Bezau zu erscheinen und die Losung auf dem Gerichte vorzunehmen hatten. Wäre Franzsepp öfter mit den übrigen Dorfbewohnern zusammengekommen und hätte er, statt ihnen mit einer den Tiefbeleidigten verratenden Scheu aus dem Wege zu gehen, sich nur ein wenig um sie und ihre Ansichten gekümmert, so würde ihm sicher nicht entgangen sein, dass man ihn allgemein wieder viel freundlicher ansah und dass mancher den Versuch machte, sich ihm trotz seines abstoßenden Wesens im Ernste wieder zu nähern. Zum Teil mochte dies dem Mitleid mit dem Verlassenen, dem Gefühle, ihm unrecht getan zu haben, und dem Einflusse des Pfarrers zugeschrieben werden, der sich so viel als möglich auf seine Seite stellte. Hauptsächlich aber kam das daher, weil man jetzt mit dem Klopfer bei Weitem nicht mehr so zufrieden war, als bevor man einen wirklich tüchtigen Lehrer in der Schule gehabt hatte. Erst jetzt erzählten die Kinder begeistert, wie ordentlich ihnen im letzten Winter alles gezeigt und erklärt worden sei, wie der damalige Lehrer sich immer bemühte, auch das Schwierigste leicht und fasslich zu machen. Franzsepp aber hörte von dem allem nichts und wollte nichts mehr hören. Er war in Gedanken schon Soldat, und dieses Dorf mit seinen närrischen, verknöcherten Bewohnern ging ihn so wenig etwas an als einen anderen, der aus der Welt hereinkam, um für sein Geld eine Zeit lang hier zu leben. Seinetwegen konnte der nun einmal entstandene Riss für immer offen bleiben.

Blass und ernst erschien er am Losungstage in der Krone, wo die Pflichtigen sich allmählich einfanden, um zusammen das Dorf zu verlassen. Hastig warf er den etwas abgetragenen Überrock in einen Winkel, ohne das beschädigte Futter den Blicken der Anwesenden zu verbergen. Düster blickte er vor sich auf den Boden, bis endlich der lang ersehnte Lehrer Christian kam, der auch mit nach Bezau wollte, um für seinen jüngsten, aber etwas unpässlichen Bruder das Los zu ziehen. Nun langten die Burschen, welche sich größtenteils ganz froh und sorglos stellten, um den Ihrigen weniger Angst zu machen, jauchzend und singend nach den Hüten, welche ihre Schwestern und Schätzchen ringsum mit Blumen und duftenden Rosmarinstauden bedeckt hatten. Franzsepp warf sich seinen Überrock um und setzte den seinerzeit neuen Hut auf, welchen ihm niemand auch nur mit einer Staude geschmückt hatte, und ging langsam hintennach. Er hatte von niemand einen Glückwunsch gehört, denn die Base schlief noch, als er ihr Haus verließ. Er war wohl der Unglücklichste unter allen, die jetzt so viel bedauert wurden. Losgerissen von der Vergangenheit, ging er gegenwärtig eigentlich ohne Wunsch und Ziel einer dunklen Zukunft entgegen. Die einzige Hoffnung war, die nächsten zehn Jahre seines Lebens recht teuer verkaufen zu können, da dieses Jahr mancher Reiche mitlosen musste, der im heißen Italien alle möglichen Fieber mit den Kaiserjägern zu erleben sicher keine Lust hatte. Es war also vielleicht noch ein gutes Geschäft mit sich zu machen, wenn er nicht selbst ein verspielendes Los zog, was allerdings auch leicht geschehen konnte. Dort vor dem kleinen Häuschen stand ein armes, über seine Jahre alt scheinendes Bäuerlein, umgeben von seinen Töchtern, und reichte dem Ältesten noch einmal die Rechte zum Abschied, während die Linke sich auf das feucht werdende Auge legte; die Brüder standen unter der offenen Stalltür und hatten ganz vergessen, dass es der einzigen Kuh zu kalt werden müsse. Die Mutter kam aus dem Häuschen, hing sich laut weinend an ihren Liebling und steckte ihm verstohlen ein kleines Büchlein in die Tasche. In dem Büchlein war sicher ein vierblättriger Klee. Denn der Glaube ist allgemein, dass ein solcher, dem Spielenden ohne sein Wissen zugesteckt, vor einem unglücklichen Lose bewahre. Und gewiss! Diese innige Liebe musste Gott wohl gefallen, so ein schönes Gemeinleben konnte er nicht zerstören lassen. Zu einer anderen Zeit hatte Franzsepp es nicht in Ordnung gefunden, dass bald hier, bald dort einem Scheidenden zugerufen wurde: Wer dürfe in der Messe und den ganzen lieben Tag zu Gott beten, dass doch er glücklich entrinne? Aber es waren doch herzensgute Menschen, die durch solche Wünsche ein inniges Zusammenleben, eine glückliche Vergangenheit vereinte. Freilich war auch Selbstsucht dabei. Allein, wenn man an die entsittlichenden Folgen des Spieles um Geld sich erinnerte, war es nicht mehr zu verwundern, dass auch das Spiel um das Blut, um die schönsten Lebensjahre, vielleicht auch um die Geliebte und die ganze Zukunft, so leicht erregbare Gemüter unbillig, die gleiche Lage der Nebenmenschen vergessen und sogar das Gebet um das Liebste auf der Welt etwas selbstsüchtig machen konnte. Alles bisher Gehoffte und Erstrebte wurde heute wieder ungewiss, und das Los entschied, ob sie noch länger der Heimat, den Ihrigen und dem frei gewählten Berufe angehören durften. Diese Stimmung Franzsepps bewies ziemlich bestimmt, dass er noch lange kein echter Soldat war. Gewiss wurde keinem von allen der Abschied vor dem so wichtigen Gange schwerer als ihm. Der Gedanke, dir schaut niemand besorgt nach, kein Mensch fürchtet, dich nur in des Kaisers Rock wiederzusehen, und kein Gebet wird für dich zum Himmel geschickt, verbitterte ihm diese Stunde.

Endlich zog man singend in Bezau ein. Franzsepp war der Einzige, welcher sich nicht zum Lustigsein zwingen mochte. Im Wirtshause, wo sogar Christian tolle Sprünge zu machen begann, saß er mäuschenstill bei seinem Bierglas, gedachte schmerzlich lächelnd des Deckelkruges in der Krone und war der Erste, welcher dem auf das Amt rufenden Gerichtsdiener hastig folgte. Jauchzend, die bekränzten Hüte schwenkend, bewegte sich der von Wirtshaus zu Wirtshaus wachsende Zug langsam dem Amtsgebäude zu. Hier wurde es plötzlich grabesstill. Ein eigenes Lächeln zuckte um den fest geschlossenen Mund des Lehrers, als er, während die Pflichtigen nach alphabetischer Ordnung heruntergelesen wurden, die Gesichter der bisher so Lustigen sich blässer und röter färben sah. Jetzt war er der Mann. Denn wenn er auch Nr. 1 zog, so verlor er nichts als die wenigen hundert Gulden, welche er als Stellvertreter eines anderen von diesem noch über die Summe hinaus erhalten hätte, die aus der freiwilligen »Anlage sämtlicher Pflichtiger zum Besten der sechs Verspielenden« zu erhalten waren.

Endlich war der Bezirksvorsteher mit dem Herunterlesen über das Z hinaus, und es wurde nun aus dem Buchstabentopf ein Buchstabe herausgezogen. – »B«, sagte der *Adjunkt* laut und feierlich.

»B, b, b, b«, hallte es lange und immer dumpfer im Kreise der Familienväter, Brüder und Schwestern der Aufgerufenen fort. – »Also die, welche Bär und Backel heißen, fangen an«, rief der Bezirksvorsteher. – Es wurde wieder ganz still, und B, b, b, b hörte man es auf dem Platze vor dem Amtsgebäude dumpf widerhallen. Die Burschen im Saale ordneten sich allmählich vom B, C, D bis zum A. Franzsepp Albrecht stand hinten im letzten Winkel. Doch war er groß genug, um auch von hinten aus über die Köpfe der anderen hinweg die Spielenden zu sehen. Es waren fast lauter schöne, kräftige Gestalten. Auf ihren Wangen blühte Gesundheit des Leibes und aus den Augen blitzte die der Seele. Und dem Lehrer tat es ordentlich wohl, sie so mutig vor den Bezirksvorsteher hintreten, so herzhaft in den vorgehaltenen Topf mit den in Spulen verborgenen Losen hineinlangen zu sehen. Nur wenige zuckten mit den Augen oder verzogen den Mund, wenn sie die Spule in die Hände des Beamten legten, der dann die Nummer mit einem eisernen Häkchen ruhig herauszog.

»Andreas Moosbrugger«, las der Adjunkt.

»Für den wäre ich da«, stotterte Christian, sich vordrängend. »Ich tät wohl zehnmal lieber für mich selbst eine Nummer ziehen als für ihn. Doch was sein soll, schickt sich von selbst und da kann niemand nebenaus.« – So viel hatte noch keiner der Spielenden geredet. Aber obwohl er mit diesen Worten sich und seinen Bruder dem Verhängnis unterwarf, wühlte er doch lange in den Spülchen herum, bis er endlich mit zitternder Hand eines nahm und in die Hände des Bezirksvorstehers legte.

»Nummer eins«, sagte dieser so trocken und gleichgültig als gewöhnlich.

»Da hat er's nun«, rief Christian, mit dem Fuße stampfend, und warf seinen Hut, das Einzige, was er gerade in der Hand hatte, so heftig auf den Boden, dass er nochmals aufflog. »Hat es doch schon lange, schon seit er unwohl ist, auf mir gelegen, dass es so gehen werde. Nun muss man noch gar einen Mann kaufen und nahezu tausend Gulden sind wieder hin.«

Jetzt brachen alle, selbst die Beamten, in schallendes Gelächter aus, sodass kein Mensch mehr verstand, was er noch aufbegehrte, während er mit dem zerknüllten Hute das Zimmer verließ. Franzsepp als der Letzte brauchte nicht mehr zu ziehen. Der Bezirksvorsteher gab ihm die Nummer 59 in die Hand. Noch war er also frei und gehörte sich selbst. Wenn auch sein Entschluss durch das Beispiel der mutigen Burschen nur fester geworden war, so tat ihm dies Gefühl doch wohl.

Als er zum Gerichtshause kam, sah er vor demselben einige Mädchen, welche Blumensträuße an damit noch nicht Versehene feilboten. – »Lieber Gott«, murmelte er, »die, welche diesen hier zu verdienen geben, sind doch noch schlimmer daran als ich. Der ungeschmückte Hut verrät den Verlassenen, der mit gekauften Blumen bedeckte würde den Verrückten bezeichnen.«

Jetzt aber drängte er sich mit den anderen zu einer hübschen

Blumenverkäuferin hin und lachte laut auf, sooft er von links oder rechts einen Rippenstoß erhielt. Auf wenigen lag jetzt, was vor einigen Stunden noch alle mitsammen trugen, aber auch diese wenigen dachten jetzt doch nicht an Vater und Mutter, nicht an die Zukunft. Gott hatte es nun einmal so gewollt, drum musste es doch wohl recht sein, wenn es auch der Mensch nicht einzusehen vermochte. In den Wirtshäusern ging es bald zu, wie wenn Kirchweih gewesen wäre. Da griff einer an seiner Ziehharmonika herum, als ob er gar nicht merkte, dass kein Mensch auf sein Spiel achtete. Dort hatten alle Anwesenden einer Gemeinde sich um den größten Tisch versammelt und begannen nun, die anderen zu necken, sodass es bald ernstlich Händel gegeben hätte, wenn nicht plötzlich durch allen Lärm hindurch etwas wie Tanzmusik zu hören gewesen wäre. Nun aber sprang mancher vom frisch gefüllten Glase weg, erfasste eine der anwesenden Blumenverkäuferinnen oder sah sich in der Küche um, ob nicht noch eine der Wäscherinnen zu entbehren sei, und eilte dem Tanzsaale zu. Dadurch wurden die Zurückbleibenden an ihre Schätzchen und an die besorgten Eigenen erinnert. Man wurde da und dort eins, einen Boten zu schicken, der so schnell als möglich Bericht in die Heimat bringen sollte.

10.

Unter allen, die in Bezaus stattlichen Wirtshäusern sangen und sprangen, machten doch diejenigen den ärgsten Lärm, welche sich als Stellvertreter eines Verspielenden »kaufen« zu lassen gedachten. Es gehörte ja mit zu ihrem Geschäfte, die allgemeine Aufmerksamkeit auf sich zu ziehen, zugleich aber sich auch unabhängig mit Geld und gutem Mute zu zeigen. Neben einem solchen – von ihm scheinbar gar nicht beachtet – saß auch der Lehrer Christian und sah mit Schmerzen, wie der das auf seine Kosten gefüllte Glas jubelnd jedem Eintretenden entgegenhielt. Nur wenn Christian wieder einmal unwillig aufsprang und etwas rau *»B'hüt Gott«* sagte, drehte der andere sich um, zog ihn mit Gewalt auf seinen Stuhl zurück und sagte ihm abermals, dass sie beide noch Vieles und Wichtiges miteinander zu schwatzen hätten. Dann blieb Christian sitzen, bis seine Geduld wieder zu Ende war. So wäre es wohl noch lange gegangen, und Christian hätte vielleicht schließlich einen übereilten Handel gemacht, um doch einmal fertig zu werden, wenn nicht Franzsepp ihm plötzlich auf die Schulter geklopft und freundlich zu ihm gesagt hätte: »Komm nur mit mir, was du mit dem willst, können wir beide auch machen und du bist mit mir noch früher fertig als mit dem da.«

Das war für Christian eine Stimme aus der besseren Welt. Ein viel Stärkerer als der neben ihm Sitzende würde nicht mehr imstande gewesen sein, ihn noch länger zu halten, und eine viel weniger heisere Stimme hätte ihn vergebens nochmals zum Niedersitzen eingeladen. Ein ganzer Berg war ihm vom Herzen, da er es nun doch mit einem ihm bekannten, redlichen Menschen zu tun bekommen sollte. Arm in Arm schritt er mit seinem lieben Franzsepp in ein stilles Nebenstübchen und setzte sich zu einem kleinen Tischchen, auf welchem noch Messer, Gabeln, Glasscherben und allerlei Spuren eines überaus schwelgerischen Mahles zu sehen waren.

»Ist der Andreas tauglich zum Soldaten?«, fragte Franzsepp.

»Eben das ist es ja«, jammerte Christian.

»Weißt du das gewiss?«

»Ja, denn schon im letzten Jahre, als er das erste Mal spielte, zog er sehr nieder. Es stand ihm so nahe, dass er sich mit den anderen ärztlich untersuchen lassen musste.«

»Er wäre also das nächste Jahr nicht mehr im Spiel?«

»Wenn er nur schon jetzt heraus wäre!«

»Jetzt aber liegt er krank?«
»Ach Gott! Das macht ihn nicht frei. Es ist nur so ein Übergang. Er leidet an allem, was einmal in der Gemeinde umläuft.«
»Ich will, ich bin für ihn Soldat!«
»Du?«, fragte Christian erstaunt, ja erschrocken. – »Du selbst? Das hätte ich sonst keinem geglaubt, du aber bist sonst ja durchaus kein Spaßvogel. Du könntest behaglich Lehrer sein und willst wirklich Soldat werden? Nun – mir könnte das schon recht sein, aber ich sähe dich doch nicht gern unüberlegt einen so wichtigen Schritt machen.«
»Er ist wohlüberlegt«, beruhigte Franzsepp und erzählte dann, dass er schon mehr als ein halbes Jahr darüber nachgedacht habe. Das Leben sei ihm so zur Last geworden, dass er gar nicht ungern ein Jahrzehnt davon verkaufe. Es freue ihn auch, dass er nebenbei dem guten Christian vielleicht noch eine Gefälligkeit tun, einen Kummer abnehmen könne.
»Kummer?«, wiederholte Christian etwas bitter. »Kummer gerade habe ich noch nicht gehabt. Man muss eben die Augen zutun und zahlen. – Aber geärgert hat es mich recht unmenschlich, dass ich einen so ins Zeug bringen musste. Bin ich doch ein ganzes, liebes langes Jahr nach Bregenz hinausgesessen, hinter Luft und Licht, dass ich Lehrer werde, hab mir das alles gefallen lassen, damit ich nicht spielen müsse. Aber ich Tropf habe eben immer einen Hut auf, wenn es Glück regnet, und wenn es Habersuppen schneit, fehlt mir der Löffel. Da – grad noch in den letzten Tagen – wird der Lümmel unpässlich. Ohne Gnad und Barmherzigkeit muss ich heraus, will es da noch recht klug machen, wählen und wägen, und tausend Millionen Donnerwetter, es ist gerade zum Verrücktwerden!« – Christian schlug mit der Faust auf das Tischchen, dass es klirrte und klapperte. Rasch zog er die noch geballte Faust wieder zurück, und ein blutroter Streifen bezeichnete die Stelle, wo sie aufgefallen war. – »Du blutest!«, rief Franzsepp erschrocken.

»Da, so ein dummer Glasscherben«, stotterte Christian. »Haben die Leute nicht mehr Zeit, ordentlich aufzuräumen, wo gar so teuflisch gehaust wurde? Das ist mir eine Ordnung am Spieltag! Nicht einmal mehr am Tisch ist man seiner Glieder sicher. Und es tut auch weh! Recht heidenmäßig beißt es und brennt. Aber das wollt ich noch vom Herzen gern ertragen, wenn nur kein Mensch wüsste, was dem Klopfer wieder Närrisches begegnet ist. Sie haben mich heute schon einmal gehabt mit ihrer Schadenfreude, und das wäre mir genug, wo ich doch nur für andere da bin.«
»Wenn nur kein Splitter mehr drin ist!«
»Nein, dann wär ja die Wunde zu, die jetzt tröpfelt wie ein klippendürrer, wurmstichiger Melkkübel. Wenn's doch nur nicht so rinnen tät!«
»Zunder auflegen soll gut sein«, sagte Franzsepp etwas verlegen, als er seinen Freund immer blasser werden sah.
»So, Zunder – ja, das habe ich auch schon gehört. Mach nur Lärm. Oder nein, sag nur in aller Stille der Wirtin, dass sie davon bringe.«
Franzsepp hatte schon seine Rocktaschen zu durchsuchen angefangen. »Glücklicherweise«, sagte er, »hat mir die Base Zunder genug gegeben zum Tabaken, denn sie kann die schnellen Zündhölzer durchaus nicht leiden. Aber in so einem elenden Schullehrerüberrock findet man nichts wieder als Löcher.« – Er langte nach einem Messer und schnitt den Riss in der Tasche so groß, dass er ganz bequem ins Futter hineingreifen konnte. – »Jetzt hab ich das Gesuchte und noch etwas«, sagte er, dem Lehrer ein großes Stück Zunder reichend, während er mit der anderen Hand ein in Briefform zusammengefaltetes Zeitungsblatt aus den Tiefen des Rockes zog. Christian legte den ganzen Fleck auf die Wunde und zog sein seidenes Halstuch ab, um es einstweilen als Binde zu gebrauchen. Wohl hatte das Tuch mit den roten und grünen Streifen auf dem letzten Schwarzenberger Markt bare drei Gulden gekostet, aber in seinem Schrecken fiel

dem sonst so Sparsamen das gar nicht mehr ein. Das Verbinden machte ihm viele Mühe, da er statt der geübteren Rechten seine Zähne gebrauchen musste. Trotzdem kam Franzsepp nicht, um ihm zu helfen. Der schien bei seinem gefundenen Papierstreifen alles um sich her vergessen oder gar den Verstand verloren zu haben, denn auf einmal begann er, um den Tisch herumtanzend, zu singen und zu jubeln, als ob er in dem aufgeschnittenen Schullehrerrock ein ganzes Vermögen gefunden hätte.

»Was hast du denn?«, fragte Christian etwas ärgerlich.

»Einen vierblättrigen Klee.«

»Und hierüber diese recht närrische Freude! Ich habe auch einen gefunden, vorhin in der Brieftasche, und doch ist mir das ›Eins‹ gekommen und jetzt auch noch ein neuer Unfall.«

»Aber ich habe gewonnen beim Spielen«, jubelte Franzsepp. »Viel, alles habe ich gewonnen und bin nun der glücklichste Mensch auf der Welt.«

»Warum nun auf einmal der Lärm? Das hättest du schon vor einer Stunde wissen können, wenn du alle fünf Sinne ordentlich mitgenommen hättest. Zweifelhaft wird es freilich, wenn man dich sagen hört, dass du den schönsten Teil deines Lebens aus Misstrauen verkaufen willst.«

»Daraus wird nun wohl nichts mehr«, sagte Franzsepp mit vor Bewegung zitternder Stimme. »Es wäre doch ein Elend, wenn einer in meinen Jahren mit dem gesunden, starken Kerl sonst nichts anzufangen wüsste. Nein, guter Christian, ich muss mein Wort zurücknehmen; der Franzsepp lässt sich nicht mehr kaufen.«

Jetzt kam auch dem Christian sein guter Humor wieder.

»Siehst du, Franzsepp«, schwatzte er behaglich, »es konnte mir natürlich erwünscht und recht sein, so schnell einen Ersatzmann für den Andreas zu finden. Du aber kamst mir doch unerwartet und unerwünscht. Es wäre mir wohl fast nicht möglich, mit dir einen förmlichen Handel abzuschließen. Ich will lieber einen suchen, von dem ich mir wenigstens einbilden darf, das Klügste, was er eben machen könne, sei, sich kaufen zu lassen. Bei dir wäre mir das nicht möglich, und ich fühle, dass mir der Handel mein Lebtag auf dem Gewissen läge.«

Franzsepp hatte Christians Rede kaum gehört. Immer noch hielt er das Blatt in der Hand und besah es von allen Seiten, doch es fand sich kein Zeichen, das ihm verraten hätte, von welcher Hand es zusammengefaltet worden sei. Nur so viel war herauszubringen, dass die Base nichts damit zu tun hatte. In ihren vier Wänden war wohl keine alte Zeitung und noch weniger ein so schönes unbeschriebenes Blatt Papier wie dasjenige, welches die zweite, innere Umhüllung des Kleeblattes bildete. Sie würde ein solches auch nie aus der Silberzeugschublade genommen haben, um etwas einzuwickeln. Auch wusste er, dass die Base es lieber sah, wenn er frischweg verspielte, als wenn er sich kaufen ließ. Denn während das Erstere wenigstens als Fügung Gottes genommen werden konnte, war das Letztere beinahe eine Schande für die Verwandtschaft. *In der guten alten Zeit* nämlich schrieb kein Gesetz den freien Bregenzerwäldern vor, wie sie die dem Kaiser zu stellenden Rekruten zusammenzubringen hätten. Die Gemeinden benützten die Gelegenheit, um sich ungeratener junger Burschen auf diese Weise zu entledigen. Das steckt noch immer im Volk, und ein Soldat gilt noch häufig für einen Menschen, aus dem eben – sonst nichts zu machen gewesen; eine Ansicht, die durch die vom Gesetz an Wohlhabende gemachten Zugeständnisse und Ausnahmen dem Volke bestätigt erscheint. Base Christina hatte davon gehört, dass er sich kaufen zu lassen gedenke; darum war bestimmt anzunehmen, dass sie ihm Nummer 1 wünschte und daher kein Hausmittel dagegen mitgab. Aber wer hätte es denn getan? Ein Gefühl, ein Gedanke regte sich in ihm und durchschauerte ihn, dass seine Hände zitterten, die Knie wankten und ihm kalt und heiß wurde. Eine hätte es sein können, sein sollen. Es musste auch die sein, denn für keine hätte es sich heute so gut geschickt. Aber nein! Das Brigittle war – zwar nicht zu stolz, nicht zu scheu und nicht zu fromm und doch etwas von allem und noch etwas, wofür er gar keinen Namen hatte. Es leuchtete aus des wunderbaren Mädchens tiefem Blick, umstrahlte die schneeweiße, schön geformte Stirn und klang auch aus seinem hellen, ungezwungenen Lachen heraus. Es war doch ein ganz anderes, Höheres als Philomenas Schönheit, was ihn trieb, das Mädchen auf dem Kirchweg nur flüchtig zu treffen, und was ihn wieder abhielt, seine Halbe Braunbier in der Krone zu trinken. Nein, das Brigittle hatte ihm wohl den Klee nicht beigesteckt, aber doch jemand musste es gewesen sein. Jemand war also noch, der sich freute, wenn er wieder kam, wieder blieb. Das war genug, war unaussprechlich, viel für einen, der sich für ganz einsam, ganz verlassen hielt. Er küsste das Blatt, wickelte es errötend wieder ein und ging dann mit Christian in die Stube, um ihm einen Stellvertreter für seinen Bruder suchen zu helfen. Bald war einer gefunden, mit dem sie nach einigem Hin- und Herreden um tausend Gulden handelseins wurden.

11.

Nun wurden die anderen Gemeindeangehörigen aufgesucht und daran erinnert, dass es schon die höchste Zeit zum Heimgang sei. Doch die für das Bleiben stimmende Mehrheit siegte umso eher, da jetzt auch den beiden Großvätern – so waren Christian und Franzsepp ihrer Ernsthaftigkeit wegen genannt worden – ganz eigen leicht und wohl war. Gerade so recht, um in der nun einmal nicht aufzuhaltenden Strömung fröhlich mitzuschwimmen. Besonders Franzsepp war so lustig und sogar übermütig, wie man ihn sein Lebtag noch niemals gesehen und gehört hatte. Das wusste noch kein

Mensch, dass der so witzige Einfälle habe und so gut mit den Leuten zu spaßen verstehe. Auch Christian war ganz erstaunt, wegen einem Kleeblatt – denn das ja nur war es gewesen – einen Menschen auf einmal so verändert zu sehen. Es war also doch nicht alles nur leerer Aberglaube. Konnte doch sogar er – alles zusammengerechnet – mit dem Tage noch ziemlich zufrieden sein. Er hatte seinen Ersatzmann, an dem das Land vermutlich nicht besonders viel verlor, und Franzsepp blieb da und kam vielleicht im nächsten Winter wieder in die Schule. Dann war das jedenfalls seiner Nummer eins zu danken und der dummen Geschichte mit der Hand, die ihn allerdings nebenbei noch immer ein wenig ärgerte. So hatte Christian schon im Wirtshause seine Tagesrechnung zu halten angefangen. Franzsepp kam dazu erst beim Heimgehen, wo auf dem schmalen Pfad durch den neugefallenen Schnee nur einer hinter dem anderen daher, schritt und deshalb keine gemeinsame Unterhaltung möglich war. Die da und dort gewechselten Worte aber verrieten, dass die meisten sich in Gedanken wieder mit den Ihrigen zu beschäftigen begannen. – »Gott verzeihe mir die Sünde«, sagte der Vorangehende, auf einmal sich umwendend. »Ich sollte es wohl nicht sagen, aber heut kann ich nun einmal nichts für mich behalten. Selbst vom Beichtstuhl bin ich nie mit so leichtem Herzen weg, als ich heute heimgehe. Wenn ich vorwärtsschauen wollte in die Zukunft, ist mir immer der heutige Tag im Wege gewesen wie ein starrer, unfruchtbarer Berg. Nun aber bin ich eben, die Luft ist leicht und die Aussicht frei. Oh, ich jubelte heute und tat, dass man noch lange von mir reden könnt', wenn ich mich jetzt gerade gehen ließe.«

»Und die Eigenen!«, rief ein anderer. »In der letzten Zeit ist mir doch gar nie mehr recht wohl gewesen neben Vater und Mutter. Nie hab ich ihnen recht wie früher gehören dürfen. Heut aber sagen wir uns einmal wieder: ›Grüß Gott!‹«

Franzsepp hatte unwillkürlich nach seinem Kleeblatt in der

Rocktasche gelangt und ein jubelnder Jauchzer verkündete den ernsten Bergen, dass auch er nicht mehr stumm neben den Glücklichen stehe. Kummer und Sorgen machen leicht hart gegen sich selbst und gegen andere. Wer unter einer drückenden Last seufzt, richtet selten sein Haupt empor und wie mit geschlossenen Augen geht er durch die schöne Welt. Nehmt nur seine Last ihm ab, und er wird sich erheben, wird bald vor euch zu wachsen scheinen, und sein Auge öffnet sich nicht nur, um dem Retter, sondern jedem früher vielleicht unbewusst beneideten, glücklichen Wesen freundlich zuzulächeln. Und sein Glück wird immer größer im Anschluss an die, welche er früher gar nicht zu verstehen vermochte. Wie freute sich jetzt Franzsepp schon im Voraus mit jenem guten Mütterlein, welches seinem Liebling noch geschwind etwas verstohlen in die Tasche schob. Oh, nun verstand er das Jauchzen des guten Burschen und die immer wachsende Fröhlichkeit der Übrigen. Dann ging er in Gedanken wieder durch das Dorf wie an jenem Abend, als er von Bregenz hereingekommen war. Und dann aber gedachte er auch der ihm freilich nicht bekannten sechs Unglücklichen aus den Nachbargemeinden, die nun den Kummer für alle tragen und in sich verarbeiten mussten. Oh, es war so hart, fortzumüssen von den Eigenen, den Lieben und allen, mit denen man seit seinem Denken Freud und Leid gemein hatte. Franzsepp war ganz ein anderer geworden. Das fühlte er erst so recht, als er die Türe des Kronenwirtshauses öffnete, um voran in die Stube zu gehen. Sonst hatte er immer gezittert und gezagt vor diesem Hause, stets musste er zweimal drücken, bis die schwere Stubentüre sich auftat, heute war es, als ob eine unsichtbare Hand ihm einen Stoß in die Stube gegeben hätte. Und auch drin kam er sich wie ein Hereingeworfener vor, der sich für sein Hiersein zu entschuldigen habe.

»Gott Lob und Dank im hohen Himmel«, rief die Wirtin den Eintretenden entgegen. »Unsere Gemeinde ist glücklich

durchgekommen. Nur einen hat es getroffen, und der wird sich zu helfen wissen.«
»Das ist nicht hübsch von der Schwiegermutter, dass sie zu meinem Unglück so einen Jubel anstimmt«, lachte Christian.
»Es war gerade der Rechte«, meinte die Wirtin. »Ich wenigstens wüsste keinen, der mich minder gedauert hätte als du.« – Das hätte Franzsepp sonst nie geglaubt, dass die Wirtin so ein Herz habe für die ganze Gemeinde. Auch ihn also hatte sie mehr bedauert als einen Geldverlust, welchen eine ihr so nahe stehende Haushaltung erlitt. Das war beinahe wieder ein Kleeblatt für ihn, der bisher überall nur Selbstsucht und Berechnung sah oder doch zu sehen wähnte. Nun, er gehörte gottlob auch noch mit zu dieser Gemeinde, in der man so treulich zusammenhielt. Jetzt erst freute es ihn recht, dass er hier war. Zwar war er nicht mehr so ausgelassen wie nachmittags, aber sein Gesicht strahlte vor innerlicher freudiger Erregung und etwas wie Andacht hob ihn hinweg über die ganze traumhaft trübe Vergangenheit. Ja, er würde zu beten angefangen haben, wenn nicht die heute so überaus freundliche Wirtin gekommen wäre und sich trotz der vielen Arbeit, die die hungrigen und durstigen Burschen mit den schnell nachgekommenen Angehörigen machten, hart neben ihm auf einen Stuhl gesetzt hätte.
»Da, der Christian«, sagte sie, »erzählt von einer bösen Hand, die er aus Dummheit bekommen hat, und zum Unglück für den Lehrer ist es gerade noch die rechte. Nun sei doch so gut und schreibe in den Kalender, gerade neben den *Hornung* auf das leere Blatt, welche Nummer jeder zog, wie das bei uns schon seit vielen Jahren immer der Brauch gewesen ist.«
»Das«, fiel das Brigittle ungewöhnlich hastig ein, »das könnt unsereins denn doch auch, wenn ihr es nur noch erwarten möchtet bis morgen. Wer sollte wohl um Gottes willen heute zum Schreiben noch aufgelegt sein?«

»Wie das Kind jetzt eitel wird«, spottete die Wirtin. »Da will es nun seine Hexenkünste zeigen und seine neumodischen Kräusel, die man ohne Brille kaum sieht, die halbe Ewigkeit in der Tischschublade aufbewahrt wissen. Schreib du nur, was nötig ist und was von dir gefordert wird! Jetzt aber mach mir kein solches Gesicht, sondern geh und schaffe Tinte und Feder herbei!«

Das Mädchen ging bei Weitem nicht so schnell, als es sonst der Mutter zu gehorchen gewohnt war. Franzsepp blätterte unterdessen in dem ihm vorgelegten Kalender und suchte das neben dem Hornung eingeheftete leere Blatt, aber nur ein schmaler Streifen zeigte, dass einmal eines da gewesen, dann aber – wie es schien, in größter Eile – herausgeschnitten war.

Schon wollte er die Wirtin rufen, die jetzt mit Christian plauderte, schon hatte er das »Aber« heraus, als er auf einmal den Kalender zuschlug und über und über rot wurde. Das Blatt, welches hier fehlte, hatte er – in seiner Rocktasche. Das nämliche Papier und die gleichen Spuren einer schlecht geschliffenen Schere oder großer Eile waren dort und hier zu sehen. Das war denn doch noch übers Kleeblatt oder es gehörte eigentlich alles zusammen und alles war auch gehörig zusammengekommen, um ihn zum glücklichsten unter den Menschen, den heutigen Tag zum schönsten seines Lebens zu machen. Ach, er hätte dem guten Mädchen nacheilen und ihm sagen mögen, dass noch kein Mensch etwas gemerkt habe und auch niemand etwas erfahren werde, da er sich ja morgen um einen noch unbeschädigten Kalender von gleicher Art umsehen könne. Heut aber werde die Mutter nichts merken, wenn man auch statt neben dem Hornung neben dem April schreibe. Er würde wirklich hinausgegangen sein, um das Brigittle zu beruhigen, wenn dieses nicht eben wieder hereingekommen wäre.

Wie war ihm doch so eigen weh und wohl, als das sonst so überaus flinke Mädchen hereinschlich, fast jeden Tritt ein wenig stille stand und nun mit weggewendetem Gesicht das Verlangte auf den Tisch brachte.

»Ich hab schon das rechte Blatt«, sagte Franzsepp, und das groß gedruckte »April« mit dem linken Arm bedeckend, begann er zu schreiben. Brigittle sah ihn fragend an, er sie lächelnd. Lange schien sie nicht eins mit sich, was sie aus seiner Rede und seinem Tun machen sollte, dann aber zuckte etwas über ihr Gesicht. Sie eilte aus der Stube und ließ sich den ganzen Abend nicht mehr sehen.

12.

Am anderen Tage war der Klopfer in seiner übelsten Laune. Auch gestern Abend hatte ihm der Andreas wegen seinem schlechten Zug das Kapitel gelesen, wie es von einem, der wegen Unpässlichkeiten nicht einmal selbst nach Bezau konnte, eigentlich gar nicht zu erwarten war. Und heut in der Schule waren die Bälge so unartig wie noch nie und hatten ihr Gespötte wegen der ungefährlichen, verbundenen Klopferhand, welche ihm immer weher tat, obwohl ihm der Doktor heute früh bestimmt sagte, es sei nichts von Glas darin, man müsse aber ruhig die Zeit erwarten, wo es dann selbst wieder besser werde. Das wäre nun auch ganz gut gewesen, wenn er nur nicht schon jetzt seine Rechte so nötig hätte brauchen sollen zum Federschneiden, zum Vorschreiben und jetzt hauptsächlich, um einmal gehörig dreinzuschlagen und den wilden Jungen zu zeigen, wer eigentlich in der Schule Meister sei. Das Zünglein hatte sich wieder gekehrt. Christian stürmte verdrießlich in der Schule herum, Franzsepp sang und jubilierte, dass der alten Base dabei um seine gesunden fünf Sinne himmelangst wurde. Oh, wenn es doch Frühling gewesen wäre, dass er draußen sich hätte regen, seine Kraft an etwas auslassen können! Das Lesen wollte heute schon gar nicht gehen. Er suchte wieder sein

Tagebuch, um die Erlebnisse von gestern einzutragen, aber es war ihm unmöglich, der Ordnung nach zu erzählen. Seine Worte sagten nicht, was sie sagen sollten, sodass ein Fremder dabei gewiss nie in die richtige Stimmung gekommen wäre, das Erzählte zu bezeichnen. Mehrmals schnitt er das beschriebene Blatt wieder heraus und begann von Neuem, endlich aber warf er das Buch in einen Winkel, verließ die enge Stube und spazierte, mit dem schon am Morgen aufgetriebenen Kalender in der Tasche, trotz Sturm und Wetter langsam dem Kronenwirtshause zu. Er traf das Brigittle allein in der Stube. Sie schien über sein Kommen beinahe erschrocken. Eine Zeit lang war sie sehr schweigsam, dann aber kam sie in das Reden und von dem Unbedeutendsten zu dem Hundertsten und in das Tausendste, dass Franzsepp staunen musste, obwohl er bald den wahren Grund ihrer Gesprächigkeit merkte: Das Mädchen wollte durchaus nicht mehr auf den Kalender zurückkommen. Anfangs tat ihm das beinahe weh, denn er wollte durch den mitgebrachten Kalender mit der schon daheim neben dem Hornung eingetragenen »Spielerei« dem Brigittle zeigen, dass er an sie gedacht habe und ihretwegen schon tätig gewesen sei, dann aber kam es ihm selbst vor, darüber wäre denn doch nicht viel Wesens zu machen. Schweigend vertauschte er den Kalender mit dem, welcher am Nagel unter dem Fenster hing, überzeugte sich noch, dass in Letzterem sonst nichts eingeschrieben war, und steckte ihn dann hastig in die Tasche. Das Mädchen verließ errötend die Stube, nachdem es den Franzsepp noch mit einem Blick belohnt hatte, der wohl mehr war als alles, was etwa bei dieser Gelegenheit wäre zu sagen gewesen.

Dem Lehrer wurde, obwohl er allein in der Stube war, die Zeit nicht lang. Er überließ sich dem Gefühl, ein Geheimnis mit dem holden Wesen ganz allein zu teilen, bis die Tür sich öffnete und Christian schnellen Schrittes zu ihm an den runden Haustisch kam. »Wie geht's?«, fragte Franzsepp.

»Schlecht!«, klagte der Lehrer. »Ja, es geht gar nicht mehr, denn auch meine Geduld ist hin. So viel Federn wie heute hat es noch nie zu schneiden gegeben, und du weißt, wie dumm dabei meine Linke tut. Willst du nicht morgen kommen und mir ein wenig helfen?« – Noch vor Kurzem wäre es unmöglich gewesen, den Franzsepp wieder in die Schule zu bringen, wenn auch der Pfarrer und der Vorsteher nicht nur, wie Christian versicherte, ihre Einwilligung erklärt, sondern ihn selbst zu gehen ersucht hätten. Jetzt aber wollte er etwas sein, etwas tun. Was ihn früher drückte, war weggenommen, und er sagte zu, ohne sich lange zu besinnen.

Das war am anderen Tag ein Jubel, als er in der Schule erschien; fast jedes Kind hatte ihm etwas zu erzählen oder eine Frage an ihn zu richten. Denn noch wussten alle, auch schon die erst diesen Winter in die Schule Gekommenen, dass er nicht aufbegehre wie Christian, wenn auch einmal eins unaufgefordert zu reden wagte. Christian, der auch mitgekommen war, sah mit innigem Behagen, dass dem Franzsepp alles ganz vortrefflich ging – viel besser als ihm selbst, was er diesem auch so herzlich als sich selbst gönnte. Er hatte schon lange bemerkt, dass durch den neuen Lehrer etwas Fremdes in die Schule gebracht worden war, was sich, da er es nicht fortzubringen und zu beherrschen vermochte, wie eine Scheidewand zwischen ihn und die Kinder stellte. Neidlos hörte er mittags den neuen Lehrer auf seine Kosten loben, wie nur der gelobt wird, dem wahres Unrecht geschehen ist. Für Franzsepp war heute gerade der rechte Tag, zum ersten Mal wieder in der Schule aufzutreten. Innerlich schon versöhnt mit der Gemeinde und voll Mut und Selbstvertrauen, war er in »seine Welt« zurückgekommen. Der Friede mit sich und der Welt gab seinem Wesen etwas, das ihm, noch mehr als am Spieltage die Alten, jetzt auch die Herzen der Kinder gewinnen musste. Christian kam bald nie mehr in die Schule, was ihm auch von keinem Menschen verargt wurde. Hatte man doch dafür den Franzsepp, der wieder, getragen von dem ihm nun allgemein geschenkten Vertrauen, wirklich mehr zustande brachte, als er früher sich selber zugetraut hätte. Immer entdeckte er in sich neue Fähigkeiten, sodass er bald nicht nur bloß in der Schule wirkte. So viele Bande verknüpften ihn bald mit der Gemeinde. Alles dabei war so natürlich, so ungemacht, dass er kaum noch begriff, wie es jemals anders habe sein können.

Mit dem Brigittle beschäftigten sich seine Gedanken mehr und mehr, aber er wurde dabei nicht immer so froh wie in den ersten Wochen nach dem Spieltag. Der heimlich eingetauschte Kalender mit dem herausgerissenen Blatte, früher sein teuerster Schatz, war ihm jetzt ein Beweis, wie sehr das gute Mädchen seine Gefühle vor der strengen Mutter zu verbergen suchte. Er hätte sich sagen können, dass er jetzt ganz anders in der Gemeinde stehe, aber wo man wahrhaft liebt, hört die kalte Berechnung auf. Vielleicht war's nur eine flüchtige Regung des Mitleids, was ihn, den einbilderischen Tropfen, so glücklich gemacht hatte. Dieser Zweifel quälte ihn wochenlang; dann sagte er sich, dass er doch auch nicht mehr als Mitleid verdient hätte. »Und jetzt«, gestand er sich endlich, »verdiente ich nicht einmal mehr Mitleid, wenn ich nicht den Mut gewinne, mich frei zu machen von den Zweifeln, welche mir die Tage und anderen den Umgang mit mir unangenehm machen. Ich wäre ja noch der alte Träumer, wenn ich abermals durch ein Kleeblatt, durch einen besonderen Glücksfall geweckt werden müsste.«

»Meine Kraft ist nicht, um sie von Zweifeln verzehren zu lassen. Heute noch soll es sich entscheiden, wozu ich sie zu brauchen habe«, sagte er sich an einem schönen Sonnabend im Frühling und eilte wieder dem eine Zeit lang fast ängstlich gemiedenen Kronenwirtshaus zu. Die Mutter war in der Kirche, die Stunde wäre also günstig gewesen, und doch wurde dem Lehrer himmelangst, sich so ganz allein dem Mädchen gegenüberzusehen. Dieses aber rief ihm froh entgegen: »Grüß Gott wieder einmal! Die Mutter hat schon gefürchtet, sie habe dich wider Willen erzürnt oder du tragest ihr gar noch Früheres nach und spielest den Großen, seit du obenauf bist.«

»Und was hast du gedacht?«, fragte der Lehrer mit bebender Stimme.

»Ich – ich kenne dich besser«, stammelte das Mädchen.

»Ich weiß, dass du mich kennst, darum ist mir vor dir immer angst worden.«

»Mir vor dir auch, seit ...«

»Seit wann?«

»Seit dem Spieltag.«

»Oh, das war für mich ein herrlicher Tag!«, rief der Lehrer.

»Und mich hat's eigentlich recht geärgert.«

»Ich merkte das und drum kam ich so selten.«

»Auch das hat mich geärgert. Zuweilen wollte ich, um der Geschichte loszuwerden, sie der Mutter erzählen.«

»Hast du es getan?«

»Nein.«

»Warum nicht?«

»Ich dachte, die Mutter würde wieder aufbegehren, wie einmal über das Liebeszeichen. Sie ist sehr streng in dem Stück.«

»Auch ich«, stammelte der Lehrer, »hielt das Kleeblatt für ein Liebeszeichen. Nicht für das Kind eines Augenblickes, sondern für einen Balsam der Liebe, welcher den Entfernten, Verirrten zum schönsten Glücke rief. Hieltest nicht auch du das Kleeblatt für ein Liebeszeichen?«

»Ja«, hauchte das Mädchen, glühend rot werdend, und vielleicht hätten sie sich gar noch geküsst, wenn nicht eben in diesem Augenblicke die Wirtin aus der Kirche zurückgekommen wäre. Es ist aber eigentlich so nun doch viel besser und schöner, dachte der Lehrer, während er langsam der Heimat zuschritt.

Ein Dorfschullehrer, der seinen Posten gehörig versieht, ist wirklich neben dem Pfarrer im Dorfe der erste Mann. Das wusste auch die Kronenwirtin und konnte es daher kaum leiden, dass Franzsepp noch länger im schlechten Häuschen der Base wohne. Sie wollte ihn durchaus unter ihrem Dache haben, da denn doch dem Hause der Mann fehlte. Das war nun wegen dem Gerede der Leute nicht anders zu machen, als dass Franzsepp und Brigittle sich als Brautleute verkünden ließen.

Unter dem Hochzeitsmahl erzählte der Lehrer einigen guten Freunden, wie er in dieses Haus gekommen sei. Er bat sie aber, die Geschichte ja nicht bekannt werden zu lassen. Und sie haben geschwiegen, solang es dem Lehrer schaden konnte. Jetzt aber hat er gewiss nichts mehr dagegen, wenn durch Veröffentlichung der wunderlichen Geschichte ein Lieblingswunsch des Doktors erfüllt wird. Er glaubt seinen Landsleuten unrecht getan zu haben, da er einst vor mehreren Vergnügungsreisenden behauptete, sie hätten kein anderes Liebeszeichen als die Rechnungstafel oder das Steuerbüchlein. Und er möchte es drucken lassen, dass er seitdem sowohl durch Beobachtung als durch eigene Wahrnehmung auf ganz andere Gedanken gekommen ist.

Ein Ausflug auf den Tannberg

Um Weihnachten herum gibt es der Fest- und Feiertage so viele, dass man es billigerweise auch dem besten Christenmenschen nicht verargen kann, wenn er am sogenannten Dankfeste, dem letzten Sonntage des Jahres, nicht mehr Lust hat, auch nachmittags noch zweimal zur Kirche zu gehen, um je einen aus fünfzehn Vaterunsern und hundertfünfzig Aves bestehenden Psalter zu beten. Haben doch schon halbe Betbrüder ihr Gemüt mit der Einbildung zu beruhigen gesucht, sie seien etwas unwohl und es wäre der Anfang zum Selbstmord, wenn sie so stundenlang in der kalten Kirche knien wollten. Auch daheim könne man ja danken und bitten, dass der liebe Gott, der doch auch wisse, wie einem halb erfrorenen Bäuerlein zumute, gewiss zufrieden sei und den Saumseligen nichts entgelten lassen werde.
Mein Hausmittel, das Gemüt zu beruhigen, war viel einfacher. Ich nahm, durch Erfahrung belehrt, eine Zeitung, las etwas vom *Bundestag in Frankfurt*, und schon beinahe war ich der unwiderstehlichen Macht eines längeren *Leiters* unterlegen, als ein Geräusch mich aufschreckte und – einige Bewohner des nahen Tannbergs vor meinem Geistesblick erscheinen ließ.
Wer je im Leben einen Tannberger, der durch Sturm und Schnee nach Schoppernau, dem hintersten Dorfe des Innerbregenzerwaldes, kam, die gefrorenen Stollen von Schuhen und Kleidern schlagen und stampfen hörte, der wird sich diesen Phantasiesprung von Frankfurt auf den zwischen Tirol und Vorarlberg liegenden Tannberg, der seine Flüsse der Nordsee und dem Schwarzen Meere entgegensendet, ganz leicht erklären können.

Noch lag ich auf dem rechten Ellenbogen und langte etwas unmutig nach der Tabakspfeife, als die Tür von einem heftigen Stoß aufsprang und mich den *Vetter Jakob* sehen ließ und hinter ihm eine schwarz gekleidete Gestalt, die dieser, ohne ein Wort zu sagen, ins Zimmer führte.
Vetter Jakob, kurzweg Jock genannt, hatte vor einem Jahr zu Warth auf dem Tannberg ein Anwesen gekauft, und ich hatte Grund zu der Vermutung, dass die Begleiterin seine Braut sei.
Ich wünschte ihm nach Tannberger Brauch »Glück zu den hochzeitlichen Ehren und Gnaden«, worauf er mich dankend »zu *Amt*, Tanz und Mahl« einlud. »Auch ein Beamter, ein Herr Vetter der Braut, wird da sein, und ihr beiden könnt dann eins streiten, wie du es mit so studierten Herren nicht ungern tust.«
»Euer Fest soll ein Fest des Friedens werden«, entgegnete ich und versprach dann ohne Weiteres zu kommen, wenn man mir einen gehörigen *Maien* gebe.
Die Braut war etwas scheu bei der Tür stehen geblieben, nun aber war wie auf ein Zauberwort alle Angst weg. Ich hatte sie in ihre Welt zurückgebracht. Bald plauderte sie behaglich von den vielen Einrichtungen für den ihr so wichtigen Tag. »Einen Maien wird's schon geben«, sagte sie und zählte lächelnd herum, wer alles ihr künstliche Blumen und Rosmarinstängel versprochen habe. Eine Hochzeit sei jedem im Dorfe ein Fest, und jeder trage gern das Seine bei, dass so seltene Tage immer recht lustig würden.
Ich dachte in der Freude darüber, einmal eine Hochzeit auf dem Tannberg mitzumachen, weder an Sturm noch Schnee, und erst die andern im Bregenzerwalde lebenden Verwandten des Vetters Jock erinnerten mich an die Staub- und *Grundlauinen*, die jetzt eine Reise nach Warth unangenehm, ja sogar gefährlich machen konnten. Sie stellten sich das alles so schrecklich vor, dass ich fast staunte, als nachher an dem zur Abreise bestimmten Dreikönigstag alle in meinem

Hause sich einfanden, die vom Vetter Jock ein Schnupftuch geschenkt bekamen und zum Amt, Tanz und Mahl eingeladen wurden.

Sie mahnten, sich schnell aufzumachen, da man ja gar nicht wisse, was der so grämlich aussehende Himmel bis abends noch herunterwerfen werde. Ich sorgte weniger für heute als für die kommenden Tage. Der früher gefallene Schnee, der die Schluchten füllte, war schon etwas hart, und der neue Schnee wäre bald gefährlich geworden auf dem schon geebneten Boden. Aber warum nur ans Schlimme denken? Stürme und Gefahren gibt's auch, wenn's nicht schneit; am Ende konnte man ja einige Tage mit der Rückreise warten, kurz, ich gab keinem Einwand mehr Gehör und zog trotzig den Hut auf die Stirn herunter, als mir der Sturm die ersten gefrorenen Schneeflocken entgegentrieb.

Meine Gesellschaft vermochte sich nicht so schnell zu beruhigen. Die fleißigen Leutchen, die ungern auch nur ein Stündchen ungenützt verstreichen ließen, wären wohl von Herzen gern wieder zurück, wenn sie dem guten Vetter Jock nicht gar zu ungern wehgetan hätten.

Da jetzt Berg und Tal mit Schnee bedeckt waren und die Ach unter der eisigen Decke kaum hörbar hinausschlich, brachte nichts die guten Leutchen auf andere Gedanken, bis jedes herumgezählt hatte, was alles es versäumte, wenn man auf dem Tannberg für nur eine Woche eingeschneit würde. »Aber«, sagte ich endlich, bemüht, das Gespräch auf etwas anderes zu bringen, »auch die Brautleute haben das wagen müssen, als sie uns zu Lieb und Ehr herauskamen, um uns zur Hochzeit einzuladen. Denkt, wie das erst eine Geschichte gewesen wäre, wenn's die festgeschneit hätte, während der schon gebackene Hochzeitskuchen ältlich und das *Birnenbrot* hart geworden wäre!«

Das wirkte. Die Frauen kamen nun auf die vielen Hochzeitsbräuche zu sprechen, wie es da zu laufen und zu kaufen, zu schenken und zu bitten gebe. Die Männer nannten es lästig, dass man eines Tages wegen so viel Geschäfte haben müsse, die ledigen Burschen fanden es ganz in der Ordnung, dass man's doch wenigstens einmal im Leben gehörig rasseln lasse, und ein Mädchen bemerkte, indem es das Köpfchen stolz und trotzig aufrichtete: »Einem Burschen, dem sogar das zu viel wär, tät ich schon auch nicht den *Selbherr*, die Eltern und alles zum Opfer bringen.«

»Und«, fiel ein eifriges Hausmütterchen ein, »was die Brautleute uns geben, ist nur geliehen, nicht geschenkt, und was für die Braut angeschafft wird, kann sie nachher noch ganz gut brauchen, wenn einmal der Mann kein so williger Geber mehr ist.«

So kam man zuerst auf den »Brautstand«, dann auf das verwandte Brautpaar zu sprechen. Besonders viel hatte man zu sagen und zu fragen über die Braut, die nun auch mit zu den Eigenen gehörte. Man fand, dass sie alle Vorzüge der Tannbergerin in sich vereine; sie sei *durchtrieben*, arbeitsam, könne Hitz' und Kälte aushalten gleich einem Mann, und Tannberger, die zufrieden seien, wenn das Weib auch Knecht sei, hätten mit ihr sicher die besten Tage, ob aber auch ein Bregenzerwälder mit so einem zwar guten, aber derben Wesen gemütlich leben könne, sei eine ganz andere Frage, die jetzt noch schwer zu beantworten wäre.

Der Bregenzerwälder sah die Tannberger schon für Fremde an, bevor er irgendwo las, dass diese von den *Wallisern* abstammen und dass sie, wie ihre dem Neuhochdeutschen verwandte Sprache beweist, viel später Deutsch gelernt haben als wir. Und nicht nur unsere Sprache, auch Kleidung, Sitten, Glaube und Aberglaube verraten den grundverschiedenen Charakter der beiden Nachbarvölklein jedem, der auch noch so flüchtig beobachtet. Freilich hat man von den Nachbarn manches gelernt und auch viel mit ihnen vergessen. Merkt doch sogar der Fremde bald die eigentümliche Luft aus Tirol, die nicht selten die aus Vorarlberg kommenden »leichten« Bücher und Zeitungen über den Wirtshaustisch hinausbläst.

Unsere Weiblein hatten von der unkleidsamen Tracht der Tannbergerinnen zu reden angefangen. Da, meinten sie, sehe man am besten, dass Kleidersucht nicht nur eine Weiberkrankheit sei. Hätten ja die Tannberger längst den alten Brauch verlassen, sodass man nur noch selten einen in kurzem Rock und roter Weste herumgehen sehe, während die Tannbergerinnen noch immer in den schweren, unförmlichen Wollenröcken drinsteckten, gleich einem Zuckerhut, sodass nur das Gesicht sie als Menschen kennzeichne. Aber so hätten es die Männer: andere suche man beim Ofen, nachdem man sich dort gewärmt habe.
Die Männer merkten wohl, dass nun eine Predigt angehen sollte. Da sie nun heute schon eine gehört hatten, zu viel aber für ungesund halten mochten, beschleunigten sie ihre Schritte derart, dass ich, den es dort zog und hier zurückhielt, gar bald allein in der Mitte war und nichts mehr hörte als das Rauschen der hart neben mir vorbeistürzenden Ach, die, hier durch die Berge ringsum vor der Macht der alles starr machenden Kälte so ziemlich geschützt, dem einsamen Wanderer von den Bergen erzählt, von denen sie kommt, und von den schönen Tagen des Sommers. Jene Welle dort, die sich so munter über andere wegmachte, kam gewiss von der 7900 Fuß hohen Künzel herunter. Jetzt hüpfte sie mir entgegen und brachte mir einen freundlichen Gruß von dem guten »Geist« auf der Alp Schiedlen, der mir als Knabe an nebeligen Tagen die Ziegen, die ich abends holen musste, auf halbem Weg entgegentrieb, wenn ich ihm nur einige Vaterunser betete. Jene Silbertropfen, die so lustig zwischen ofengroßen Steinen hinaustanzten, stürzten wohl über jene eisigen Säulen aus dem Walde herab, in welchem mir der Vater selig einst unversehens eine Ohrfeige gab, damit ich mir eher die Stelle merke, wo unsere Alpgrenztanne stand. Es ist kaum zu glauben, wie viel der Bach dem Sohn der Berge erzählt, an was alles er ihn wieder erinnert aus der Zeit, da man noch ein Blatt hineinwarf und von Herzen wünschte,

ihm folgen zu können, hinaus aus der engen Heimat in die weite, große, herrliche Welt. Plötzlich tritt da der fromme, freie, frische, fröhliche Knabe, der du damals warst, ernst fragend vor dich hin und – Kinder können mehr fragen, als Erwachsene zu beantworten imstande sind. Man ist froh, dass man eine Gesellschaft vor sich hat, die nach Warth auf eine Hochzeit will, wenigstens geht man unwillkürlich etwas rascher und hat sie daher bald wieder eingeholt.
Im Sommer macht man den zwei Stunden langen Weg durch das an Naturschönheiten so überreiche Achtal am liebsten allein. Ich wüsste keinen Weg, auf dem man alle Fragen und Klagen so schnell vergessen könnte wie hier, wo sie bald sich verlieren im Rauschen der mächtigen Bergströme, welches sich, wie die Gegend, fast alle Minuten ändert. Da stürzt und braust und zischt der Achstrom, wie plötzlich in tausend und abertausend glänzende *Schloßen* verwandelt, zwischen alpenrosenbedeckten Felsblöcken vorbei, um sich in jener Vertiefung zu sammeln und, scheinbar stillestehend, einzelne silberkrause Wellen aus sich hinausspringen zu lassen gegen jene wunderlichen Felsenköpfe, die sich da in der bläulich grünen Tiefe spiegeln mitsamt dem herrlichen Regenbogen, den die nur selten in diese Tiefen scheinende Sonne in jenem Wasserfalle dort oben entstehen ließ. Dort windet sich der Strom mit Gewalt tosend durch den schmalen Weg, den er sich durch den beim letzten Gewitter entstandenen Bergsturz in Monaten machte. Jetzt mahnt sein Rauschen an das des Dezembersturms, an den auch der unter jener schon haushoch hohlen Lauine hervordringende eisige Luftzug erinnerte, wenn nicht gleich die auf den von der Lauine mitgerissenen Erdschollen wie in einem Garten blühenden Alpenrosen dich lächeln machten über den so Empfindlichen, der schon seinen Überrock zuzuknöpfen begann. Für die Länge könnte die Schneeluft den vom Marsch Erhitzten allerdings gefährlich werden, aber schon ist das *Lauinentobel* glücklich überschritten, die Ach zieht sich nach

links, die bisherige Gegend ist verschwunden und da im schattigen Walde laden dich moosige Plätzchen neben ganzen Feldern von Erd- und Heidelbeeren zur Ruhe und zum Genusse ein. Hier darfst du dir wohl sein lassen, solange du magst, denn die Gemsen da oben sind durch das Vieh auf den Alpen und dessen Schellengeläute verscheucht und du bist sicher, dass ihr flüchtiger Fuß keinen der Steine berührt, die herunterstürzend dir gefährlich werden könnten.
Selbst der Bauer, der mit der Natur seiner Heimat zu sehr verwachsen ist, um sich ihr noch betrachtend gegenüberstellen zu können, findet auf diesem Weg immer etwas, das ihm die Gesellschaft ersetzt; wären es auch nur Heidelbeeren, eine ihm unbekannte Pflanze, ein seltener Stein oder ein guter Gedanke, der ihn seinem Gott näher bringt. Man erzählt: Einsame Wanderer hätten schon oft auf diesem Weg eine gar wunderbare Stimme aus der Ach heraus beten und all ihren Kummer, all ihr Herzeleid dem lieben Herrgott so feierlich schön vortragen und anbefehlen gehört, dass sie durchaus hätten mitbeten müssen, und so schön sei das gewesen, dass es gewiss auch im Himmel nichts Schöneres geben könne.
In Gesellschaft hört der Bauer von solchen Stimmen natürlich nichts. Er wird, besonders im Winter, wenn selten etwas seine Aufmerksamkeit auf sich zieht, bald laut und gesprächig, besonders wenn die Eiszapfen ob seinem Haupte hübsch im Schatten sind und er keine schlummernden Lauinen zu wecken fürchtet.
Ich hatte die immer schneller vorwärtsschreitenden Männer noch ziemlich weit vor mir, als ich sie schon erzählen und streiten hörte: »Man sag mir, was man will«, entschied der Vetter Schuhmacher, »recht haben die Reichen, und gut ist es, dass die Geistlichen ihnen helfen, so viel sie dürfen, wenn sie nicht alle armen Teufel heiraten lassen; denn überfüllt muss die Welt sein, sonst wäre niemand dazu verdammt, in diesen abscheulichen Löchern zu leben und zu sterben.«

Ich muss gestehen, dass mich diese Bemerkung ein wenig ärgerte. Ich lief so schnell, dass ich bald nahe genug bei der Gesellschaft war, um nun auch die etwas leisere Antwort des Sennen, eines sehr talentvollen jungen Menschen, wie man sie unter seinen Berufsgenossen nicht selten findet, ganz deutlich zu verstehen. Er sagte: »Wenn einmal der übervölkerten Welt so ein Opfer gebracht werden müsste, so sehe ich erst nicht ein, warum es gerade die ohnehin von allem Enterbten bringen sollten. Da wollte ich und wohl noch mancher auch ein Wort mitreden, und erst zuletzt würde es sich zeigen, wer das Kürzere gezogen hätte. Übrigens sind diese Berge schon vor der Übervölkerung der Welt bewohnt gewesen, viel früher als jene fruchtbaren Täler.« Ich erzählte nun, es sei auch von einem Amerikaner (*Carey*) die Ansicht aufgestellt und verteidigt worden, der Mensch habe zuerst den schlechtern Boden bebaut und sei erst später fähig geworden, auch den bessern zu erobern.

»Das glaub ich von Herzen gern«, fiel mir mein Freund ins Wort. »Hat man doch schon oft davon singen und sagen hören, dass auf Auenfeld, etwa eine halbe Stunde von der Lechquelle, wo jetzt nur noch einige Sennhütten stehen, vor viel grauen Jahren die schönsten Rosse und die lustigsten Mädchen gewesen sein sollen.«

Auenfeld, anderthalb Stunden südöstlich von Schröcken, liegt, wie auch das Dörfchen Hochkrumbach, »ob Holz«, d. h. auf einer Höhe, wo wenigstens jetzt nur noch Legföhren und Wacholdersträuche aufkommen können. Früher mag das anders gewesen sein, wenigstens hab ich auf Hochkrumbach, am Fuß des 8005 Fuß hohen Widdersteins, in einer *Rinse* einen halb verfaulten Holzblock von zwei bis drei Fuß Durchmesser gefunden, den sicher niemand dort hinauftrug. Als ich dem Sennen das erzählte, sagte er: »Hier oben ist ein Wald bald vom Sturm zugrunde gerichtet, wenn er einmal kein geschlossener mehr ist. So mag denn mit dem Verschwinden der Wälder, deren Spuren auch ich da und dort schon wahrnahm, auch die Gegend noch wilder geworden sein. Jetzt ziehen sich die Tannberger immer mehr aus diesen Höhen zurück, Hochkrumbach wird im Winter bald ganz verödet sein, und auch hier«, fügte er, auf das einzige Wirtshaus im Schröcken zeigend, bei, »auch hier hätte der Wirt nach dem Brandunglück vor zwei Jahren nicht mehr so stattlich bauen müssen, wenn nicht der Fremdenverkehr von Jahr zu Jahr lebhafter würde.«

Jochums neues Wirtshaus, die Kirche und die Gemeindegebäude, Pfarrhof und Schule sind die einzigen Wohnungen zu Schröcken, die nichts von den im Winter die enge Talschlucht durchdonnernden Lauinen zu fürchten haben sollen. –

Wir standen still und warteten auf die noch nirgends sichtbare »Nachkommenschaft«.

»Grüß Gott im Schrecken!«, rief die klangvolle Stimme der Wirtin, die als echtes Bregenzerwälderkind sich noch nicht an das ö in »Schrecken« gewöhnt hatte.

»Im Schrecken«, das klingt so eigen unheimlich, dass der unwillkürlich sich Umsehende die roten Lauinenstreifen, die sich neben den Häusern zwischen schneebehangenen Tannen über eisige Klippen herunterziehen, für blutig hält und die seltenen, nackt in die Höhe starrenden Laubholzstämmchen für die letzten Denkmale des durch die Macht der Elemente zerstörten Lebens. Der Windstoß, der eben einige Fensterläden zuschlug, musste ein ungewöhnlich greller gewesen sein, mich wenigstens durchfuhr es eisig kalt, und mitleidig fragte ich einen vorübergehenden riesengroßen Mann, dessen listig scheuer Blick, dessen weiße Strümpfe in den breiten Schuhen sogleich den Tannberger verrieten: »Kann man's hier aushalten den lieben langen Winter?«

»Wenn man's nicht mehr aushält, legt man sich hin und stirbt.«

Ich kannte die Tannberger zu gut, um durch diese Antwort überrascht zu werden. Sie trotzen und necken immer, mö-

gen's dann aber schon leiden, dass man sie dafür auch wieder gehörig abzahlt. »Wenn Gott«, sagte ich, »einen zum Voraus wert hält, auf dem Tannberg geboren zu werden, so wird er auch den Tod für kein Unglück mehr halten.«
»Wenn ich oder du sterben sollten, so ist darum hernach noch keiner zu wenig, sondern nur einer minder.«
»Ein eigener Trost!«, lachte der Senn.
»Unsereiner«, fuhr der Tannberger fort, »gewöhnt sich an alles. Hundertmal sieht er den Tod, wie er unter ihm winkt, neben ihm Lauinen weckt und Steine von den Höhen stürzt, doch Gott lässt keinen Deutschen ganz untergehen bis zuletzt.«
Ein Bregenzerwälder würde nun von glücklich überstandenen Gefahren zu erzählen angefangen haben, mein Tannberger aber sah schweigend und ernst den Wolken nach, die er schnell hintereinander aus seiner kurzen Tirolerpfeife blies.
»Wo seid Ihr daheim?«, frug der Senn.
Der Mann drehte sich um: »Siehst du dort hart ob dem Felsen neben den Tannenwipfeln zwischen den beiden Tobeln das Fensterlein glitzern im Sonnenschein?«
»Ist's aber dort nicht sehr gefährlich?«, fragte der Senn, der sogleich einen Lauinenzug neben dem Häuschen bemerkte.
»Gefährlich«, lachte jener, »gefährlich ist's auf der Welt überall. Warum aber sich mit derlei Vorstellungen plagen wie meine Mädchen, die auch oft jammern würden, wenn sie alles wüssten, was um sie her vorgeht und vorgehen könnte. Im letzten Winter, als es hier bei der Kirche zehn Fuß festen Schnee, dort oben aber noch etwas mehr hatte, da hab ich es ihnen einmal recht gemacht, um sie an etwas zu gewöhnen. Da sie die Lauinen fürchteten und immer vom Ausziehen aus dem Hause redeten, was schon sehr gefährlich gewesen wäre, jagte ich sie schon um sieben abends ins Schlafzimmer und band die Türe fest zu, um wenigstens vor ihnen Ruhe zu bekommen. Wir Menschen müssen alles dem gerechten Gott

überlassen, ohne dessen Willen kein Haar von unserem Kopfe fällt. Wie gesagt, ich blieb allein auf, und da tobakete ich und las in der Legende bis zwölf Uhr. Aber jetzt ging's los, und zwar so, dass ich gar nicht mehr an den Schnee dachte, sondern meinte, der Jüngste Tag sei da und alles gehe drunter und drüber. Ich hab's schon erlebt, dass halbe Berge in die Tobel stürzten und Feuerfunken dabei aufstoben, als ob nun Stein und Bein verbrennen müsse; Donnern hab ich schon gehört, dass die Fenster rasselten wie Holzsägen und die Melkkübel von den Nägeln an den Wänden herunterpurzelten; aber so ein Surren hab ich noch mein Lebtag nie gehört, und doch kam es immer noch ärger. Ohne dem *erdotterten* Weibervolk noch Acht zu geben, eilte ich ans Fenster, um doch auch noch zu sehen, auf welche Art wir nun zugrunde gehen sollten. Es war gut, dass einst der Baumeister den hintern Teil des Häuschens sozusagen in den Berg hineingesteckt hatte, sonst würde ich jetzt nichts mehr davon erzählen. Übers Dach her stürzten Schneeballen wie Bachöfen und ausgerissene Tannen mit Haut und Haar: immer mehr kam nach, bis endlich Steine und *Wasen* den Schluss machten. Wäre nicht alles so schnell in die Tiefe, so würde es ein hundertmal festeres Nest zu Fetzen zerschlagen und zu Brei zerdrückt haben, so aber ist alles glücklich abgelaufen, und nur das *Gut* hat Schaden gelitten. Ich machte die *Gadentür* auf und rief den zitternden und betenden Weibern zu: ›Da seht ihr, dass man sich sein Lebtag nicht fürchten soll; ärger als heute wird's gewiss nie mehr.‹«

Ich könnte nicht sagen, dass mir neben diesem frommen Manne besonders wohl geworden sei. Mit der unterdessen vollzählig gewordenen Gesellschaft eilte ich in die Stube, als ob es einer Lauine zu entrinnen gelte.

Wenn auch die Wirtin sich nicht so gottergeben stellte wie der Mann, den ich eben verließ, so sagte doch auch sie, dass sie noch nie Zeit gehabt habe zur Langeweile, seit sie am Tannberg sei. Den Tag über gebe es für sie zu tun und zu sin-

nen recht genug, und in den langen Nächten könne man dort schon etwas zum Zeitvertreib finden.
Sie zeigte dabei auf eine Büchersammlung, wie man sie da wohl schwerlich gesucht hätte. Ich gestand das offen, während ich die Namen mancher lieben Bekannten herunterlas.
»Und erst, wenn alles da wäre!«, sagte die Wirtin. »Im Winter will hier alles lesen. Zwar den Schiller lässt man uns da, aber die älteren Jahrgänge der Gartenlaube z. B. wandern beinahe von Haus zu Haus.«
»Es ist schön, dass Ihr damit den Leuten eine Freude macht in dem furchtbar langen Winter.«
»Und doch bekommt man nur Stank für Dank«, fiel mir der hereinkommende Wirt ins Wort. »Zuerst bringt einen das Ausleihen dieses von den Tirolerstimmen schon arg durchgehechelten Blattes in den Ruf eines Ketzers, und dann erhält man auch sein Eigentum nur beschmutzt wieder zurück.«
»Beim Pfarrer«, sagte ich, die aufgestellten Bücher noch einmal überblickend, »wird hier das Konversationslexikon des so beliebten *Binder* doch ein mächtiger Fürsprecher sein?«
»Ich hatte das neue von *Meyer* mit den hübschen Zeichnungen bestellt«, erzählte er ärgerlich, »da kamen einmal einige dieser Herren, die unsern Pfarrer immer als zu gut, zu nachsichtig tadeln; sie suchten den Artikel Ablass, und als sie denselben kaum halb gelesen, ging es über mich los, gerade wie über einen siebenfachen Todsünder. Ohne Gnad' und Barmherzigkeit musste ich den guten Meyer gegen den längst veralteten Binder umtauschen, wenn ich nicht überall unterhöhlt werden wollte. Zur Ergänzung des alten Werkes bestellte ich dann *›Unsere Zeit‹* von Gottschall; wohl war das nur Öl ins Feuer, da schon das erste Heft einen Artikel über *Renans* Leben Jesu brachte, aber nachgegeben hätt' ich nun um alles in der Welt nicht mehr.«
Feierliches Glockengeläute verkündete nun den Schluss des Nachmittagsgottesdiensts. »Also auch hier«, rief ich, den lieb-

lichen Klängen lauschend, »auch hier sind das nicht mehr Laute des Friedens, die nur fromme, herzerhebende Gedanken wecken, hier in diesem engen Talkessel der Kampf zwischen Tirol und Vorarlberg oder zwischen Deutschland und Rom.«

»Die Tiroler lasset mir gehen!«, sagte der Wirt etwas heftig. »Es waren Vorarlberger, ehemalige Feldkircher Studenten, die der Gemeinde das Recht abstreiten wollten, die ausgebrannte Kirche nach ihrem Plan wiederherzurichten, und Vorarlberger hetzen den guten Pfarrer immer noch, die Keime einer nur zu schnell großwachsenden Opposition zu unterdrücken.«

Die uns begleitenden Weiblein, denen unser Gespräch vielleicht nicht recht erbaulich vorkommen mochte, drängten immer mehr zum Aufbruch, da man ja gar nicht wisse, wie heute das Wetter noch werden könne. –

Der Wirt versprach, womöglich morgen nachzukommen und dann auf dem Rückweg unser Führer zu sein, was uns allen lieb war, da er wohl auch bei Sturm und Schnee den rechten Weg zu finden oder vor drohenden Gefahren früh genug zu warnen wusste.

Nun ging's scharf aufwärts nach Hochkrumbach ob Holz. Es hatte zu schneien angefangen, dass man kaum noch einige Schritte vorwärtssehen konnte. Es war uns immer, als ob wir in einer Wolke ständen, und von einem Wegweiser zum andern musste der schmale Fußpfad mit dem Stock in der Hand gesucht werden, bis wir endlich das einzige im Winter bewohnte Haus auf Hochkrumbach hart vor uns stehen sahen.

»Hier«, bemerkte lächelnd der Senn, »wäre im Winter alles Mögliche, das heißt Speck, Schwarzbrot und Schnaps, zu haben.«

Die Frauen zeigten Lust, in das Innere des Hauses einzutreten, als die ungeheure Haustür von einem Kinde geöffnet wurde.

In der Stube war es so eng, dass nicht ans Sitzen gedacht werden konnte, wenn wir auch eine saubere Bank gesehen hätten. Die Stühle waren als Bettstellen an den beiden Seitenwänden ohne Fenster aufgestellt, die Bänke mit Milchgeschirr und unreinen Kleidern überworfen, während unter denselben ein halbes Dutzend Hühner gackerten. Das war die Behausung des letzten Hochkrumbachers!
Vier ärmlich gekleidete Kinder standen um uns her, fragten uns, ob wir für sie denn gar nichts mitgebracht hätten, und erzählten, der Vater und die erwachsenen *Maika* und der Lehrer seien nach Warth zur Kirche und noch immer nicht zurückgekommen.
»Habt ihr also doch auch einen Lehrer da?«
»Ja«, wurde mir geantwortet, »und das einen rechten. Er macht uns viele Späße, und wenn uns eine Rechnung oder ein Brief recht gut gerät, so gibt er uns dafür schon auch einen gehörigen Schluck Schnaps ...«
Ich erfuhr später, dass der Vater dieser Kinder sich alljährlich einen Knecht dinge für die Zinsen des Kapitals, welches von der ehemaligen Gemeinde Hochkrumbach zur Erhaltung eines Lehrers angelegt wurde. Dieser Knecht hat dann im Winter so nebenbei die Kinder zu unterrichten. – Der Pfarrer in Warth, unter dem jetzt laut Konkordat auch die Krumbacher Schule steht, würde diese Zinsen wohl verwendet haben, den unglücklichen Kindern während der Schulzeit in Warth ein Kosthaus zu verschaffen, wenn er mit dem dortigen Lehrer auf weniger gespanntem Fuß lebte.
Wohl nur, um frische Luft hereinzulassen, wurde eines der düstern Fenster geöffnet, und ein Mädchen rief: »Schaut jetzt, das schönste Wetter!«
Es war, als ob wir alle auf diesen Ruf gewartet hätten. Eine Minute später befanden wir alle uns schon auf dem Wege nach Warth.
Es war wirklich ganz heiter geworden. Wie eine blaue, starre Decke schien der Himmel auf den Spitzen des nördlich lie-

genden Widdersteins zu ruhen, einem der höchsten Berge Vorarlbergs, welcher in frühern Zeiten die Grenze des Wildbannbezirks am linken Lechufer bildete, den Kaiser Heinrich der IV. am 5. Februar 1059 dem Bischof Heinrich von Augsburg schenkte. Merkwürdig, dass dieser majestätische Felsenkoloss nie mit den Gebilden der Sage umwoben wurde, dass er nur die Ehre hatte, eine Zeit lang die Arche Noahs zu tragen, während sonst allüberall gute und böse Geister ins Tun und Lassen der Menschen eingreifen.

Die Geister treiben ihr Unwesen in Klüften und düstern Wäldern und verlassenen Wohnungen, du Stolzer aber stehst zu männlich offen, zu groß da oben mit der wettergehärteten Stirn, um Geister und derlei verdächtigtes, eulenhaftes Zeug zu beherbergen. Nur die trugest du schützend, die aus dem des Verderbens werten Geschlecht noch gerettet zu werden verdienten, und jetzt schaust du ernst und wehmütig auf die Kinder derjenigen herab, die du auf den Schultern trugest. Noch war seine äußerste Spitze vom Scheine der untergehenden Sonne überglüht, und man würde ihn beinahe für einen Vulkan gehalten haben, wenn man nicht gewusst hätte, dass jene Flammen und Funken, die dort auffuhren, da wieder aschgrau in die dunkle Rinse niedersanken, nur von der Sonne beleuchteter Schnee waren, den der Wind von den nackten Felsenköpfen wegblies. Das war wohl recht hübsch, für die nächsten Tage aber ließ es kein gutes Wetter erwarten. Zwar trugen im Westen goldene Engelchen mit Feuerflügeln der scheidenden Sonne ihren Strahlenmantel so artig nach, dass man hätte glauben sollen, sie müsste sich's gefallen lassen und sich auch für morgen wiederzukommen entschließen. Aber bald schickte sie ihren Hof zurück, und ihre Diener, schwarz und grau vor Ärger, trieben nun mit den stets wachsenden Hörnern und Schwänzen immer mehr unzufriedenes, verdächtiges Gesindel aus allen Windrichtungen zusammen, um ihren Zorn einmal recht auszulassen.

Wir waren froh, dass wir noch in Warth und im wohnlichen Hause des Brautpaares anlangten, bevor der Sturm die Berge durchsauste, und unsere Freude darüber war umso größer, da er uns beinahe noch ereilt hatte.
Die Weiber und Mädchen fanden bei den Kranzmacherinnen sogleich erwünschte Beschäftigung, ich aber dachte, als der erste Windstoß ein halbes Dutzend Fensterläden zuschlug, an den Beamten, der von Stuben heraufzukommen versprach, aber noch immer auf sich warten ließ.
Es ging außerordentlich lebendig im Hause zu. Während man hier Kuchen und Braten auftrug, dort die neu gekauften Kleider probierte und beurteilte, waren die Kränzlerinnen mit Zusammenbinden von Sträußen beschäftigt, deren Größe genau den Grad der Verwandtschaft zum Brautpaar andeuten musste. Dabei wurde so viel geredet und gelacht, dass eigentlich kein Mensch etwas verstehen konnte, bis endlich auch der kaum noch erwartete Beamte, weiß wie ein Müller, in die Stube kam, worauf denn auch die leiser redeten, die sich nicht mit ihm und seinen von Schnee und Kälte starrenden Kleidern beschäftigten.

Am andern Morgen musste man uns Späteingeschlafene wecken, damit wir noch vor dem Gottesdienst zum Kaffee und zu dem den halben Tisch bedeckenden *Birnenlaib* kommen könnten. Als wir die Kammerstiege heruntergingen, wurde neben uns in der Küche mit einem jungen Mädchen furchtbar aufbegehrt, weil dieses einen Besen auf den Borst, nicht auf den Stiel gestellt hatte. Nur gleich soll es ihn umkehren, herrschte die Küchenmagd, damit doch keine Hexerei zu fürchten sei, es wisse kein Mensch, was alles aus dieser Liederlichkeit entstehen könne.
»Glaubt man denn hier noch an Hexen?«, fragte der Beamte.
»Glauben?«, wiederholte die Tannbergerin in einem Tone, der ihre Gedanken über den studierten Herrn nur schlecht verbarg. »Was man weiß, braucht man nicht mehr zu glauben.«

In der Stube musste jeder, bevor er sich zu Tische setzte, der Kränzlerin seinen Hut übergeben, damit der ihm bestimmte Maien daraufgenäht werden könne; dem Brautführer, der heute die wichtigste Rolle zu spielen hatte, wurde auch der Arm bekränzt, an dem er die Braut führen sollte. Im Bregenzerwalde gilt es für bettlerhaft oder wenigstens ausländisch, ein Frauenzimmer öffentlich am Arme zu führen, und es wurden darum über die fremden Vergnügungsreisenden schon allerlei Bemerkungen gemacht; die Nachkommen der Walliser aber finden das ganz in der Ordnung und zeigen sich dadurch, wie der Beamte bemerkte, gegenüber den sich so gern über sie erhebenden Bregenzerwäldern ganz als Kinder der neuen Zeit. Ich gestand das zu, da eben das *Verwelschtsein* überhaupt ein Zeichen dieser Zeit zu sein scheine.

Bei uns Fremden erkundigte sich die Kränzlerin sorgfältig, ob wir ledig oder verheiratet seien, da sie den Maien danach einzurichten habe. Die Verehelichten erhielten zur Beherzigung aller etwa mit ihnen Zusammenkommenden nur Rosmarinstauden und künstlich geformte blaue oder gelbe Blumen, während die Ledigen mit allen Farben des Regenbogens beglückt wurden.

Nach dem Kaffee machte man sich, so schnell es auf dem schon fußhoch mit Schnee bedeckten Wege möglich war, dem Wirtshause zu.

Hier saßen, auf den Beginn des Gottesdienstes wartend, sämtliche Väter und Mütter sowie auch die erwachsenen Söhne und Töchter der Gemeinde Warth beim Schnaps, und man sah uns groß an, als wir dem Wirt zu Lieb und Ehr ein Glas Wein bestellten.

Das mussten wohl rechte Erztrinker sein, dass sie schon vor dem Gottesdienste Wein forderten.

Man schickte einen Boten an den Mesner mit der Meldung, er könne nun zu läuten anfangen, da jetzt alles bereit sei.

Jetzt kam auch der kaum noch erwartete Wirt von Schröcken, schüttelte den halb gefrorenen Mantel und wischte den Schweiß von der Stirn. Er sagte, er wäre hundertmal zurück, wenn er sich's eher als vorwärtszugehen getraut hätte. Nun fingen auch die andern von den vielen, bei solchem Wetter gefährlichen Stellen des gestern von uns zurückgelegten Weges zu erzählen an, dass uns um die Rückreise Besorgten bald fast Sehen und Hören verging. Der Beamte erkundigte sich, ob auch sein Weg über Stuben gefährlich werden dürfte, und lächelte ganz eigentümlich, als man ihm sagte, dass er vielleicht wochenlang nicht mehr zu seiner Schreiberei kommen werde.

Mesner und Pfarrer mussten den Bericht des Wirtes erhalten haben, denn jetzt begann es zum Gottesdienste zu läuten.

Alles stürmte vor die Haustür, wo sich der Zug schnell ordnete. Voran die beiden Musikanten mit Geige und Klarinette, dann die Brautleute und ihre Verwandten, denen die übrigen Warther paarweise folgten, nachdem man laut ein Vaterunser gebetet und Weihwasser ausgeteilt hatte.

Am schlimmsten daran waren die beiden Musikanten. Sie sollten sozusagen den Weg bahnen durch den schon tiefen Schnee und zugleich einen Marsch spielen. Es ist daher kein Wunder, dass den Mühebeladenen mancher Takt verloren ging. Die ihnen Folgenden haben später gesagt: Es brauche niemand zu bedauern, im tosenden Sturme nichts von der Musik gehört zu haben, denn der aufgespielte *Hopper* sei weder lustig noch feierlich gewesen.

Nun – meinetwegen hätte der Sturm auch die Kirchenmusik verschlingen können. Es war ein merkwürdiges Durcheinander, wie alles, was ich hier sah und hörte. Die Altäre könnte man einen zusammengeworfenen Haufen nennen von unförmlichen Blumen und Heiligenbildern, für die die darunterstehenden Namen um Schonung flehen, und von gräulich zugerichteten Gestalten, die das Kreuz, an dem sie hängen, zu Christusbildern machen zu sollen scheint.

Vor dem Hochaltar durfte der Hochzeiter der Braut die Rechte reichen und zu allem Ja sagen, dann aber wurde sie vom Brautführer zu ihrem Stuhl zurückgeleitet, um dort bis zum Schluss des Amts zu bleiben. Wir andern aber mussten während der Messe um den Altar herumgehen und dem Pfarrer einen Groschen opfern.

Nach dem Gottesdienste ging's gleich wieder dem Wirtshause zu, der Brautführer mit der *»Spuso«* schritt voran, der Hochzeiter ging neben mir hintennach. »Jetzt könnt ich bis morgen um die Zeit, wohin ich wollte«, sagte er, »wenn ich nur dann da wäre, um zu zahlen, was der nun alles regierende Brautführer auf meine Rechnung aufgehen lässt. Ich gelte nicht mehr als ein anderer Gast, nur dass ich abends beim zweiten Mahl die Ehre habe, neben – dem Brautführer zu sitzen.«

Im Wirtshaus war es schon so laut, dass man nichts mehr hörte von dem Sturm, der draußen alles durcheinanderwarf. Ich eilte sogleich nach dem Saal hinauf, wo ich nun verstehen lernte, was mit Leib und Seele tanzen heißt. Wenn ein neues Stück begann, passte man nur auf, ob es ein Hopper oder Walzer sei, hatte man das aber einmal glücklich heraus, dann war so wenig mehr etwas von der Musik zu hören als vorhin auf dem Kirchweg draußen in Sturm und Schnee. Jauchzend, johlend, singend und stampfend drehten, rissen, zogen und trugen kräftige Burschen, meistens in Tiroler Tracht, die kleinen Tannbergerinnen um den Kamin herum, der mitten im Saale stand. Alte Mütterchen und Greise in den Winkeln herum klatschten vor Vergnügen und riefen sich zu: »Gerad so lustig wieder wie das letzte Mal vor drei Jahren, oder noch lustiger!« Doch auch ihnen ließ der pflichtgetreue, für alle sorgende Brautführer nicht lange Zeit zu Bemerkungen. Er führte den Männern die Braut oder ihre Verwandten zum Tanzen zu und versuchte selbst mit jedem Mütterlein, ob es auch noch so gut gehe wie früher, nachdem er Hansen und Greten, den Josef Anton und das Apolonchen sich zugeführt hatte; das volle Glas, welches er jedem Kommenden vorhielt, schien nie aus seiner Hand zu kommen, während die Braut an seiner Seite viel Heiligeres zu tragen hatte, um ja vor bösem Zauber bewahrt zu bleiben. Gleich nach dem Gottesdienste war ihr ein großes, mit Blumen und Bändern geschmücktes Amulett übergeben, welches sie nun bis zum Schluss des Festes nicht wieder aus der Hand legen durfte.

Der glückliche Bräutigam hatte, im Vereine mit Brautführer und Braut, eine Zeit lang landesüblich für die Unterhaltung der Anwesenden gesorgt, ohne jedoch dafür, wie die Braut, ein Geschenk zu erhalten. Später sah ich ihn in einem stillen Stüble mutterseelenallein ein Glas Zuckerwasser trinken und die neuesten Zeitungen lesen.

»Wie geht's?«, frug ich, mich zu ihm setzend.

»Gar nicht«, antwortete er gähnend und zog die Uhr heraus. »Wie du doch es in dem Durcheinander da oben so lange aushalten konntest? Der Beamte ist schon vor einer halben Stunde herunter.«

Das war gar nicht mehr der fröhliche Hochzeiter von heute Morgen mit dem blumenbedeckten Hute auf dem linken Ohr. Wenn das so schnell anders wurde, so musste es wieder schnell anders werden. Ich wusste, was ihn gleich wieder froh und gesprächig machte, daher sagte ich: »Aber die Braut tanzt vortrefflich, mit Leib und Seele, wie nur eine Tannbergerin es kann. Mir hat ihr Amulett viel zu lachen gegeben, das so lustig auf den breiten Rücken der Tänzer herumhüpft.«

»Wenn du darüber noch lachen kannst, so hast du es besser als ich«, eiferte der neue Ehemann. »Wenn es nicht so traurig wäre, müsste man freilich lachen über die Tröpfe, welche meinen, der dumme Kapuzinerglaube könne wiedergutmachen, was so ein Heidenfest verdirbt.«

»Wie meinst du das?«

»Hast du nicht beachtet, wie man bei Hochzeiten sich vor Hexereien fürchtet und allen erdenklichen Unsinn als Mittel dagegen anwendet, weil schon so viele nach ihrer Hochzeit keine gesunde Stunde mehr erlebten? Den unglücklichen Bräuten hilft aber alles nichts, solange sie achtzehn Stunden fast ohne Unterbrechung sich mit jedem Manne herumdrehen müssen, bis er genug hat. Sein tut's schon grad, dass einer davonlaufen möchte.«

»Warum hast du denn doch nach Landsbrauch Hochzeit halten wollen?«

»Meinst du, ich frage zuerst nach den Bräuchen wie du? Seit ich hier bin, hab ich nie Gelegenheit gehabt zu sehen, wie es da auf dem Tanzsaal zugeht. Ich wähnte unter vernünftigen Menschen zu sein, mit denen sich schon auf ihre Art werde leben lassen, und um diese nicht schon anfangs zu beleidigen, wollte ich den laut ausgesprochenen Wunsch aller erfüllen und ihnen einen lustigen Tag machen.«

»Die Braut könnte aber den Saal verlassen, wenn man ihr dort keinen Augenblick Ruhe gönnt.«

»Das Amulett sollte dir sagen, dass man hier nicht alles kann, was man will«, bemerkte Vetter Jock und verließ unmutig das Zimmer.

Wie anders kam mir jetzt das Jauchzen und Stampfen da oben vor! Bald war es mir so zuwider, dass ich in die unterste Stube hinabsprang, wo der Beamte eben fragte, wie lange es denn da oben noch so außerordentlich zugehen werde.

»Bis alle beinahe umfallen werden«, antwortete der Wirt.

»Wenn aber die Musikanten früher ermüden?«

»So holt man eine Maultrommel und einen Kamm. Gehen muss es so lang als möglich – wer weiß, wie viel Jahre es nicht mehr geht. Wenn dann die halben Tänzerinnen krank werden – das schadet wenig, denn jetzt im Winter hat man Zeit, und sterben tut die Tannbergerin nicht so leicht.«

Man brachte einige Hochzeitsgäste herein, denen auf dem Tanzsaal etwas unwohl geworden war. Ich sprach mein Erstaunen darüber aus, dass diese Leute nicht mehr auszuhalten vermöchten.

»Bei diesen«, war die Antwort, »ist weniger das Tanzen und der ungewohnte Wein als ihr – Hunger an allem schuld. Ich dürfte wetten, dass sie seit gestern Morgen nichts Ordentliches mehr gegessen haben, um dann beim Hochzeitsmahl für ihren Taler auch gehörig einpacken zu können. Es gibt solche wohl auf jeder Hochzeit.«

Nun nahm es mich nicht mehr wunder, dass die Tanzenden, die ich selbst mit der Nachricht vom bevorstehenden Weltuntergang nicht aus dem Saal bringen zu können geglaubt hätte, so hastig herunterstürmten, als endlich, nachmittags um zwei Uhr, zum Essen gerufen wurde.

Schweigend verschlang man die reichlich und schnell nacheinander aufgetragenen Speisen. Nur am Brauttische wurde laut geredet. Besonders musste die Braut manches Witzwort hören, weil sie auch während des Essens das Amulett nicht wegzulegen wagte, da sie wohl merkte, wie sehr besonders ihren Landsmänninnen die Bemerkungen der leichtfertigen Bregenzerwälder, zu denen man natürlich auch den Bräutigam zählte, zuwider waren. Auch wir schwiegen einige Minuten erstaunt still, als wir sogar einige Tannberger von altem Schrot und Korn sich zuflüstern hörten: Da sehe man, wie wahr das sei, was fast täglich in den Tiroler Zeitungen über Vorarlberg gesagt werde.

Oh, dieses unselige Suchen von Gegensätzen, nur um immer neue Keime derselben auszustreuen!

»Am Ende«, begann ich ungewöhnlich ernst, »sind wir doch alle Deutsche und schwache, nur Nachsicht verdienende Kinder Gottes!«

Sogar der Beamte konnte nicht umhin, die gute Wirkung dieser Worte mit Vergnügen zu konstatieren.

Nach dem Mahle eilten die jüngeren Leute wieder dem Tanzsaal zu, als ob schon viel versäumt worden wäre. Ältere Personen aber, die daheim weder Kind noch Rind zu versorgen hatten, blieben beim Schoppen sitzen, und im neckenden Wortgefecht, wo der schlagfertige Tannberger nur we-

nige seinesgleichen findet, waren Tirol und Vorarlberg und alle Gegensätze gar bald vergessen.
Der Brautführer, der heute so viel zu richten und zu schlichten hatte, war kaum zu uns in die Stube gekommen, um einmal auszuruhen von des Tages Last und Mühe, als einige Burschen sich schreiend und polternd zu seinem Tische drängten.
»Was gibt's wieder?«, frug er, seinen Unmut nur schlecht verbergend.
»Händel gibt's«, schrie einer, dem ich nicht viel getraut hätte, wenn er mir irgendwo allein begegnet wäre, »da der Maurer, der Pflasterer, meint, weil er etliche Jahre fort gewesen sei und französisch fluchen gelernt habe, müsse gar alles sich nach ihm richten, du Flohgesicht du!«
»Was habt ihr denn?«
»Nichts«, sagte der gut gekleidete *Fremdler*, »nichts haben sie, nachdem sie ihr Geldle vertrunken und ich ihnen mein Martinele weggenommen.« Und dabei schien er zusehends größer zu werden. Stolz schaute er über die etwas gebeugten Bergbauergestalten weg, als diese sich näher zu ihm drängten und geballte Fäuste sehen ließen. »Schlagt mich krumm und blau«, trotzte er, »dem Martinele bin ich doch noch lieber als ihr!«
»Aber tanzen dürfen wir doch mit ihm, du Hoffartsnarr!«
»Ich frage nichts nach euren Bräuchen und mache, wie es mir und dem Martinele am besten passt.«
»Sei doch vernünftig, Mathis«, begütigte der Brautführer. »Gib nach, damit keine Händel entstehen.«
»Komm, Mathis«, riefen mehrere Mädchen, die, wie ich nachher erfuhr, zu den reichsten und angesehensten gehörten, »komm und du sollst tanzen, bis du genug hast.«
Das war eine Versuchung, der kein echter Tannberger hätte widerstehen können, da ja jeder sich so teuer als möglich verkaufen will und jeden Augenblick bereit ist, den Schatz zu wechseln, wenn er dort mehr gilt. Man sah den Mathis er-

wartungsvoll an, und manches schöne Gesicht entfärbte sich, als er sagte: »Wenn ihr dem Frieden oder mir zulieb tanzen wollt, so tut's mit denen, die mir das Martinele nicht lassen wollen.« Und ohne sich noch um die langen Gesichter der Umstehenden zu kümmern, sprang der arme Handwerker dem Tanzsaale zu, wie ich noch nie einen Menschen springen sah. Die Tannberger und ihre Maika standen wie angedonnert da und machten ihre gerade nicht liebevollen Bemerkungen über das stolze Paar.

»Das«, sagte der Brautführer zu mir, während wir auf den Tanzsaal schritten, »das ist sicher der größte Augenblick im Leben der armen, von jeher mit Geringschätzung behandelten Leutchen, aber sie würden ihn teuer zahlen müssen, wenn sie je mit den reichern Gemeindevertretern etwas zu tun bekommen sollten.«

Das Paar hatte sich indessen, wie man bald sah, auch Freunde und Freundinnen gewonnen, das Martinele war unter allen Mädchen, die heute in der Kirche dem Pfarrer einen Groschen opferten, bei Weitem das schönste, nur schade, dass es durch die formlose Tannberger Tracht gar so verunstaltet wurde.

Es ging auf dieser Hochzeit, den eben erzählten Zwischenfall ausgenommen, ungewöhnlich friedlich zu, was der Beamte unserer Anwesenheit zuschrieb, während andere es den Musikanten verdanken zu müssen meinten, die den Leuten keine Zeit zu Streit und Händeln ließen.

Abends zehn Uhr setzte man sich zum zweiten Mahle, und nun wurden die eigentlichen *Hochzeitstrachten* aufgetischt: zuerst Knödelsuppe, dann kalte Kuchen, Fleischwurst, künstlich geformtes Backwerk und zuletzt der bekränzte Kalbskopf.

»Der oberste Strauß ist für die Spuso«, rief der Brautführer, indem er den Teller vor die Braut hinschob. Diese hob den Strauß weg, und hastig suchte die Errötende ein aus Wachs geformtes, pausbackiges Büblein, welches mit einem seidenen Band unten am Strauß befestigt war, in der Schürze zu verbergen. Leider ließ sie dabei das Amulett fallen, und die Anwesenden flüsterten sich zu: »Sie wird keine Kinder bekommen.«

Ich hatte heute schon manchen kräftigen Tiroler Jauchzer gehört und ersuchte nun die Burschen am gegenüber stehenden Tisch, einige Lieder zu singen. Die Aufgeforderten steckten flüsternd die Köpfe zusammen und fingen endlich laut zu lachen an. »Sie könnten kein Lied, dessen sie sich im offenen Wirtshaus vor ihren Müttern, Schwestern und Schätzen nicht schämen müssten«, bemerkte der landeskundige Senn, und der Brautführer nickte bestätigend mit dem Kopfe.

»Wenn ihr den Fremdler noch hören möget, so will ich euch schon eins singen«, sagte Martineles Liebhaber, und gleich setzten sich noch einige zu ihm, die in den langen Winterabenden manches Lied von ihm gelernt hatten.

»Schließt froh den Freundschaftsbund«, begann er, als es still geworden war, mit kräftiger, klangvoller Stimme, und bald sah man die Gesichter aller ihm freundlich zulächeln. Hass und Neid waren verschwunden, und manches Mütterlein wischte sich verstohlen die Augen, nachdem es im Leben das erste anständige weltliche Lied singen hörte.

»Die Weise musst du uns auch lehren!«, riefen seine ehemaligen Gegner, sich zu ihm drängend.

»Und uns die Worte abschreiben«, baten die Mädchen, die noch vor einer Stunde gemeint hatten, dem Stolzen nie und nimmermehr gut werden zu können.

»Von Herzen gern«, lautete die Antwort.

»Dann«, jubelten die andern, »wollen wir singen lernen, dass es eine Art hat.« Und fröhlich klangen die Gläser auf das Gedeihen des neuen Bundes.

So war denn dieser Tag wirklich ein Tag des Friedens und der Vereinigung. Möge Mathis, der Bote der Kunst und Gesittung, segensreich wirken!

Die Geisterstunde war vorüber, als man gemeinsam das Tischgebet verrichtete und wieder dem Tanzsaal zueilte.
Ich fragte die Braut, die immer noch mitmachen musste, ob sie denn noch nicht todmüde geworden sei.
»Bei uns«, sagte sie, »ist es Brauch, dass die Brautleute die Letzten sind, welche den Saal verlassen. Es würde die Leute beleidigen, wenn wir früher gehen und sie so völlig fortschicken wollten.«
»Meinetwegen«, brummte Vetter Jock etwas unhochzeiterlich, »könnten die Tröpfe sich für beleidigt halten; ich wollte lieber der Gescheitere sein und nachgeben, statt mich so zu plagen, bloß des erbärmlichen Hochzeitsgeschenkes wegen.«
»Es ist nicht gar so erbärmlich«, lachte die Braut, einen mit Silberstücken ziemlich gefüllten Beutel hervorziehend und schüttelnd. – »Überdies – Jakob – hält eine Tannbergerin so etwas schon aus. Morgen, nach dem Seelenamt, werden alle ganz munter und lustig sein wie jetzt.«
»Wie«, frug ich, »wird's denn morgen erst noch einmal angehen?«
»Allerdings – zuerst ist Gottesdienst für die aus unserer Verwandtschaft Gestorbenen, dann kommt man hier zusammen und der Tanz beginnt von Neuem. Mancher ledige Bursche, den der heutige Spaß etwa zwanzig Gulden kostet, hat freilich kein Geld mehr; aber da macht man aus der Not eine Tugend, trinkt Schnaps mit dem genügsamen Schatz und lässt aufschreiben bis auf bessere Zeiten.«
Schon wieder kam der Brautführer, um meine Gesellschafterin zum Tanzen abzurufen. Noch um zwei Uhr, als ich den Saal verließ, tanzte sie, so flink wie am Morgen gleich nach dem Gottesdienste, mit jedem, der noch dazu aufgelegt war. Morgens um halb sechs soll das neu vermählte Paar wohlbehalten zu Hause angekommen sein, also gerade recht, die Kühe zu füttern und den Fremden vor der Abreise noch einen gehörigen Rahmkaffee zu machen. Der Wirt von

Schröcken hatte uns nämlich beredet, nicht mehr zum Seelenamt zu gehen, sondern mit Tagesanbruch in Gottes Namen abzureisen.
Es war noch ziemlich dunkel, als wir das Brautpaar verließen, ihm einen recht guten Winter wünschend und ruhigere und bessere Tage, als der Hochzeitstag einer war.
Als wir um Mittag auf Hochkrumbach ankamen, waren mehrere, die vorgestern über das gar so einfache Wirtshaus lachten, das eigentlich um wenig besser sei als gar keines, von Herzen froh, hier nun doch wenigstens einen stärkenden Schluck Schnaps bekommen zu können. Die etwa drei Viertelstunden lange Wegstrecke hatten wir in drei Stunden kaum zurückgelegt, da die abwechselnd Vorangehenden fast immer mit der Schaufel in der Hand über heruntergerutschte Schneemassen einen nur ein wenig gangbaren Pfad graben mussten. Wir hielten es für eine große Wohltat, in einer warmen Stube, wo uns Schweißtriefenden wenigstens der beißende *Heiterer* nichts schadete, ausruhen zu können, und wie das nach glücklich überstandenen Gefahren gewöhnlich ist, war unsere Stimmung eine frohere als selbst gestern um diese Zeit auf dem Tanzsaal.
Es war kein leichtes Stück Arbeit gewesen, von Warth nach Krumbach über so viele Schneerutschen den Weg auszuschaufeln, aber noch ärger, gefährlicher wurde es doch hier, wo es noch gar keine heruntergerutschten, daher an und für sich ungefährlichen Schneemassen gab. »Alles ist noch droben und doch nichts mehr fest«, sagte der Wirt von Schröcken und zeigte uns *viertelstundenlange Risse* im Schnee.
»Kann denn das nicht jeden Augenblick losgehen?«, fragten mehrere.
»Zuerst«, antwortete er, »bricht's auf der andern Seite drüben, wo jetzt die Sonne den Schnee erwärmt, doch der Donner der ersten Grundlauine da drüben wird auch hier alles lebendig machen. Ich möchte euch nicht erschrecken, doch wir müssen wissen, woran wir sind. Wenn's da drüben

kracht, sind wir keinen Augenblick mehr sicher. Geht nur nicht so nahe beisammen, damit es nicht alle auf einmal hinabschlägt und allenfalls noch jemand da ist, um zu retten und Hülfe herbeizuholen!«

Die Weiblein hinter uns, die sich bisher recht tapfer gehalten, begannen nun zu jammern und zu beten.

Jetzt stand der Tannberger still und winkte uns, so schnell als möglich nachzukommen, rufen durfte er nicht mehr, um ja durch keinen Laut die so gefährlichen Berggeister zu wecken.

Eine Viertelstunde hörten wir nichts als das Geräusch unserer Tritte und das Klopfen des Herzens.

Endlich lag wieder eine Ebene vor uns, von keiner Seite drohte Gefahr, und aufatmend fragten die so schnell als möglich ankommenden Frauen unseren Führer, den Wirt, ob jetzt endlich das Ärgste überstanden sei.

»Nein, auf dieser Ebene ist erst der eingeschneite, gefrorene Körbersee, in den die alten silbernen Glocken der Hochkrumbacher Kirche in Kriegszeiten versenkt worden sind und aus dem jedem, der seine Tiefe messen will, eine Geisterstimme zuruft:

Willst du mich ergründen,
So tu ich dich verschlingen.« –

Unmutig überschauten unsere Begleiterinnen die breite, blendend weiße Ebene, bis ihnen die Augen übergingen vor grellem Glanz. Ihnen kam es ungemein närrisch vor, in diesem Augenblicke noch von so etwas zu erzählen.

War denn dieser Tannberger so hart und abgewettert, dass er gar keinen Sinn hatte für ihre Angst, keine Furcht vor den Gefahren, denen man noch entgegenging?

Der Senn sagte, ihm sei es lieb, dass auch diese so öde Gegend, in der man nichts höre als das Rauschen des Trittes, nichts sehe als blendend weißen Schnee und die traurig zwi-

schen Wolken hervorschauende Sonne, wenigstens von so alten Geschichten belebt werde, es käme einem sonst fast vor, als ob man plötzlich allein auf der Welt sei.
»Mir kommt's jetzt nicht mehr so vor«, lächelte der Wirt. »Ich sehe dort einige Gestalten uns entgegenkommen.«
»Richtig, Männer mit Schaufeln«, riefen mehrere.
»Wer doch ist denn so unmenschlich waghalsig, heute da heraufzugehen?«, fragten unsere Begleiterinnen.
Der Wirt sah sie stolz lächelnd an und antwortete: »Das sind Tannberger, schon am rüstigen Daherwaten ist's ihnen anzusehen. Man weiß im Schröcken drunten immer, wer noch abwesend ist und etwa eingeschneit werden könnte, und die Tannberger ließen keinen im Stich, wenn's gerade Messerspitzen hagelte. Ja«, fuhr er etwas bitter fort, »wenn wir nicht mehr Gemeingeist hätten als diese, die da stolzer sind auf ihre Bildung, so wären wir und noch manche schon längst zugrunde gegangen.«
Acht kräftige Burschen waren unterdessen zu uns herangeschritten. Sie hatten Schaufeln, Lebensmittel und sogar einen Schlitten bei sich, um die etwa Ermüdeten aufladen zu können.
Aber jetzt wollte niemand mehr müde und niemand mehr mutlos sein. Munter plaudernd, schritten meine Landsmänninnen neben den jungen Tannbergern über die gefährlichsten Stellen und gestanden lächelnd, dass Land und Leute eigentlich gar nicht so übel seien, wenn man sie einmal genauer kennengelernt habe.
»Vor allem sind wir Deutsche und Kinder Gottes«, sagte der Wirt, meiner gestrigen Worte sich froh wieder erinnernd, »überall unter den Menschen findet sich etwas Gutes, denn nur durch dieses können sie bestehen und gedeihen.«
Während alles so sorglos plauderte, musste ich immer wieder an den guten Beamten denken, der mit uns das Haus seiner Base verließ. Ihm und seinen zwei Begleitern war wohl niemand entgegengekommen, und doch war sein Weg noch

viel gefährlicher als der unsre. Der Wirt suchte mich zu beruhigen: Seine Führer würden nicht nur unerschrocken vorwärtsgehen, sondern auch zur rechten Zeit stillzustehen und umzukehren wissen.

Im Wirtshause zu Schröcken, wo wir nach einer Stunde glücklich anlangten, ging's bald recht lustig zu, wie es der Tannberger nach überstandener Gefahr liebt. Erst spät am Nachmittag mahnten die immer dichter werdenden Wolken zur schnellen Heimreise.

Wir langten wohlbehalten, nur etwas müde, nach dem Ausbruch des Unwetters zu Hause an, wo man uns kaum noch erwartet hatte, da die in den letzten Tagen zu Tal gestürzten Lauinen genugsam Zeugnis von den Schneemassen auf den Höhen abgelegt hatten.

Vierzehn Tage später erhielt ich von dem Beamten folgendes *Schreiben.*

»Laut in Warth getroffener Vereinbarung folgt nachstehend Mitteilung über die Heimreise von dort.

Nach Durchwatung von fünf Schneerutschen und vierstündiger Rücklegung einer Wegstrecke von ca. neunzig Minuten erfuhr ich mein Vergessen meiner Reisetasche, ohne mich jedoch darum nach besagtem Aufbruchsort wieder zurückzubegeben. Im Weitergehen freute uns der blaue Himmel. An allen todes- resp. lebensgefährlichen Stellen war der Schnee schon herunter, und am Lech erfuhren wir mit Staunen, dass es am Montag abends am Flexen schon zwei Männer verlauinet habe, aber beide durch Hilfe ihnen Entgegenkommender bald wieder ausgegraben worden seien. Nun hatte doch ich an besagter Stelle nichts mehr zu fürchten und begab ich mich nach Speisung und Entlohnung meiner Begleiter nach dem k. k. Postamt Stuben, wo ich meine zwei nassen Stiefelsocken von der freundlichen Wirtin wieder trocknen lassen musste. Dieselbe erstattete Bericht: Wie am Arlberg dreiundzwanzig Pferde und ein Mann mit Schnee überschüttet wurden, sodass nur noch das Menschenleben mit genauer Not gerettet habe werden können. Es konnte nun ein Schlittenfuhrwerk zur Heimfahrt benutzt werden, bis um sechs Uhr abends, um welche Zeit es zu stürmen und zu winden begann, dass das Pferd auf keinerlei Weise mehr vorwärtszubewegen war. Das war, in stockfinsterer Nacht, fern von allen Behausungen und deren Bewohnern, auf eisiger Straße, der unangenehmste Moment auf meiner ganzen Reise. Weiter ist nichts Erhebliches zu berichten, als dass es daheim, wo ich später glücklich ankam, die ganze Zeit nur geregnet hatte.

Der am Tannberg herrschende Geist ist im Ganzen ein vortrefflicher, wenn man bedenkt, wie weit diese Leute aus dem Bereiche der Quellen der Ordnung und Gesittung sind. Übelstände sind allerdings mit Bedauern wahrzunehmen wie allenthalben, wo die Menge sich selbst überlassen ist. Es ist aber das ein kräftiges Volk, vor dem einem fast angst werden könnte, wenn man nicht wüsste, dass strenge Geistliche es in Zucht und Ordnung zu halten suchten, die da mit heiligen Banden binden, wo unser Arm – offen gestanden – beinahe zu kurz wäre.

Mit dem etwas derben Ausspruch, dass das Volk einem prächtigen Klavier gleiche, das aber doch nicht schön klingt, wenn man in Holzschuhen auf den Tasten herumspringt, kann ich mich nicht ganz einverstanden erklären, doch darum keine Feindschaft.«

Zwei Geburtstage eines Bäuerleins

1.

Im Mai des Jahres 1863, an einem Tage, wie der spät gekommene Frühling sie den Bewohnern des Bregenzerwaldes nicht selten aufgehen lässt, gleichsam um zu zeigen, dass er in der Welt draußen denn doch noch nicht alle seine Herrlichkeiten vertan habe – an so einem Tage saß das Bäuerlein, welches hier die Ehre hat, sich dem freundlichen Leser vorzustellen, mit einigen guten Freunden im *Schopf* des funkelnagelneu angestrichenen *Bräuhauses* zu Schoppernau. Die *Freunde* waren ein Zimmermann, ein Schreiner und ein Schneider, und da wir vier von einem Buche wie von einem Ereignisse redeten, so würde uns ein fünfter, und nicht ganz mit Unrecht, als Sonderlinge bezeichnet haben. Das Buch hatte den etwas wunderlichen Titel: »Nümmamüllers und das Schwarzokaspale« und war die erste Dichtung, die zu veröffentlichen ich den Mut hatte. Die ersten vier Bogen lagen sauber gedruckt vor uns auf dem Tisch, und daneben eine Maß vom Allerrötesten, welche von den drei Burschen mir zum Geburtstage aufgetischt worden war. Bald klangen die Gläser auf glücklichen Erfolg und eine schöne Zukunft, während der abendlich kühle Ostner von der neben dem Hause stehenden Baumreihe lieblich duftende Blüten auf uns hereinstreute.

Im Bräuhause zu Schoppernau hat man nicht immer gutes Bier, die Wirtsleute aber sind stets gut und freundlich. Die Hauptsache aber und eine wahre Seltenheit ist es, dass man hier nicht sorgen darf, jeder frei ausgesprochene Gedanke werde gleich in den Pfarrhof getragen, um von dort vielleicht schon am nächsten Sonntag in Form einer gehörig gesalzenen Predigt auf die Kanzel gebracht zu werden.

Der Zimmermann durchblätterte mehrmals die auf dem Tische liegenden Bogen und sagte plötzlich: »Mich freut's, dass du etwas Gehöriges anfängst mit dem Leben, welches ich dir vor drei Jahren nur mit größter Gefahr rettete, als die Brücke über die Ach unter der Last der Kühe brach, die du darübertriebst, und in den furchtbar angeschwollenen Strom stürzte; ich jubele heute nicht bloß als dein Freund, sondern auch als Bregenzerwälder, dass du, den unsere Brücke nicht trug, nun eine andere aufbaust zwischen uns und der Welt. Jetzt haben wir das wahrhaft nötig, wenn wir in unserer künstlich geschaffenen Abgeschlossenheit uns nicht wieder in jene Zeiten zurückleben sollen, wo eine kleine, in den Nachbargemeinden entstandene Gesellschaft von Wiedertäufern sich nach Mähren flüchten musste.«

»Zurückleben –«, frug ich, »meint ihr denn, wir seien im Ganzen je weit über jene Zeiten der sogenannten *Mährenländer* hinausgekommen?«

»Ja, das allerdings«, behaupteten meine drei Freunde einstimmig und stellten sich mit der dem Bregenzerwälder eigenen Lebhaftigkeit streitlustig vor mir auf, »jetzt schreibt man 1863, liest in jeder Gemeinde einige Zeitungen und ganz aus uns heraus hat einer wachsen können, von dem eben ein Buch in die Welt hinausgehen soll.«

»Der«, antwortete ich, »steht eben auf dem schwachen Notsteg zwischen uns und der Welt. Er ist auch wirklich nicht frei von der Furcht, das Fundament desselben könnte auf unserer Seite untergraben werden von dem mächtigen Strom, der in *Brixen* als heilige Quelle entspringt.«

»Ich habe immer geglaubt und behauptet, du liebtest die Bregenzerwälder«, klagte der Zimmermann. »Wenn man dir auch manches in den Weg legte, so kommt doch auch das nur von der Liebe der Gemeinde zu den Ihrigen, auf die sie gern ein wenig stolz sein möchte. Seit ein Mensch von dir weiß, hast du nie getan wie andere. Ich glaube nicht, dass du je eine rechte und ganze Kinderfreude erlebt habest.«

»Mit hölzernen Pferden und Kühen«, sagte ich, »hab ich freilich keine so große Freude gehabt; dagegen ist meine Welt mir aufgegangen, als mein Vater mich das erste Mal mit sich in die Kirche ließ. Ich sah den prächtig gekleideten Priester, den Stellvertreter Gottes am festlich geschmückten Altar mit den vielen Kerzen und Blumen, ich atmete den lieblichen Duft, welcher dort aus dem silbernen Rauchfass mit dem Gebete der Gläubigen zum Himmel emporstieg, ich hörte zum ersten Mal im Leben Orgelspiel und Gesang, und ich hätte es lieber geglaubt, dass wir uns alle im Himmel befänden, als in dem großen, steinernen Hause, dessen Anblick meine Einbildung schon oft stundenlang beschäftiget hatte. Trotzdem begann ich überlaut zu weinen, und so häufig rannen mir die Tropfen übers Gesicht wie wohl damals kaum, als der betrunkene Doktor im Tirol drinnen, dem man mich im zweiten Lebensjahr auf Anraten seiner Verwandten in Au übergeben hatte, mir statt dem kranken Auge das gesunde behandelte und für mein Lebtag verdarb. Aber so weh wie damals war mir jetzt nicht, dennoch konnte ich mir das Weinen nicht wehren. Der erschrockene Vater nannte mich zuerst einen närrischen Jungen, mahnte mich dann durch einige Rippenstöße zum Schweigen und führte mich, da auch Versprechen, Bitten und Drohen nichts nützen wollte, noch lange vor dem Schlusse des Gottesdienstes aus der Kirche. Und dann habe ich auch daheim in meinem Kämmerlein einen Altar auf einem alten Mehltrog aufgerichtet, mit Baumzweigen statt Blumen und Weidenruten statt Kerzen, und Kuhschellen haben geläutet zu der Messe, die nun in einem über die Kleider angezogenen Hemde fast täglich von mir gelesen oder gebrummt wurde, bis der Sturm des Jahres 1848 die erste Zeitung in unser Haus trug.«
»Uns anderen war bald die Weile lang, wenn wir uns einmal in dein Altarkämmerlein schwatzen ließen«, sagte der Schreiner.
»Aus dem Altarkämmerlein ist für jetzt mein Schreibstüb-

chen geworden, aber noch immer gibt es wenige, die dorthin zu mir kommen mögen.«

»Du kannst allenfalls zu den anderen heraus«, meinte der Zimmermann, »jetzt hängst du nicht mehr an einem Nagel wie früher. Seit du nicht bloß mit einem Buche dich einsperrst oder die düstersten Tobel, die dunkelsten Wälder aufsuchst, ist mir für dich nicht mehr bange. Dem, der etwas Rechtes kann und etwas tut, haben die Bregenzerwälder noch immer Hochachtung und Liebe entgegengebracht und ihn mit Stolz den Ihrigen genannt. Solche Grübler und Rechner aber kann das Volk nun einmal nicht leiden. Man kann's eben ganz gut mit einem im Sinn haben und ihm doch unrecht tun, drum solltest du nicht glauben, dass alle deine Gegner waren, die dir etwas in den Weg legten. Besonders nach dem Tode meiner ältesten Schwester, der dir so zu Herzen ging, sah man dich immer verbitterter werden. Viele, die du durch dein zuweilen ausgelassenes Betragen nicht zu täuschen vermochtest, wussten dich unglücklich und wollten dir eben auf ihre Weise helfen. Nun – ich hab dich auch nicht grade sänftiglich erfasst, als ich dich aus dem Wasser zog, und doch hast du mir darum noch nie Vorwürfe gemacht; willst du nun ungerechter sein gegen die, welche es ebenso gut meinen, wie ich es damals gemeint habe?«

»Nein«, sagte ich gerührt. »Die Gemeinde hat's mit mir beinahe gehabt wie meine gute Mutter, die meinetwegen so viel Sorgen ausstehen musste, nachdem der Vater anno 49 am Schlagfluss starb. Sie glaubte den schwächlichen, etwas kurzsichtigen Knaben nie ändern und auch nie sich selbst überlassen zu dürfen. Und der Trotzkopf wollte gar nicht geführt sein, wollte sich nicht warnen und nicht leiten lassen. Sobald er etwas verdienen konnte, bestellte er zum Ärger aller sparsamen Vettern und Basen eine Zeitung wie ein Pfarrer oder Vorsteher, und später ließ er sich bis von Lindau herein ganz teure Bücher kommen, die ihn immer noch wunderlicher machten. Wohl verrichtete er seine Arbeiten, aber sein Humor dabei war nicht der eines achtzehnjährigen Bauern. Viele meinten, er müsse die Auszehrung oder sonst eine Krankheit haben, denn nur die Mutter hatte es schon damals vom Pfarrer gehört, dass Leuten, die die Gartenlaube und derlei Sachen lesen, gar bald die Ruhe des Gewissens und die Gnade Gottes fehle. O manche Träne hat die gute Mutter geweint wegen ihrem verlornen Sohn, aber sie vermochte doch nicht so hart gegen mich zu sein, wie es von ihr gefordert und ihr sogar zur Pflicht gemacht wurde. Wir beide verstanden uns oft nicht recht, aber jedes fühlte innerlich, dass das andere es herzlich gut meine – das band und trennte uns fast jeden Tag. Mit der Gemeinde war es, wie gesagt, beinahe das Nämliche, nur dass die für mich denn doch nicht das Herz der Mutter hatte. Man konnte mich nicht schlecht nennen, und doch war ich keinem recht; drum wollten sogar die mir den Meister zeigen auf jede Art, die sonst wohl keinem Menschen einreden durften. Die traurigsten Tage waren die, welche in anderen Häusern die fröhlichsten sind, nämlich wenn die Verwandten und Bekannten uns besuchten und erzählten, wie oft und oft sie meinetwegen vor dem Pfarrer und vor andern vernünftigen Leuten hätten schamrot werden müssen. Wenn man mir doch nur das erste Buch auf den Händen verbrannt hätte, statt wie der sonst doch so vernünftige Vater selig im letzten Lebensjahr meine närrische Leserei halbe Nächte lang mitzumachen. Doch genug von dem! Jetzt ist die Mutter guter Dinge und trägt meinen Jakob herum, während mein auch ihr so liebes Wible die Hausarbeit verrichtet.«

»Grade so wird sich's bald auch im Dorfe verändern«, behauptete der Zimmermann.

»Nach meiner Ansicht«, sagte ich, »gehört nur das dem Menschen wirklich und ganz zu, was er selbst sich erkämpft hat. Glaubt ja nicht, dass die Segnungen unseres Jahrhunderts dem auf jede Weise abgeschlossenen Bregenzerwald so mir nichts, dir nichts in den Schoß fallen werden. Wenn ich je werde, was ich sein möchte, so hab ich den Frieden mit der Gemeinde noch nicht bald zu erwarten. Aber wenn sich's nur regt! Wir halten zusammen für Wahrheit und Recht und wenn's uns auch beinahe gehen sollte wie den Mährenländern in Au.«

»Das müsste man jetzt nicht mehr fürchten, wenn man auch wirklich ein Ketzer und Irrlehrer wäre.«

Ich zweifelte: »Ihr wisst, wie unsere jungen Geistlichen jeden Gedanken, jede freiere Regung, selbst die unschuldigste, mit allen menschenmöglichen Mitteln niederhalten.«

»Die sind denn doch nicht das Volk.«

»Aber sie haben es völlig im Sack. Jeder Einzelne gehört ihnen vom ersten Tage seines Lebens bis zum letzten Willen und zur letzten Ölung, wenn nicht ein Wunder geschieht, was heutzutage sehr selten ist.«

»Aber Mährenländer wird's keine mehr geben!«

»Ja, solang alles beim Alten bleibt, solang die Neuerer nur einzeln dastehen und allgemein verachtet sind.«

»Ich dürfte hundert Gulden wetten, dass so eine Verfolgung und Vertreibung nicht mehr möglich wäre«, rief der Zimmermann.

»Und ich setzte lieber aufs Gegenteil. Aber nicht hundert Gulden, lieber unsere beste Kraft wollen wir auf und für das Volk und seine Erlösung einsetzen.«

»Es lebe die Freiheit!«, riefen alle, und die Gläser klangen. Dann ward es einen Augenblick wunderbar still. Jetzt fingen die ersten Tannen da droben an der Berghalde ganz eigentümlich zu brummen an, die im abendlichen Halbdunkel wie verschneit dastehenden älteren Obstbäume begannen sich unwillig zu schütteln, und ich hatte das Gefühl, so ein Ruf müsse in diesem Tale wohl lange nicht gehört worden sein.

Jetzt kam ein Grenzjäger zu uns ins Bräuhaus. Er war hergebeten worden, damit er die von der Finanzwache ge-

schlossene Bierpfanne morgen zu einem Sud entsiegele und nichts unbesteuert ins Fass rinnen lassen möge.
Meine Freunde schlichen von den noch nicht ganz leeren Gläsern weg. Auch ich ging, obwohl ich zum Schlafen noch nicht in der rechten Gemütsverfassung war.
Am Berg neben dem Dorf auf einem kleinen Felsen etwas ab von den Häusern war ich schon als Knabe besonders gern gesessen, hatte eine Haushaltung nach der andern an mir vorbeiziehen lassen oder Ereignisse in die Häuser hineingedichtet, um etwas mehr Leben da hinabzubringen und die Leute mir handelnd zu vergegenwärtigen. Hier saß ich auch heute auf einem moosbedeckten Stein unter den dicht belaubten Ästen einer hohlen Buche, und meine nach allen Richtungen eilenden Gedanken hatten bald die ganze Gemeinde um mich her versammelt. Jeder erzählte, keiner wollte auch dem andern das Wort gönnen, um seine Angelegenheiten vorzubringen. Mir ward angst und ich begleitete sie in Gedanken wieder in ihre Häuser, wo ich so viel Glück und Unglück beisammensah, wie ich mir es früher nie eingebildet hatte. Ach, allen wünschte ich etwas zu sagen, dem verknöcherten Frömmler, der sich und andern jede Freude verdarb, und dem nur Klugen dort, der sein Talent in Taler zu verwandeln suchte. In diesem Augenblick hätte ich denen da unten – eine Bergpredigt halten mögen. Etwas Unaussprechliches, ich möchte sagen, Göttliches hatte sich in mir geregt; aber zugleich erwachte auch das Gefühl, dass das zu groß sei für mein Dorf und seine kleinlichen Verhältnisse. Ich dachte wieder an die Brücke, von welcher der Zimmermann gesagt hatte. Es wäre wohl schön gewesen; aber noch sah ich selbst den schwachen Notsteg in Gefahr, über den ich mich gewagt hatte, ohne mich zu fragen, was wohl die Studierten und Zünftigen sagen würden, wenn ich wirklich drüben ans Land kommen sollte.
Aber nun dachte ich auch an manchen dort drüben, der mir schon, ohne es zu wissen, ein lieber Freund geworden war

und den ich gut genug zu kennen meinte, um zu hoffen, dass er auch dem herzlichen Druck meiner schwielenbedeckten Hand die seinige nicht entziehen würde. Oh gewiss tat es auch ihnen allen wohl, sich von einem Redlichmeinenden aus dem Volke verstanden zu sehen, wenn ihnen dieses erhebende Gefühl auch nicht so selten wie mir ihr Schaffen und Streben belohnte.

Ja, was ich für das Größte, das Wohltuendste im Menschenleben hielt, war mir nur selten zuteilgeworden, hatte dafür aber sich meinem ganzen Wesen umso tiefer eingeprägt. Lebhaft gedachte ich jetzt des *holden Mädchens* mit dem tiefen ernsten Blick, das oft von den spielenden Gefährten und Gefährtinnen weg zu dem einsam abseits stehenden Knaben hinüberschaute, sogar bemüht war, ihn in den Kreis der Fröhlichen einzuführen. Sie bekam wenig Dank dafür. Aber wohl hat es mir doch immer getan, und ihr Haus war mir das liebste im ganzen Dorf und dasjenige, welches ich später am häufigsten betrat, in dem ich am längsten verweilte, um mit – ihren Brüdern, dem Zimmermann und dem Schreiner in freien Stunden zu plaudern und zu lesen. Das Mädchen war älter als ich, fast nur durch ihm geliehene Bücher und besonders durch leise angestrichene Stellen wagte ich mit ihr zu reden und jedes ihrer Worte war mir beinahe das, was dem Pfarrer zu seiner Predigt der Text ist. Das Mädchen wurde immer ernster, immer blässer, seine Aussprüche hatten mehr und mehr etwas Prophetisches, Heiliges, und mir war es, als ob ich ein Götterbild auf die Gasse werfen sähe, als ich die Leute sich erzählen hörte, dass die beiden jungen Leutchen eben verliebt seien und ihre einfältige Leserei nun sie zusammenbringen müsse, wie andere das Tanzen oder etwas anderes. Ich sah die Gute krank und ich litt mit ihr, hatte dabei aber stets das Gefühl, dass sie wirklich zu gut sei für diese Welt, und die Hoffnung, dass ich auch ihr bald nachfolgen werde ins Land der Ruhe. Starr und stumm, nichts mehr hoffend und nichts mehr fürchtend, hörte ich drei Wochen später die Totenglocke läuten. Kein warmer Strahl schmolz auch nur eine einzige Träne von meinem Schmerz hinweg, bis ich das liebe Antlitz mit der schönen Stirne und den blassen Wangen noch einmal, zum letzten Male, lächeln sah, wie es nur selten gelächelt hatte. Jetzt konnte ich weinen und nie mehr hab ich diesen Augenblick vergessen.

Nun war ich wieder ganz allein mit meiner Mutter, der alle gegen den immer sonderbarer werdenden Sonderling aufredeten. Ich bedauerte sie wie mich selbst. Weder am Arbeiten noch auch am Lesen und Lernen hatte ich jetzt eine rechte Freude. Was ich immer anfing, galt mir selbst nur für einen Versuch, sich die Zeit zu verkürzen und die so öde Wegstrecke bis zum Grabe ein wenig zu beleben. Und in dieser Zeit wurde ich ziemlich weit herum als der beste Spaßmacher berühmt oder gefürchtet und mit allen lustigen Burschen der Gegend bekannt.

Ein solcher führte mich in sein Haus, wo es stets ungemein lebhaft zuging. Bald war ich hier sowohl der Erste als der Ärgste im Tanzen und Springen und galt für den Rädelsführer bei allen tollen Streichen, von denen in zwei Gemeinden erzählt wurde. Immer aber gelang es mir denn doch nicht, mich selbst so ganz zu verleugnen und mein Inneres zu überschreien. Zuweilen saß ich still in einem Winkel, hadernd mit der Welt und mit mir selbst, während andere mich spottend fragten, ob ich heut wieder einmal einen Kapuziner verschluckt hätte?

Nanni – das jüngste der vielen Geschwister – stand dann gewöhnlich hart neben mir, während es zu anderen Zeiten den so Ausgelassenen beinahe ängstlich mied. Einmal sah ich zwei große Tropfen in den Augen des lieblichen Kindes stehen, und als dann bald darauf sein Blick dem meinigen wieder begegnete, sagte es leise, doch ohne die innere Erregtheit ganz unterdrücken zu können: »So sind sie! Wenn du ihnen Kurzweil machst, wenn du dich zu ihrem Spaßmacher hergibst, bist du ihnen ganz recht; sonst aber lachen sie dich aus und tadeln dich, und doch kommt's mir vor, als ob du heute viel mehr du selbst seiest als das letzte Mal.«

Es lag für mich so viel in diesen Worten, dass ich noch jetzt für nicht grade nötig halte, nach diesem auch noch meiner Neigung nachgebend zu erzählen, wie mir dann ein neues Leben aufging, wie ich bald ein ganz anderer, frömmerer, fröhlicherer Mensch ward, wie wir zusammen lasen, lernten und lebten und wie Nanni dann mein Wible geworden ist. Liegt ja doch das alles schon in jenem schönen Abende, dessen ich immer gedenken muss, wenn ich mir das Glück desjenigen vorstelle, der sich von einem edlen Wesen verstanden sieht.

Auch an meinem Geburtstage, und besonders als ich so ganz allein auf dem Felsen ob dem Dorfe war, musste ich dessen immer wieder gedenken und jedes, auch des unbedeutendsten Nebenumstandes mich erinnern. Und da mir aus meinen Lieblingsdichtern so manche Stelle einfiel, die mein Empfinden wunderschön und treffend ausdrückte, sagte ich mir, dass es in der Welt draußen viele geben müsste, die auch mich verstehen würden. Mit diesen hätte ich jetzt reden mögen! Aber auch die, welche da unten von des Tages Mühen und Sorgen ausruhten, sollten dabei zuhören und vielleicht für ihr hartes Leben etwas gewinnen!

»O«, rief ich aus, »dass ich doch wirklich die Brücke herstellen könnte, von welcher der Zimmermann heute gesagt hat! Aber wie? Jener große Bergprediger sprach in Gleichnissen zu Hohen und Niedern, zu Gelehrten und Ungelehrten. Ich möchte vom allgemein Menschlichen predigen und das Göttliche darin verherrlichen – aber wo ist mein Gleichnis für alle?«

Ich konnte nicht mehr ruhig bleiben. Erst langsam, aber immer schneller schritt ich dem eine Viertelstunde vom Dorf entfernten Wäldchen am Ufer der Ach zu. Hier setzte ich mich wieder auf einen Stein und sann. Dann eilte ich heim

in mein Altarkämmerlein und schrieb mit fliegender Feder das erste Kapitel meiner »Sonderlinge«.
Als ich einmal aufsah, schaute der helle Morgen durch das papierbeklebte Fensterchen zu mir herein.

2.

Der 13. Mai des Jahres 1867 war ein ungewöhnlich heißer Tag, dem ein trüber wetterdrohender Abend folgte. Ich saß nicht mehr im rot angestrichenen Bräuhaus mit den grünen Fensterladen neben der Baumreihe hart am Brunnenbächle zu Schoppernau, sondern im Kaffeehaus zu Bludenz, einem der bevölkerten Orte Vorarlbergs, dem man es gleich ansieht, dass es eine Stadt sein sollte.
Nun, mancher ist freilich in vier Jahren noch viel weiter als nur über zwei Bergreihen hinausgekommen, mir aber war das schon weit genug. Denn ich war auf der Flucht aus meiner Heimat. Auf der Flucht. Es ist richtig, und der Zimmermann hätte seine 100 Gulden wahrhaftig verloren, obwohl wir jetzt 1867 schreiben, und obwohl ich noch lange kein Mährenländer geworden war.
Vielerlei ist anders geworden vom ersten Kapitel meines letzten Buches bis zum letzten. Das Häuflein meiner Freunde hat sich unterdessen derart vermehrt, dass man mich, den früher verhöhnten Sonderling, nun auf einmal für sehr gefährlich zu halten begann. Unser jetziger Pfarrer, nicht mehr der wackere Tiroler *Stockmayr*, welcher mir zuerst die Lehre Jesu vortrug und mich denken lehrte – ein Bregenzerwälder Landeskind, hat den angesehensten Männern ins Gesicht gesagt, dass man nichts gegen mich anzufangen brauchte, wenn ich etwa bloß den Kaminfeger und ähnliche zu Freunden und Gesinnungsgenossen hätte. Es war das auch leicht zu glauben, denn der Kaminfeger hatte bei den

Landtagswahlen im letzten Winter kein Wörtlein mitzureden; durch einige meiner Anhänger aber war zufällig die Wahl eines verketzerten Ausländers, des *Baron v. Seyffertitz*, entschieden, der dann später noch gar in den Reichsrat gewählt wurde. Von den glaubenslosen Leuten auf dem Land draußen war wohl nichts Gottgefälliges zu erwarten gewesen; aber die Bauern da, die weder auf Ämtern noch auf Titeln feststanden, sollten nun bei den Haaren zu ihrem Heile zurückgeführt werden.

Vorerst galt es, den Geist der Zwietracht ins Volk zu treiben, denn ein Haus, das mit sich selbst uneins ist, kann nicht bestehen. In den Kirchen wurde gegen einige in der letzten Zeit erschienene Schriften gepredigt, als deren Verfasser mich die frommen Herren unter der Hand zu nennen die Aufmerksamkeit hatten.

Ein Kapuziner in Bezau brachte sogar einen Arbeiter beim Lithographiebesitzer *Feuerstein* zu einem kleinen frommen Diebstahl, um eine noch nicht veröffentlichte Schrift von mir in die heiligen Hände zu bekommen und dann als bereits erschienen zu verpredigen. Hauptsächlich richtete sich der fromme Zorn des guten Paters gegen folgende, nach seinem Dafürhalten von dem Gottesleugner Lessing kommende Stelle: *»Wie einer ist, so ist sein Gott.«*

»Was«, ruft der Prediger mit einem dröhnenden Schlag auf die Kanzel, »einer ist ein Hurer, folglich wäre Gott auch ein –, ein anderer ist ein Dieb, und Gott –, wieder ein anderer lügt, also –!? Haben die ärgsten Heiden in ihrem Sündenleben je diesen Schriftsteller an Frechheit erreicht?«

Und dann hatte der Kämpfer Christi noch die Kühnheit, einem frommen Häuflein zu erzählen, wie er in den Besitz der verpredigten Schrift gekommen war, um damit zu beweisen, dass ich wirklich der Verfasser derselben sei. Da ich im letzten Winter mit schriftstellerischen Arbeiten so beschäftigt war, dass ich zur Verrichtung der gröbsten Feldarbeiten zuweilen einen Tagewerker hielt, entstand nun plötzlich und wie auf ein gegebenes Zeichen in mehreren Dörfern das Gerede, ich brauchte nicht mehr zu arbeiten, da ich ja Geld von den Freimaurern erhielte, wofür ich dann das Land um seinen heiligen Glauben bringen müsse. Meine Heimatgemeinde kam in den Ruf, dass es da kaum noch ein Dutzend gute Christen gebe, und zum Beweise wurden von einzelnen Bürgern, von meinen Freunden und besonders von der durch mich im letzten Winter für die Gemeinde errichteten Leihbibliothek Dinge erzählt, dass einem dabei Sehen und Hören hätte vergehen können.

Während meine Verwandten jammerten und mich im Gebet einschlossen, bedauerten andere an öffentlichen Orten mit frommem Augenverdrehen, dass mir vor sieben Jahren der Zimmermann das Leben gerettet und nicht lieber einen Klotz an den Kopf geworfen habe. Des Pfarrers Vater meinte, bei ihm in Bezau oder Reuthe würde man mit so einem wie mir nicht viel Wesens machen. Man tät ihm das andere Auge auch noch ausstechen und ihn dann erschlagen. Aber auch in Schoppernau werde man mit so einem kleinen Männlein schon noch fertig werden. Viele schienen der Ansicht, und einige sprachen es offen aus, es wäre ein gutes Werk, wenn man mich so mit Glimpf auf die Seite bringen würde. Meine Freunde, die die Aufregung mit jeder Predigt gegen das Lesen, gegen Schriftsteller und Freimaurer nur noch wachsen sahen, fingen an, für meine körperliche, ich selbst für meine geistige Existenz das Ärgste zu fürchten. Die fanatisierten Leute waren schon so weit, dass etwas Hässliches geschehen musste, wenn nicht sofort mit mächtiger Stimme »Halt« gerufen wurde.

Der Riss, der in meiner Heimat und auch in den Nachbargemeinden sich aufgetan hatte, ging mitten durch die Häuser zwischen Kindern und Eltern, zwischen Brüdern und Schwestern, ja zwischen Gatten und Gattin hindurch, und alles schien zusammenzuwirken, um die Wut der Rohesten gegen den vermeintlichen Unheilstifter aufs Höchste zu treiben.

Vergebens ersuchten die angesehensten Männer meiner Heimat den Pfarrer, von heiliger Stätte aus ein beruhigendes Wort an die Gemeinde zu richten. Und als ich später, von ihnen begleitet, selbst in den Pfarrhof ging, um Herrn *Rüscher* die Unwahrheit der Gerüchte über mich und meine Bestrebungen zu beweisen und ihn zu einer Erklärung zu veranlassen, wollte er mich vor Zeugen gar nicht anhören, und als wir zwei dann allein verhandelten, wurde die Erklärung, die mich sichern konnte, rundweg verweigert.
Auf dem Kirchweihmarkt in Au am 5. Mai wurde mit Fingern auf den neuen Irrlehrer gewiesen, und häufleinweise stellten grobe Burschen und Männer sich unheimlich flüsternd um mich herum, während andere mich neckten und auch auf andere Weise ihre Absicht, mich in einen Streit zu verwickeln, verrieten. Unter diesen Leuten, für die ich besonders in den letzten Jahren so viel geredet und gewirkt hatte, kam ich mir heute wie ein Ausgestoßener vor. Anfangs war mir's, ob sie mich nur verhöhnen wollten, bald aber tat mir ihr Undank noch mehr weh. Ich sah mich im allerfinstersten Mittelalter, und wie mir jetzt, kann nur einem Verfemten zumute gewesen sein, der nie mehr sicher war, wann und wo der tödliche Streich ihn treffen werde. Meine Freunde und das treue Wible ließen mich nicht mehr aus den Augen, bis wir im Herrenstüble beim Rößlewirt eine Zufluchtsstätte fanden. Es war spät, als wir mit mehreren guten Freunden nach Schoppernau zurückfuhren. Auch meine Freunde, lauter kräftige Bauernburschen und Handwerker, hatten mich gewarnt, allein und besonders zur Nacht mich nicht mehr weit zu wagen.
»Luft, Luft, Freiheit!«, rief ich plötzlich aus, und auch das Wible gestand trotz der Feldarbeit, die eben jetzt begann: »Ja, du musst fort! Fort zu meinem Bruder, der ein Herz für dich hat und gewiss auch den Schutz der Gesetze für dich anrufen wird.« Das Wible begann sogleich das Nötigste zur Reise einzupacken. Beim Kaffeetrinken gab ich noch die nö-

tigen Aufträge wegen der von mir für die Gemeinde errichteten Viehassekuranz und der Leihbibliothek. Dann nahm ich Abschied von meiner Mutter. Die edle Dulderin konnte mir nur sagen, sie fühle jetzt, dass meine Absicht gut sei, drum wolle sie auch das in Gottes Namen geduldig ertragen. Feuchten Auges wendete ich mich den um die Großmutter herum schlummernden vier Kindern zu, und ich konnte mich nicht enthalten, laut auszurufen: »Ja, ich muss den Kampf aufnehmen, muss den Schutz der Gesetze, die Macht der Öffentlichkeit, den Geist unsers Jahrhunderts anrufen, denn meine Vaterpflicht ist's auch, dass ihr solche Erbärmlichkeiten nicht mehr erlebt, und wenn ihr dadurch selbst Heimat und Vermögen verlieren solltet.«
So verließ ich mein Haus mit dem Wible, das mich durchaus nicht allein auf den Weg lassen wollte. Schweigend schritten wir durch das stille Dorf, während im Osten ein herrlicher Morgen seinen ersten Gruß über die Bergspitzen herabschickte. Wohl niemand außer uns sah das Leuchten und Glühen da oben, niemand hörte die schönsten Morgenlieder der muntern Vögel, die Leute schliefen ja den Schlaf des Gerechten, bis das Ave-Maria-Glöcklein sie weckte. Von Au an ging's stark aufwärts, zuerst durch einen noch winterlich starren Buchenwald, dann über stille Alpen, in deren eingeschneiten Hütten wohl noch manches sagenhafte Wesen hausen mochte. »Vielleicht werden einst die Leute da unten auch mich als ruheloses Gespenst herumgehen sehen in meinem Arbeitszimmer mit einem gottlosen Buch oder einer Schreibfeder in der Hand und sich wie vor dem Bösen mit einem Kreuze bezeichnen.«
»Nicht in deinem *Wingolf*, wie du's nennst, sondern unter dem Volke wirst du als Geist herumgehen«, meinte das Wible und fuhr, als ich den Kopf schüttelte, stehen bleibend, fort: »Schau da hinab vor dir! Da draußen ist der Frühling schon hergezogen und in unserem Tal beginnt's erst zu grünen und hier oben starren uns noch kirchturmhohe Schneemas-

sen an. So kommen auch der Gedanke, der die Welt bewegt, und die Aufklärung nur allmählich zu uns herein.« –

»Meine Meinung war immer«, sagte ich, »wie die zehn Gebote und die Predigt Jesu, so müsse auch die wahre Freiheit, das Evangelium der religiösen und gesellschaftlichen Gleichberechtigung, von den Bergen kommen. Eine neue fruchtbare Idee diene Einzelnen nur, um die andern auszubeuten. Erst wenn auch der gemeine Mann für dieselbe einstehe, könne sie für ein ganzes Volk erobert und fruchtbar gemacht werden. In diesem Sinne hab ich für meine Heimat gewirkt, bis man mich vertrieb. Vor acht Jahren warf ich meine ersten schriftstellerischen Versuche samt meinen Tagbüchern ins Feuer und nahm wir vor, nun ganz der Heimat und meiner Nanni zu gehören, nun aber könnte es denn doch nötig werden, sich umzusehen, was der gerühmte Geist unseres aufgeklärten Jahrhunderts für mich tun werde. Nach dem, was ich, das Bäuerlein, bisher von ihm erfahren hätte, dürfte man jedenfalls alles Gute hoffen, nur nicht, dass man ihn so schnell auch da hereinbringen werde.«

Wir redeten nun von unserem lieben verehrten Freunde, Herrn *Dr. Hildebrand* in Leipzig, der sich seit einem Jahr meiner und der Sonderlinge so liebevoll angenommen hatte, und von allen Lieben und Guten da draußen, die auch das Bäuerlein schon auf diese oder jene Art mit Beweisen ihrer Teilnahme erfreuten. So kamen wir auf dem bösen Wege vorwärts, wir wussten selbst kaum wie. Im letzten Bächlein, das nach Norden dem Bregenzerwald zufließt, wusch ich den von dort noch mitgetragenen Staub von den Stiefeln – dann ein Gruß an Mutter und Kinder und alle Treuen –, jetzt ein Sprung, und ich hatte den letzten Berg meiner Heimat aus dem Auge verloren.

Da unten hatte schon der Frühling seine schönsten Feste zu feiern begonnen. Zum ersten Mal in diesem Jahre hörte ich im frisch ergrünten Buchenwäldchen am Fuße des vielköpfigen Felsens den Kuckucksruf, der mir heute ganz eigen

wehmütig vorkam. Auf einem Hügelchen zwischen Schnee und duftenden Blüten, zwischen Wasserrauschen und dem Gekrach zusammenstürzender Lawinen setzten wir uns ins weiche Gras.
Allerlei trübe Gedanken wollten uns beschleichen, da fiel mir plötzlich meine Pfeife ein. In allen Lebenslagen muss man vorher eine Handvoll Tabak verdampfen und dann erst urteilen.
Indem ich in der Tasche nach Zündhölzchen suchte, kam mir ein Briefchen in die Hände, das ich in der Aufregung der letzten Nacht uneröffnet eingesteckt hatte. Jetzt eröffnete es Nanni und las das Gedicht *»einer Einsamen in Straßburg an das Bregenzer Bäuerlein«*.
»Da ist ja der Geist unseres Jahrhunderts!«, rief sie. »Freund Hildebrand hat in der *Gartenlaube* von dir erzählt, und das Echo dieses Rufes kommt nun aus dem Elsass herüber bis auf diese öden Höhen, um uns vertriebene Flüchtlinge zu trösten und zu erfreuen.«
Und wir waren wirklich getröstet und erfreut. Lang antworteten die ernsten Berge meinem fröhlichen Jauchzen, während aus den blühenden Baumwäldern herauf das tausendstimmige Lied der Vögel sich in den Jubelruf mischte.
Schneller eilten wir hinab und dem ersten Wirtshause zu, wo wir nach der fünfstündigen Wanderung wenigstens einen erquickenden Trunk zu finden hofften. Der vor dem Hause aufgerichtete schlanke Tannenbaum verkündete, dass dasselbe dem Ortsvorsteher gehöre. Zufällig war er eben daheim. Ich bat ihn um die neuesten Zeitungen.
»Zeitungen?«, frug er verächtlich. »Euch hört man wieder einmal den Bregenzerwälder gehörig an. Unsere Leute sind schon klüger und mögen ihr gutes Geld nicht für derlei verlogenes unchristliches Zeug hinwegwerfen. In meiner ganzen Gemeinde hält sich kein Mensch eine Zeitung.«
»So einen Mann«, sagte das Wible, als wir die düstere Behausung verlassen hatten, »könnte man im Bregenzerwalde

denn doch zum Vorsteher einer ganzen Gemeinde unmöglich brauchen.«
»Ja«, sagte ich nicht ohne Stolz, »weiter als diese Walliser sind wir allerdings. Mögen Einzelne machen, was sie wollen, unvergleichlich mehr Leben und mehr Sinn für die Zeitfragen haben doch meine Landsleute im Allgemeinen; darum aber eben ist's drunten aus mit dem alten heiligen Frieden, und drum befinde ich mich jetzt auf der Flucht.«
»Wünschest du dir den Grabesfrieden, wie er hier ist?«
»Nein, nur Kampf! Hat's doch der Pfarrer selbst gesagt, dass es mit dem Frieden nur meinetwegen nicht anginge, und die Landtagswahlen haben es bewiesen.«
Im Dorfe Sonntag besuchten wir den dortigen Wirt, der aus dem Bregenzerwalde da heraufgezogen war. Hier lagen Zeitungen auf dem Tisch. Ich begann zu lesen, wurde aber gleich vom Wirte mit der Frage unterbrochen, ob ich etwa jetzt ein Mährenländer geworden sei?
»Ich bin gar nichts geworden, sondern nur geblieben, was ich war, ein guter Christ, der das Gute liebt und das Böse hasst.«
Nun ging es durch Tannenwälder und Tobel abwärts gegen Bludenz, wo wir abends sechs Uhr von der Frau des eben in Amtsgeschäften abwesenden Schwagers Moosbrugger aufs Freundlichste begrüßt wurden.
Wir plauderten, bis eine sonst seltene Schläfrigkeit uns daran erinnerte, dass wir nun 36 Stunden dem Körper keine Ruh mehr gelassen hatten. Trotzdem tat es uns recht in der Seele wohl, als der heimgekommene Beamte uns noch aus dem ersten Schlafe weckte, um uns zu begrüßen und seine Freude über unser Kommen, dessen Ursache ihm nicht unbekannt war, in der herzlichsten Weise auszusprechen.
»Hier«, sagte er, »kannst und sollst du bleiben, bis auch in deiner Heimat wieder ein anderer Wind weht, und wenn's bis dahin auch Jahre dauern sollte. Unser Völklein ist aber zu gesund, um so lange zu brauchen, und Wahrheit und

Recht werden sogar ganz hinten im Bregenzerwald der Lüge und dem Pharisäertum nicht erliegen.«
So ist's gekommen, dass ich im Jahre des Heils 1867 meinen Geburtstag in Bludenz – erlebte. Zu einer besonderen Feier jedoch hat mir die Stimmung gefehlt. Traurig saß ich neben einigen Herren, die ich kaum dem Namen nach kannte. Während sie spielten und gelegenheitlich ein wenig stritten, wie das bei der alten *Jasskunst* unvermeidlich zu sein scheint, ließ ich die Erlebnisse der letzten Wochen an mir vorüberziehen, gedachte meiner Flucht und die ganze Strecke von Sonntag bis Bludenz legte meine Erinnerung wieder zurück. Jedes Wortes, das wir gewechselt hatten, konnte ich mich noch erinnern. Wer so ein Wible sein nennt, der sollte gar nie so traurig sein, aber zu meiner Entschuldigung muss ich gestehen, dass nur die Sorge um die zu den Kindern und zur Mutter Zurückgekehrte es war, die so schwer auf mir lastete, dass ich mich kaum noch zu einem tröstlichen Gedanken erschwingen konnte.
Am 9. Mai hatte ich sie wohl mehr als den vierten Teil des ihr bekannten Wegs zurückbegleitet, und unter heiterem Himmel beim Abschied versprach sie mir nebst vielem auch, so schnell als möglich von der Rückreise und der Stimmung der Heimat zu berichten.
Jetzt hätte denn doch endlich trotz der unglaublich schlechten Postverbindung im Bregenzerwalde ein Briefchen von dort anlangen können.
»Wenn ihr ein Unglück begegnet sein sollte?«, fragte ich mich oft, aber der Gedanke war mir so ungeheuer, dass ich ihn gar nicht zu ertragen vermochte. Ich hielt das so ganz gegen alle Weltordnung und – muss ich offen gestehen – gegen die darin sich überall offenbarende göttliche Weisheit und Güte, dass nach und nach die Furcht vor dem Allerschrecklichsten sich in demütiges Gottvertrauen verwandelte und ich dem jetzt eintretenden Freunde fröhlicher entgegenlächeln konnte, als er das jetzt an mir gewohnt sein mochte. Die Jas-

ser neben uns hatten so laut zu streiten angefangen, dass wir unbeachtet plaudern konnten. »Was bringst du Neues?«, frug ich ängstlich, in seinem Gesichte lesend.
»Morgen wird in unseren Blättern eine *Erklärung* von mir erscheinen, die die Behörden auf die jüngsten Vorgänge im Bregenzerwald aufmerksam macht.«
»Und dann?«
»Wird wahrscheinlich vom Staatsanwalt eine Untersuchung eingeleitet werden.«
»Endlich!«, jubelte ich.
»Ist dir nicht bang?«
»Oh mir gar nicht! Alles ist mir willkommen, was in meiner Angelegenheit die Wahrheit an den Tag bringen kann.«
Mir war auf einmal wunderbar wohl. Es war also doch nicht umsonst gewesen, als ich floh, um die Gesetze und den Geist unseres Jahrhunderts anzurufen. Da saß ich Tropf, dachte an das Wiegenfest von 1863 und wollte mit dem heutigen, trotz einer gestrigen schönen Vorfeier bei den Liberalen in Feldkirch, nicht einmal zufrieden sein! Und doch hatte ich seitdem eigentlich gar nichts verloren, dagegen unendlich viel gewonnen, wurde sogar gewürdigt, den Kampf aufzunehmen für eine heilige Sache und vielleicht an der Brücke zu bauen, von der mir der Zimmermann gesagt hatte. Ich kam in der heitersten Stimmung in das Haus meines Schwagers, und auf meinem Tische fand sich der heiß ersehnte *Brief vom Wible*, welcher die glückliche Heimkehr und das Wohlbefinden der Meinigen meldete.
Im Traume, der diesem Tage folgte, sah ich mein Heimatsdorf, wie ich es vor vier Jahren vom Berg aus in der Abenddämmerung gesehen hatte.
Nur der Wald vor demselben war niedergehauen, und unter den haufenweise herumliegenden Ästen hatte allerlei dem Graswuchs und den Bäumen gefährliches Ungeziefer seine Nester und Höhlen gebaut. Von Westen her zogen schwarze und graue Wolken, aus denen fast jeden Augenblick ein feu-

riger Strahl über die Berge zuckte. Immer näher kam's, und so furchtbar donnerte es, dass ich nichts mehr hörte als das Gejammer einiger Frömmler, welche schrien. Nur ich und das Treiben meiner Anhänger hätten des Himmels Zorn geweckt. Dann wieder furchtbares Tosen und nun ein Blitz, ein Knall und die Asthaufen vor dem Dorfe standen in hellen Flammen, mit deren Geprassel sich das Zischen und Schreien des dort nistenden Ungeziefers vermischte. Als aber der Sturm Feuerbrände gegen das Dorf zu werfen begann, da standen die bisher uneinigen Bürger wie ein Mann da, um gemeinsam zu retten und zu helfen, wo es etwa nötig werden sollte. Es muss aber glücklich vorübergegangen sein, denn gleich darauf sah ich bisherige Gegner Arm in Arm über die morgenfrischen Wiesen der Brandstätte zuschreiten, wo die Flamme eine jahrelange Arbeit für sie in wenigen Stunden vernichtet hatte, und ein freundlicher Pfarrer, den ich nicht kannte, rief mir lächelnd zu: Wenn das alles durch dich entstanden wäre, so würden die Leute ungemein viel zu danken haben.

Grobe Federzeichnungen aus dem Bregenzerwalde

Ein Artikel, der in den »Grenzboten« meine Lebens- und Leidensgeschichte bis zur Flucht erzählt und furchtbare Anklagen enthält, ist noch heute nicht widerlegt, denn die im Finstern gegen ihn oder vielmehr den Verfasser gemachten Bockssprünge sind hier keiner Erwähnung wert, da ich nur zu genug andere Gemeinheiten zu erzählen habe.
Ich schrieb jenen Artikel, den einzigen, den ich bisher über diese Angelegenheit veröffentlichte, bei meinem Schwager Moosbrugger in Bludenz, wo der arme Flüchtling eine sichere Zufluchtsstätte, Schutz und Trost gefunden hatte. Ich schrieb ihn mit blutendem Herzen, voll Sorge um die fernen Meinigen und mit dem peinlichen Gefühle, einiger Elenden wegen mitten in der Heimat, die ich noch immer so innig liebte, den Schandpfahl aufrichten zu müssen.
Ich erzählte, wie ich mühevoll mit den ungünstigsten Verhältnissen rang, wie ich liebte und litt, wie ich alles, alles opferte um Bildung und Licht des Geistes, um das, was mir allein der Mühen und Plagen dieses bäuerlichen Jammerdaseins wert schien. Wie denn endlich nach vielen Missverständnissen die Bewohner meiner engen Heimat, über die ich noch nie als im Traume hinausgekommen war, mein Streben mit Liebe und Vertrauen zu belohnen, ja erst recht zu verlebendigen begannen. Dann aber kam ich daran, wie man seitdem jeden meiner Schritte verdächtigte, wie ich von einer Schar, die fromme Worte im Munde führen kann, zuerst verleumdet, dann verpredigt und schließlich bedroht wurde, wie man anständigen Leuten mein Haus verbot und mit Fingern auf den neuen Irrlehrer wies, und ich mich am 6. Mai zur schleunigen Flucht genötigt sah.

Der Schluss meines Artikels – das Einschreiten der Staatsanwaltschaft erwartend – verriet deutlich meine Absicht, später einmal eine Fortsetzung folgen zu lassen. Hier ist sie.
Der damals schon von mir gefürchtete Fanatismus hat sein erstes Opfer gefordert.
Jawohl, ihr frommen Spötter über den furchtsamen Bauerndichter! Felder lebt, aber sein *Vetter*, sein Nachbar, sein liebster Jugendfreund liegt schwer, vielleicht tödlich verwundet auf dem Krankenschragen und büßt für den männlichen Mut, mit dem er in donnernder Rede einige Elende zu entlarven und seinen Freund wegen des »Grenzboten«-Artikels und seiner auf dem Gerichte gemachten Angaben zu verteidigen wagte.
O gewiss, als der Traubensaft der Provence dich erfreute und stärkte zu dem Entschlusse, deinen vor zehn Jahren unter Tränen verlassenen Freund, den einsamen traurigen Grübler wieder einmal zu besuchen, da dachtest du nicht im Entferntesten daran, dass in einer raucherfüllten dumpfen Wirtsstube zwei Diener Gottes und des Pfarrers von Schoppernau – der *Rößlewirt* und sein Vetter – dich festhalten würden, damit ein Dritter und nötigenfalls auch Vierter mit eisenbeschlagenen Bauernstiefeln die Härte deines immer so stolz aufgerichteten Kopfes erproben könne. Kein Wunder, wenn dich's ärgerte, so etwas in einer Dorfkneipe zu erleben, dass du dich besser stelltest, als du warst, bis endlich Schmerz und Erschöpfung dich zu Bette trieben.
Selbst den Gemeinsten unserer frommen Schar hätte es wohl schwerlich einfallen können, die Sache der Stiefelhelden im Rößle zu Schoppernau öffentlich zu der ihrigen zu machen, wenn nicht Herr Pfarrer Rüscher mit gutem Beispiel vorangegangen wäre. Der aber stellte am folgenden Sonntag in einer Predigt, wie man sie selbst von ihm noch nie gehört haben will, den Rößlewirt als mutigen Glaubenskämpfer der teils erfreuten, teils erstaunten Gemeinde zum Muster und Vorbild auf, dass es jedes Kind bemerkte, wenn es die Schlä-

ge auf die alte Kanzel nicht zu sehr betäubt und erschreckt hatten.
Als ich das – um andern zuvorzukommen – dem kranken Vetter so schonend als möglich erzählte, ließ er den in diesem Augenblicke furchtbar schmerzenden Kopf auf die Hand sinken und sagte: »Schweigen wäre Gold gewesen.«
Von einer schmerzlichen Bewegung übermannt, verließ ich das Zimmer.
Ja, wohl ist Schweigen Gold. Meine geschwätzige Feder, welche die »Sonderlinge« in die Welt schickte, ist das Unheil, der Fluch, die Schande meiner Heimat mit den engen Tälern und den noch engeren Begriffen geworden. Ha, und die bösen *Manharter*, meine Sekte, wie ein *ehemaliger Professor des Feldkircher Gymnasiums* meine Freunde nannte, werden noch das ganze Land um seinen alten heiligen Glauben bringen, wenn sie nicht schweigen. Schon finden sie es lächerlich, wenn Pfarrer Rüscher predigt: »Man habe vor allem dafür zu sorgen, dass die Seele gut sterbe; am Leibe sei nichts gelegen«, und sehr gemein, wenn er über die schriftstellerische Tätigkeit des verhasstesten Erzfreimaurers und Antichrists offenbar erfundene Gerüchte von heiliger Stätte aus unter die Menge bringt, welche hiedurch nur noch furchtbarer aufgeregt wird. Und vielleicht wär's hier noch lange ruhig und still und behaglich geblieben, wenn ich nichts in die Welt hinausgeschrien, keinen der guten Schläfer hier geweckt hätte, auf dessen Kopf es sich so angenehm ruhen ließ, als er noch auf dem Boden lag.
Ich konnte aber trotzdem nicht mehr schweigen. Ich will auch dieses Gold nicht, und wenn ich wieder fliehen und Brot und Recht betteln müsste von Tür zu Tür im neu verjüngten Österreich, ich will der Wahrheitsgeiger sein und bleiben, wenn man mir auch die Geige am Kopfe zerschlagen sollte, worauf auch wirklich immer mehres hinzudeuten scheint.
Man wirft mir vor, dass durch mein Wirken die Geistlichen

in dieser Gegend bedeutend an Einfluss verloren. Die Tatsache an und für sich ist nicht zu leugnen, ja, ich wage sogar noch beizufügen, dass wirklich einzelne Gemeinden gar nicht mehr unter dem segnenden Einflusse eines Seelenhirten stehen. Diejenigen nämlich, in denen die Bewohner der Pfarrhöfe nicht mehr fromme Verkünder des Wortes Gottes sind, sondern einfach nur Parteimänner, welche die Kanzel, den Beichtstuhl und alles, was ihr heiliges Amt ihnen anvertraute, nur noch zu Parteizwecken und zur Bekämpfung derer benützen, über die sie ihre volle Gewalt verloren.

Diese Unglücklichen wirken nicht einmal als Priester auf ihre Freunde, geschweige denn auf die immer bitterer werdenden Gegner.

Für solche Gemeinden sind aber tatsächlich auch die *neuen Grundgesetze* so wenig als irgend andere vorhanden. Pfarrer, Kapuziner und alles, was drum und dran hängt, ist seit lange bemüht, den Reichsrat auf die gemeinste Weise zu beschimpfen, den Landtag herabzusetzen, elende Histörchen von einzelnen Mitgliedern aus erbärmlichen Kleinigkeiten mit ultramontaner Geschicklichkeit zusammengedreht in die Kirche zu bringen und so dem gemeinen Mann, der keinem Unterricht besser traut als dem des Geistlichen, alle Achtung vor Gesetz und Gesetzgebung wegzukanzeln. Und am Ende eines solchen Vortrages, der nichts groß und nichts ganz lässt als den Redner selbst, richtet man sich stolz auf und ruft etwa wie Pfarrer Rüscher nach seiner Verherrlichung des männlichen Rößlewirts aus: »Wenn mir auch aus dem Heutigen keine Süßigkeit kommt, sondern Bitterkeit, wenn man mich wieder in Wort und Schrift herumzieht, dann weiß ich, dass ich ein wahrer, wenn auch unwürdiger Diener und Priester Jesu bin, der mich würdigt, für ihn zu leiden.«

Man denke sich nun ein Bauerndorf, etwa mein Schoppernau, ganz hinten im Bregenzerwald, zwischen hoch aufragenden Bergen, die die Sonne jetzt kaum noch begrüßt. Stundenweit von einem ordentlichen Postamte leben da die eingeschneiten Bauern nur noch für Gott, Weib und Kind. Und nun tritt der einzige »Gebildete« mit all seiner Beredsamkeit für die Demütigung eines dieser Gottlosen auf. Man stelle sich den Eindruck vor, den das auf eine Gemeinde machen muss, in der zwei Parteien in größter Erbitterung sich gegenüberstehen, wo bereits geflossenes Blut unheilvollen Samen ausstreute. Ja, es ist so weit, dass der Rößlewirt ein unschuldiges Volksfest nicht ohne Gendarmen in seinem Hause zu feiern wagte, was sonst seit sieben Jahren auch in der elendesten Kneipe nicht mehr vorgekommen ist.

Das beweist wohl grell genug, wie dringend gerichtliches Einschreiten geboten wäre. Wer die tiefe Religiosität des Bregenzerwälders und seine Leidenschaftlichkeit kennt, der muss wohl das Ärgste fürchten. Es reden die Bauern auch viel von einer großen Schlägerei, einer Art Religionskrieg, der allem ein Ende mache und Gelegenheit gebe, selbst auch noch dies und jenes gehörig heimzuzahlen.

Nicht etwa nur meine Person, jeden Gemeindebürger, er mag Frömmler oder Freimaurer heißen – Neutrale gibt's kaum noch –, darf man unter solchen Umständen für bedroht halten. Das Bezirksamt aber scheint mit einer, selbst dem mit den Verhältnissen Vertrauteren kaum erklärbaren Ruhe warten zu wollen, bis meine vorjährigen, von den Ultramontanen und ihren Helfershelfern rings im Lande fast zu Tode gespotteten Angaben durch ein noch blutigeres Opfer bestätigt werden. Noch hat nicht einmal der *Arzt*, welcher meinen Vetter behandelt, gerichtliche Hilfe gefunden gegenüber Rüscher, welcher öffentlich behauptet, der Arzt als mein Anhänger sei nicht der Mann, dem man ein richtiges Urteil über den Zustand des angeblich Leidenden zutrauen dürfe. Der Arzt wünscht eine gerichtliche Kommission – bisher vergebens.

Angesichts solcher Tatsachen ist Schweigen schwerlich Gold, und ich wage es, an jedem andern Mittel verzweifelnd, mich an den Richterstuhl der Öffentlichkeit zu wenden. Ich tue das ohne andere Leidenschaftlichkeit als das Gefühl der Empörung, welches in jedem sich regen würde, der das alles nur mit gesehen und gehört, noch nicht einmal selbst erlebt hätte. Wer mich dulden sah, solang ein Mann dulden durfte und konnte, der wird mir das Zeugnis geben, dass nicht Rachsucht mir die Feder führte, sondern Vertrauen auf ein Volk, das durch seine Verfassung sich ein schönes Denkmal setzte, welches, das hoffe, das weiß ich, nicht das Denkmal eines Toten ist. Ich bin kalt, hart geworden zwischen diesen starren Bergen und sehe furchtbar klar, welche Folgen dieser Hilferuf, der hierherum sicher nicht überhört wird, für den armen Bauern haben kann, aber es handelt sich nicht mehr nur um mich und meine Ruhe. Darum gehe er hinaus in die Welt, sobald der Bote wieder einmal aufs nächste Postamt geht.

Herzlichen Gruß allen den Glücklichen da draußen in frischer freier Luft, die den Druck der schwielenbedeckten Hand nicht verschmähen!

Heilsgeschäfte

Wenn man auch nicht gerade Sprachforscher ist, so kann man doch leicht dazu kommen, das Wort Heilsgeschäfte für ein Kind unseres so wortreichen Jahrhunderts zu halten. Unsere guten Alten kannten zwar einen »Dienst Gottes«, ein »Geschäft des Heils« aber konnte sicher erst in den geschäftigen Tagen der Gewerbefreiheit einem in den Sinn kommen.

Ja, es ist auch ein Zeichen der Zeit, dass in streng katholischen Gegenden, zum Beispiel in den abgeschlossensten Tälern Vorarlbergs, ein Ausdruck sich so in alle religiösen Vorträge hat einschleichen können, der besser als das fleißige Lesen des »gott- und liebelosen Freimaurerblattes Gartenlaube« das bedauerliche Abnehmen wahrhaft religiösen Sinnes beweist. Das alte schöne Verhältnis mit Gott dem Vater hat aufgehört, denn er ist sozusagen zum Kaufmann geworden, zum launischen Rechner hinterm Ladentische der Gnade, und nicht wer einfach bittet, der empfängt, sondern jeder wird gefragt, was er als Kaufpreis mitbringe. Die Abendandachten und Tischgebete verlängern sich, denn jedes gute Werk, jede Andachtsübung ist ein Tagewerk beim lieben Gott, das einen Anspruch auf Lohn erwirbt. Der von seinen Berufsgeschäften ganz in Anspruch genommene Bauer, der arme Handwerker, muss daher, um doch auch am »großen Zahltage« nicht zu kurz zu kommen, genau rechnen mit der Gebetszeit, er muss, wie man es nennt, die vorteilhafteste Gebetsmeinung (Art, Gattung) zu der seinigen machen, um so auch mit Kleinem Großes zu erreichen. Folgender Zug wird das dem Leser vollends klarmachen.

Unter dem Volke Vorarlbergs herrscht die Sitte, nach Tische laut ein Dankgebet zu verrichten und dann mehrere Vaterunser folgen zu lassen um den Segen Gottes, um einen glücklichen Tag, um die Fürbitte des Bauernpatrons St. Martin und besonders für die verstorbenen Voreltern; ja, das Vaterunser für Vater und Mutter selig ist so allgemein, dass ich einst in einem mir wohlbekannten Bauernhause geradezu fragte, warum denn dieses heute ganz unterlassen werde. »Dieses Vaterunser«, antwortete mir die Bäuerin, die doch überall als Muster der Frömmigkeit galt, »dieses Vaterunser haben wir nicht mehr im Brauch wie früher, seit auf das Vaterunser zu den unbefleckten Herzen Jesu und Maria ein Ablass verliehen wurde. Zu allem hat unsereins nicht Zeit, und dann nimmt man sich natürlich das Beste. Der Pfarrer hat's von der Kanzel verkündet, die Bruderschaft des unbefleckten Herzens sei die vorteilhafteste, weil man da nur wenig beten müsse und sich doch unsägliche Gnadenschätze gewinne.«

Noch eigentümlicher als diese Art, mit Krämersinn in Heilsgeschäften zu »machen«, ist der Handel mit sogenannten guten Werken, die von den im Heilsgeschäft Angestellten für Lebende und Verstorbene verrichtet werden sollen. Man könnte es gewissermaßen auch einen Handel, ein vorteilhaftes »Geschäft« nennen, wenn der in den letzten Zügen Liegende seinen oft blutarmen Verwandten oder natürlichen Erben noch geschwind einige hundert Gulden von dem wegnimmt, was er nun doch nicht mehr brauchen kann, um sich dieselben für die Ewigkeit fruchtbar zu machen; aber die Absicht mag denn doch oft eine gute, aus religiösem Bedürfnis erwachsene sein und das Jahrtaghalten hat auch außer dem heilsgeschäftlichen Teil noch so viel Schönes, dass man sein Verschwinden nur beklagen könnte.

Es wird nämlich im Bregenzerwalde für jeden Verstorbenen alljährlich ein sogenannter Jahrtag gehalten und von der Kanzel verkündet, bestehend in einem kirchlichen Opfer und einer beliebigen Anzahl von Messen, wobei denn auch der Mesner den nach der Anzahl der Messen bemessenen

Gehalt von Käse, Butter, Brot und dergleichen erhält und auf einer in der Kirche hierzu eigens errichteten Bank öffentlich ausstellt. Der so verkündeten und bezahlten Messen stehen längst schon so viele im Kirchenbuch, dass nur der kleinste Teil von den Ortsseelsorgern selbst gelesen werden kann. Hundert und tausend Aufträge und halb so viele Gulden werden jährlich aus den Gemeinden des Bregenzerwaldes an auswärtige Klöster verschickt, da es ja für jeden Ehrenmann und noch mehr für seine ihn überlebenden Eigenen »eine wahre Schand'« wäre, wenn nicht jeden Winter, wo auch die Verwandten aus der Fremde und die Alpknechte zur Kirche können, sein Jahrtag mit drei bis sechs Messen und für einen Gulden Armenbrot von der Kanzel verkündet würde.

So findet hier das Gefühl der Zusammengehörigkeit jedes »Geschlechts« seinen Ausdruck in einer öffentlichen Feier, an der die Knechte und Dienstboten des Hauses gleich den zum Geschlecht Gehörenden mit brennenden Kerzen Anteil nehmen. Gleich nach der Predigt, während die vom Pfarrer für den und jenen geforderten fünfzehn bis vierundzwanzig Vaterunser gebetet werden, bewegt sich der Zug der Verwandten und Bekannten desjenigen, der heute verkündet wurde, um den Hochaltar, wo Teller oder Schubladen zum Aufnehmen des Opfergeldes angebracht sind. Die Ehre des Vorangehens fällt, wie im Bregenzerwald bei jedem Kirchenopfer, den Frauen zu, weil, so erzählt man, die Wälderinnen sich im *Schwedenkrieg* viel tapferer als die Männer gehalten und sich für ewige Zeiten das Recht des Vorangehens – wenigstens in der Kirche – erobert hätten. Der vorangehenden Frau, Tochter, Mutter oder Schwester des Gefeierten, deren Haupt ein weißer Schleier fast ganz verhüllt, folgen in strenger Ordnung die ganz schwarz gekleideten Basen von Grad zu Grad. Alle tragen brennende Kerzen, außer den Nachbarinnen, denen dann nach einer Pause die männlichen Verwandten in gleicher Ordnung folgen. Kein junges Bäschen darf an diesem Tage das Schappale (die Jungfrauenkrone) auf dem Köpfchen glitzern oder den goldenen Brustfleck mit den Anfangsbuchstaben des Tauf- und Geschlechtsnamens funkeln lassen, wenn's auch noch ein so hoher Festtag sein sollte. Alles kniet zusammen zu dem frisch geschmückten Kreuz auf dem Friedhof, das brennende Licht in der Hand und der armen Seele die ewige Ruhe erbetend. Noch unter dem Mittagessen, zu dem sich auch die aus den Nachbardörfern zum Opfern Gekommenen im Hause des Gefeierten einfinden, wird von ihm geredet, und wohl keines hätte Lust an diesem Tage, der gewöhnlich auch ein Kommuniontag ist, eine lärmende Lustbarkeit mitzumachen. So ein Fest muss daher immerhin eine schöne, dem religiösen Bedürfnisse des Volkes entsprechende Sitte genannt werden. Schade nur, dass dabei Stolz und Selbstsucht so oft ihren Ausdruck zu finden suchen und dass es jetzt immer mehr unter die »Heilsgeschäfte« gezählt werden muss!

Aber was wäre so heilig, so schön und ehrwürdig, dass es auf dieser bösen Welt nie missbraucht würde, nie gemeinem Eigennutz und anderen Erbärmlichkeiten zur Beute, ja sogar zum Deckmantel werden müsste! Leib und Seele sind nicht enger ineinander verwachsen, als das Geschäft des Heils mit den allergemeinsten Bedürfnissen der fehlerhaften Menschheit verwachsen kann. Während die einen gleich der oben erwähnten Bäuerin mit dem Herrgott wie mit einem Krämer umgehen und mit irdischer Gesinnung den Himmel erlisten wollen, suchen andere mit frommem Augenverdrehen das, was sie für das Reich Gottes ausgeben – damit ihnen alles Übrige von selbst zufalle. In seinem Himmel hat ja Gott alles genug, drum will man ihm nicht nur dienen, sondern gleich ein vorteilhaftes Geschäft mit ihm machen.

Der fleißigste Beter aber, das sogenannte Vaterunsermännchen, der für Geld die Vaterunser betet, zu denen andere nicht die Zeit haben, ist doch bis jetzt ein einfacher Tagwerker geblieben. Im Bregenzerwalde ist es überhaupt keine viel umworbene Persönlichkeit mehr, und nur noch reiche, behagliche Bauern geben ihm jährlich achtundvierzig Kreuzer, damit es ihnen die jedem Mitgliede der *Skapulierbruderschaft* vorgeschriebenen sieben Vaterunser täglich bete. In diese Bruderschaft wird man nämlich schon als kleines Kind aufgenommen, daher denn die so ohne Wissen und Willen übernommenen Verpflichtungen zuerst lästig werden. In der Jugend nimmt man so eine Unterlassungssünde nie für so wichtig, ja man wird häufig so leicht, dass man sich, um nicht beim Pfarrer weniger als andere zu gelten und beim öffentlichen Ausfragen in der Kinderlehre nicht besonders aufs Korn genommen zu werden, auch noch in andere der bei jeder Gelegenheit empfohlenen Bruderschaften einschreiben lässt, da das ja wohl so wenig als die Skapulierbruderschaft je lästig werden wird. So rechnet die leichtsinnige Jugend, wenn sie sich zu einer täglichen oder wöchentlichen Andachtsübung verpflichtet. Aber mit den Jahren kommt der Verstand, das Gewissen erwacht. Es muss nun etwas gemacht werden, dass man wieder ruhig schlafen kann und doch nicht gar zu viel beten muss. Bei mancher Bruderschaft ist es denn auch erlaubt, die vorgeschriebenen Gebete zu unterlassen, wenn man dafür alljährlich eine Messe lesen lässt. Für die sieben Vaterunser aber, die man dem heiligen Skapulier schuldet, zahlt man von Herzen gern achtundvierzig Kreuzer an das Vaterunsermännchen, das nun wieder für ein Jahr die Verantwortung trägt. Es hat aber zu wenige Arbeitgeber, um von dem Ertrage leben zu können. Es muss neben dem Beten auch arbeiten und ist genötigt, seine Gebetsarbeit möglichst auf den Sonntag in die Kirche zu verlegen. Da hat es denn vor lauter Beten oft genug nicht einmal Zeit, der Predigt zuzuhören, sondern bewegt auch während des schönsten Vortrages vaterunserbetend die Lippen, bis endlich das müde Haupt immer tiefer auf die Brust herabsinkt.

Etwas häufiger kommen die jungen Leute des untern Walsertals in die Lage, die Dienste des Vaterunsermännchens in

Anspruch nehmen zu müssen. Hier ist es eifrigen Geistlichen gelungen, das gottlose Tanzen etwas abzustellen und die jungen Leute, die denn doch mit etwas sich abgeben müssen, um den stillen Spieltisch zu versammeln, wo doch das Blut etwas ruhiger läuft. Die Reichen können nun ihre Taler auf zwei Karten setzen, weniger Wohlhabende aber spielen um lauter Vaterunser in der Weise, dass jeder, der verspielt, für den Gewinner soundso viel Vaterunser zu beten hat, und zwar ohne gegenseitiges Aufheben, sodass z. B. der eine achtzig, der Gegner einhundertundzwanzig »Stück« entweder selbst beten oder eben beten lassen muss. Drum sitzt auch das graue Vaterunsermännchen, eingehüllt in den Schafpelz seines Großvaters, mit halb geschlossenen Augen den ganzen lieben langen Tag in einem Winkel seines kalten Stübchens und betet ohne Unterlass, das Tausend für drei viertel Gulden, während die Burschen droben im Wirtshaus sitzen und ihm wieder Arbeit machen.

So ist das Vaterunsermännchen der gemeine Arbeiter, das zur Maschine erniedrigte Produkt der himmlischen Großindustrie. Mit ihm verglichen ist der Bettler ein Herkules, der da mit dem vollen Sack auf dem Rücken von Haus zu Haus wandert und auf Mehl, Butter usw. das vollste Recht zu haben glaubt, weil er vor jeder Tür drei Vaterunser so laut und schnell als möglich herunterbetet. Nicht umsonst hat der Volkswitz ihn einen Gebethändler genannt, er kennt seine Stellung und weiß, dass er gleichsam der Stellvertreter des Gottes ist, der jedes Almosen belohnt, als ob man es ihm selbst gegeben hätte. Ja, diese Bibelstelle hat ihn sicher sogar beinahe stolz gemacht, und an Grobheit gibt er kaum der Zigeunerin etwas nach, die nur noch so fragt, ob man lieber das Unglück wolle oder ihr den erbärmlichen Taler geben zu zwei Messen, die in Rom gelesen werden müssten?

Ja, das ist der rechte Ton. In den Heilsgeschäften versteht der Bauer keinen Spaß. Donnern und blitzen will er sehen und die Hölle offen; wer bittet, steht unter ihm, wer droht, ist

sein Mann und wer recht wettert, kann auch den ärgsten Klotz zu allem Erdenklichen bewegen. Davon wüsste wohl auch jener Handlungsreisende zu erzählen, der die guten Bauern einmal besuchte, um Bestellungen auf seine »frommen Bücher aus der guten alten Zeit« zu erobern. Im Anfang will's gar nicht gehen, in den ersten Dörfern erlebt der artige Herr wohl alles eher als eine Bestellung. Doch durch Erfahrung wird man klug und lernt seinen Hut nach dem Winde drehen. Nun besucht er zuerst den Pfarrer und legt diesem eine Probe seiner Artikel vor, wobei dann recht unverschämt über den verkommenen Pfarrer des Nachbardorfes geschimpft wird, weil dieser sich der Sache so gar nicht angenommen habe. Damit macht sich der Reisende freilich mehr gefürchtet als beliebt, aber gerade das ist auch sein Zweck oder wenigstens das Mittel zu seinem Zwecke. Er hat ja ein Schreiben vom Dekan in der Tasche, mit dem er sich decken kann, und zudem weiß er nebenbei wieder so lieblich von einem Freiexemplar zu reden, dass das Kopfschütteln über die etwas veralteten, den Bedürfnissen des Volkes nicht mehr entsprechenden Sachen immer leiser, immer unmerklicher wird, bis endlich die letzte widerstrebende Bewegung sich in den Seufzer aushaucht: »Wenn's etwas anderes wäre, dann hätt' ich mich viel lieber und schneller herbeigelassen, Sie nach Kräften zu unterstützen.«
»Alles will jetzt lesen«, beginnt der Reisende salbungsvoll. »Hier nun ist etwas, dieses Bedürfnis zu befriedigen, und zwar etwas, das auch nützt, wo man meinen könnte, es nütze nichts. Den guten Bauern ist Zeit und Geld leider sehr karg zugemessen; wenn sie meine Sachen kaufen, werden sie lange an nichts anderes mehr denken.«
Diese demütige Rede entscheidet. Der Pfarrer sieht einen Verbündeten vor sich, nun setzt er sich hin und schreibt demselben eine lange Empfehlung an seine leselustigen Pfarrkinder, die diesen fast wie ein Befehl vorkommen wird. Der Reisende nimmt das Blatt, sobald es nur ein wenig tro-

cken ist, und wie eine Fahne schwingt er es in den Lüften, indem er seinen Siegeszug durch das Dorf beginnt. Ohne anzuklopfen, poltert er, ein frommes Lied singend, in die Wohnstuben der erstaunten Bauern, und von der Höflichkeit weltlicher Handlungsreisenden ist in seinem Betragen auch nicht die leiseste Spur zu entdecken. Hat er ja doch das Buch der Lebendigen und Gerechten bei sich unterm Arm! »Einschreiben oder nicht?!« Wehe dem Bäuerlein, das da wagt, dem Gewaltigen ein schiefes Wort zu geben oder nichts zu bestellen, oder gar für unwahr zu halten, was er lügt! Nur wenige werden das Herz haben, sich in einen Wortwechsel mit ihm einzulassen, obwohl er sie schon verdammte Ketzer, lutherische Hunde und freigeistiges Heidengesindel nennt. Wer sich aber auch gegen derlei Auslassungen noch wehrt, der ist dann schon auch immer selbst schuld, wenn er in seiner Glaubensnacktheit vor drei Gemeinden herumgezogen wird, zur Erbauung und zum warnenden Beispiel für Jung und Alt. Und das macht Eindruck auf Weiblein und ehrenhafte Männer. Ähnliches möchte man denn doch nicht erleben um zehnmal so viel, als so ein Buch kostet. Man bestellt so schnell als möglich und ersucht den eifrigen Herrn, dem Pfarrer und andern Leuten doch auch zu sagen, wie leicht und schnell hier das Geschäft hab' abgemacht werden können.

Aber nun muss denn doch auch etwas artigerer, ja nicht selten recht gemütlicher Reisender im Heilsgeschäfte gedacht werden; solcher, die die Firma nicht auf der Stirn tragen, sondern demütig und in aller Stille ihre Schuldigkeit zu tun bemüht sind. Es sind das meistens ältere Mädchen oder auch kinderlose Witwen, die aber, wie der Leser schon dem Erwähnten entnommen haben wird, mit den echten und rechten Betschwestern nicht zu verwechseln sind. Diese Reisenden, häufig Wallfahrerinnen oder auch Allerweltsbasen genannt, haben in der Regel mit den Betschwestern eine unglückliche, sie wenigstens nicht befriedigende Vergangen-

heit gemein. Der Unterschied ist aber der, dass die Betschwester diese böse Welt nun verachtet und vor Neid zu Gott und dem Pfarrer schreit, wenn sie einen frohen, glücklichen Menschen sieht, während die Allerweltsbase die unglückliche, schwache, verblendete Menschheit mehr bedauert als anklagt und daher immer und überall retten, warnen, helfen möchte. Sie warnt die Kinder, gibt Jungfrauen guten Rat und alten Weibern gute Bücher. Aber nicht nur für kranke Seelen ist sie da und tut, was sie für ihre Pflicht hält, allen Leidenden springt sie bei mit gutem Rat und frommem Trost. Ist ein junges Weib einmal auch nur ganz verstohlen ein wenig unpässlich, sodass man glauben sollte, es könne das schlimmstenfalls noch kaum von der Nachbarin am Brunnen bemerkt worden sein, so schleicht sich abends so zwischen Feuer und Licht schon die Nothelferin hart neben dem erstaunten Mann ins Haus und zieht ungeheißen die Vorhänge zu, damit ja kein Mensch draußen ihre Anwesenheit merke. Anfangs mag ihr, die nur von Leiden und unmenschlichen Wehtagen erzählt, wohl mancher Bauer und sogar manche Bäuerin etwas unfreundlicher begegnen, als ihre gute Absicht verdient hätte; doch sie kennt das und weiß sich so schnell ins Haus einzuleben, die Schwächen und Eigenheiten aller entscheidenden Größen so zart zu fassen, so klug zu umgehen, dass sie auch hier wie allerwärts gar bald eine gern gesehene Freundin und Nothelferin sein wird.
Nur mit trockenen Verstandesmenschen will und mag sie nichts zu tun haben; der glaubenslose Doktor ist schon durchaus nicht ihr Mann, denn sie weiß zu gut, wie wenig oft seine Flaschen und Pillen ausrichten, wie viel dagegen schon da und dort mit einer Wallfahrt oder Ähnlichem erreicht worden ist. Das will sie nun auch dem unpässlichen Weibe zu Gemüte führen, während sie nebenbei die Suppe brennt, Erdäpfel obs Feuer bringt und alle Arbeiten der Hausfrau so ordentlich verrichtet, als ob sie schon seit langer Zeit im Hause gewesen wäre. Der Bäuerin tut das eigen wohl, das

Vertrauen kommt, sie wird immer gesprächiger und sagt endlich, sie möchte wohl gern wieder einmal nach Rankweil wallfahrten oder zur Muttergottes in Einsiedeln, aber jetzt schicke sich das eben nicht mehr, und auch wenn alles anders wäre, so würde sie doch kaum die Zeit erübrigen können.

Jetzt ist die Bäuerin auf der rechten Höhe, um das alles zu sehen, was ihr nun von der gezeigt wird, die schon in hundert solchen Fällen immer aus christlicher Liebe aushalf. »Wohl ist die Welt ein Jammertal«, beginnt die gute Allerweltsbase, »aber so arg und so schlimm ist's denn noch nicht, dass es gar keine Liebe mehr gäbe und kein Mitleid. Oh, es hat noch viele, die gern helfen und laufen und wachen und alles Mögliche tun und dabei nur bedauern, dass sie so wenig können. Ich geh von Herzen gern, wohin Ihr wollt, und verlange gar nichts als die Zehrung und ein Vergelt's Gott, wenn's gut geht.«

Das hätte man gar nie geglaubt, dass die so viel und so Schönes in ihrem *Redhaus* hätte; die Zuhörerin fühlt, dass es vom Herzen kommt, und obwohl erst halb überzeugt, gibt sie doch lächelnd nach, da der stumm unter der Tür stehende Hausherr ihren fragenden Blick mit einem freundlichen Kopfnicken beantwortet. Am andern Morgen, noch bevor es graut, schleicht eine kleine Gestalt auf Umwegen zuerst langsam, dann aber immer schneller zum Dorfe hinaus. In dem weißen Päcklein, welches an dem über die Achsel getragenen roten Regenschirm hängt, befinden sich neben ihrer Wäsche auch noch eine Anzahl Rosenkränze, die die Kapuziner segnen, und Kreuzchen, auf welche sie den Sterbablass verleihen sollen; ferner Flaschen und Fläschlein, worin Wasser von irgendeinem berühmten Wunderbrunnen mitzubringen ist, und ganz zuunterst, neben des Pfarrers beschädigter Brille, die sie längst einmal schon zum »Macher« mitzunehmen versprach, hat sie auch einige Briefe an den Wundersmann in Goldau, den sie persönlich kennt. Und

immer schwerer noch wird das weiße Päcklein am roten Regenschirm und immer voller die Strohtasche am Arm, je mehr bekannte Familien und gute Freundinnen sie auf dem so vielen zum Segen gereichenden Gange noch geschwind einen Augenblick besucht. Aber nicht nur Päcklein und Korb werden schwerer, auch das mitleidsvolle Herz der guten Base wird immer mehr belastet, auch das nimmt fast aus jedem Hause etwas mit, und schon so viel hat sie zu bedauern, zu sinnen und zu beten, dass sie den kleinen Nebenhandel mit mehreren Samengattungen, Nadeln, Salben und Ähnlichem kaum noch zu besorgen vermag.
Schreit dann ein halbes Jahr später im Hause der neuen Freundin ein ganz kleines Bäuerlein der Nachbarschaft die Ohren voll, dann ist die Stellung der Allerweltsbase auch in diesem Hause gesichert, und als treue Hausfreundin wird sie nun bis zum letzten Stündlein am Glück und Unstern des Hauses innigsten Anteil nehmen. Zu den von ihr erbeteten Kindern zieht sie schon das Gefühl geistiger Verwandtschaft, und wie oft sie auch ins Haus kommen mag, erscheint sie doch nie, ohne den ihr jubelnd entgegenhüpfenden Lieblingen etwas mitzubringen. Woher sie es immer nimmt, weiß kein Mensch, denn sie wird den Leuten zu »eigen«, als dass sie rechneten, wie viel sie ihr schon gegeben. Ihr Kommen ist nicht nur den Kindern erfreulich, sogar die trockensten Männer lassen sich gern in ein Gespräch mit ihr ein und die Frauen tun kaum noch einen wichtigen Schritt, ohne sie um ihren Rat gefragt zu haben. Sie hätte das auch sehr ungern und man darf schon mit ihr reden, denn noch nie hat sie das ihr geschenkte Vertrauen missbraucht. Glücklich entgeht sie meistens der Gefahr, zur Kupplerin zu werden, denn nur aus christlicher Liebe übernimmt sie zuweilen so nebenbei ganz weltliche Verrichtungen, eigentlich aber ist ihr Reich nicht von dieser Welt. Sie verklagt niemand und beneidet auch niemanden als etwa den Pfarrer, der in seinem Berufe noch viel mehr Gutes tun kann als sie. Aber sie tut denn zu ihrem

Troste doch auch, so viel sie kann, ja zuweilen fast noch mehr, das weiß der Pfarrer und entschuldigt sie daher auch noch, wenn sie ihm gar zu arg ins Handwerk pfuschen sollte.
Aber zuweilen muss er sich denn doch wehren, wenn er so einem guten Wesen auch noch so ungern wehtun sollte. So klagte einmal eine Bäuerin ihrer Base, dass ihr Mann denn doch gar kein bisschen anders werde, wie lang und innig sie auch zum lieben Heiland beten möge. »Das ist ganz natürlich«, wurde ihr zugleich tröstend und verweisend erwidert, »in solchen Fällen muss man sich an die Muttergottes wenden; die Männer halten alle zusammen und unsereins findet bei ihnen weder Glauben noch Gehör.« Als später der Pfarrer ihr solche Rede streng verwies, entschuldigte sie sich, es gut gemeint zu haben, was er denn auch nicht bezweifeln konnte.
Ja gut, recht gut meint sie es immer, es mag auch oft noch so schlecht ausgedrückt werden, und darum ist sie auch bei denen sogar nicht verhasst, die doch eigentlich gegen alles sind, was sie will und tut. »Ihren Kindern« bleibt sie, auch wenn sie erwachsen sind, eine liebe Base, deren Erscheinen sie stets an schöne, glückliche Stunden erinnert; die Geschäfte des Heiles aber lassen sie noch nicht durch andere verrichten, wie nötig das auch für sie zuweilen scheinen möchte. Besonders Wallfahrten macht man am liebsten selbst und verspricht solche zuweilen, selbst um ein verlorenes Taschenmesser wiederzufinden. Ist doch das für viele das einzige Mittel, einmal von Hause fortzukommen und »neu Land zu erfahren«, da sonst der Vater nicht einen Tag verlieren will, hier dann aber durchaus einmal nachgeben muss. Auch manches belastete Herz hat sich dabei schon erleichtert, aufgehört mancher jahrelange Kampf mit sich selbst, da doch z. B. ein junges Mädchen viel herzhafter wird zum Reden und Abwerfen dessen, wodurch es sich gedrückt fühlt, wenn es einen fremden Beichtvater vor sich hat, der es nachher sein Lebtag nie mehr darum ansehen wird.

Aber wenn das Mädchen einmal Bäuerin ist, wird wieder ein Allerweltsbäschen kommen, wenn auch nicht mehr, um zu beten, zu wallfahrten und Ähnliches zu tun. Auch dann noch wird es kommen, wenn andere ähnliche Gestalten, die nur ihren Teig ob dem heiligen Feuer braten wollen, schon längst aus der Welt und dem Gedächtnisse verschwunden sind. Wahre Frömmigkeit und uneigennützige Liebe sterben ja nie und werden je nach dem Bildungsstandpunkt und den Bedürfnissen eines Volkes in dem oder jenem ihren Ausdruck finden.

Skizzen aus Vorarlberg

Ernst, ja unfreundlich schauen die schneebehangenen Berge hinab in die stillen Täler, welche sie trennen. Früh und recht ungeschickt hat der Winter dem ehrlichen Herbst in das Handwerk gepfuscht, und was unsere Bergtannen von seiner kalten Last noch abzuschütteln vermochten, das stürzte, zu donnernden Lawinen angewachsen, in die Täler, die schlechten Wege zerstörend und sie abreißend wie schwache Fäden, welche die einsam zwischen Bergen versteckten Dörfer mit »der Welt« zu verbinden suchten.
Hier zieht der Winter wie ein Eroberer ins Land. Alles fesselt er, und selbst das harmlose Geschwätz der munteren Bäche ist während der Zeit seiner Herrschaft streng verboten. Aber welch ein eifriger Gegner des Partikularismus er auch zu sein scheint, so werden die aus der Geschichte und Abstammung der Einwohner Vorarlbergs noch vorhandenen Keime desselben doch gerade durch ihn großgezogen in der Wärme der Stuben, in die er alle treibt. Man sollte glauben, unsere Bauern, die sich doch um Geschichte so wenig zu kümmern scheinen, hätten nicht genug an der durch ihren gelehrten Landsmann, *Josef Ritter von Bergmann*, gewonnenen Unterscheidung zwischen Gemeinden deutscher, romanischer und gemischter Abstammung. Aber merkwürdigerweisc unterscheiden sie noch viel feiner. Nicht nur Tannberger und Walser, Vorder- und Hinterbregenzerwälder; nein, fast jede der hundert Ortschaften des kleinen Grenzländchens pocht trotzig dem Nachbardorf gegenüber auf ihre Eigenart und auf ihre besonderen Sitten. So hat sich denn manche aus der Geschichte erwachsene Besonderheit im Laufe der Jahre nur noch schärfer ausgeprägt. Die Charaktereigentümlichkeit der Bewohner eines kleinen Talkessels werden umso

weniger verwischt, da die Bevölkerung ihre Hochzeiten und Feste fast nur im Winter zu feiern pflegt, wo nur selten die Bewohner der verschiedenen Nachbargemeinden daran teilnehmen. Fast einzig bloß auf Jahrmärkten haben alle Gelegenheit, sich zu sehen. Aber da in Geschäftssachen ganz besonders beim Bauern alle Gemütlichkeit aufhört, welcher sich stets mit Misstrauen zu umpanzern pflegt: so muss dieses gleichsam bewaffnete Zusammenkommen weit eher eine Trennung als eine Annäherung herbeiführen. Und hierin sind die am Rhein und am Bodensee kaum weiter als die Bauern an den Quellen der Ach und der Ill. Da wie dort hat und pflegt man seine Besonderheiten wie fromme Übungen, indem man fast mitleidig auf die schon anders geartete Nachbargemeinde oder Stadt herabsehen möchte. Es findet sich unter diesen Besonderheiten und teilweise uralten Sitten und Bräuchen manches, was gelegenheitlich *»gegartenlaubt«* zu werden verdient. Für heute aber nichts Besonderes von den klugen Tannbergern, von den biedern Bewohnern des kleinen Walsertales, nichts Besonderes von dem oder jenem, sondern vom Vorarlberger überhaupt. Das Ländchen hat auch seine Kosmopoliten und hat sie schon gehabt, bevor Handel und Industrie für die fleißige Bevölkerung alte Schranken stürzten und tausend neue Verbindungen in und außer dem Ländchen zu schaffen vermochten. Diese Kosmopoliten entstehen aus denjenigen, die jeden Sommer in der Fremde ihr Brot suchen als Maurer und Zimmerleute, als bildende Künstler oder auch als reisende Krautschneider mit dem glänzenden Krauthobel auf dem breiten Rücken. Wer je so einen Vorarlberger »Fremdler« kennenlernte, dem wird jedenfalls die gegen Nachbar Tiroler merkwürdig abstechende Leichtigkeit aufgefallen sein, mit der er sich binnen wenigen Wochen in ganz fremde Formen und Verhältnisse hineinzuleben vermochte. Und wenn man nun hört, dass aus dem für ein Gebirgsland sehr stark bevölkerten Vorarlberg, besonders von dort, wo es noch keine Maschinen zu bedienen gibt, alljährlich Hunderte und Hunderte in die Fremde ziehen, um im Dezember reicher an Geld und Erfahrung zu den Ihren zurückzukehren, welche unterdessen das kleine Bauerngut bearbeiteten: so wird man wohl kaum begreifen, wie trotzdem die erwähnten Besonderheiten immer noch fortbestehen können. Das Zollamt am Bodensee ist freilich zuweilen sehr streng, aber es durchsucht ja doch nur die Taschen und das Gepäck des Heimkehrenden. In seinem Kopfe könnte er manches versteckt haben, was nach einem uralten Ausspruche *zollfrei* ist. Doch vielleicht trug der Fremdler das in der Welt draußen Angelebte nur wie seinen Krauthobel oder die Arbeiterschürze und hat alles lächelnd weggelegt, als er wieder zu den lieben Seinigen gekommen ist. Er machte alles so natürlich, dass man ihm, wie pfiffig er auch ist, doch eine solche List kaum zugemutet hätte. Besuchen wir also lieber selbst, etwa am Weihnachtsabende, die eingeschneite Wohnung, in die er soeben wieder zurückgekommen ist.

Auf dem Tische ausgebreitet liegen die mitgebrachten Geschenke für Eltern und Geschwister. Daneben dampft ein *»gesteifter« Kaffee*; denn der Braten, von dem die Mutter erzählt, darf heute am gebotenen Fasttage durchaus nicht aufgetischt werden. Schon wegen den Nachbarn nicht, die zur Begrüßung des ehemaligen Schulfreundes gleich herübergekommen sind. Wird doch »seinen Eigenen« himmelangst, wenn er lächelnd bemerkt, dass man es mit so etwas in der Welt draußen bei Weitem nicht so genau nehmen dürfe. Freilich entschuldigt ihn die Mutter innerlich besser noch als er selbst; aber sie fürchtet, dass er sich durch seine Offenheit hierzulande leicht böses Spiel machen könnte. Der Fremdler hat viel zu fragen und auch selbst gar manches zu erzählen. Das hilft über die gefährliche Klippe hinaus. Aber dafür ist bald wieder eine andere da. Er sagt nämlich, wie man sich in der Welt draußen immer auf Weihnachten freue. Mit scheuen Kindern dürfe man nur von diesem Feste reden,

dann würden sie gesprächig. Hier aber wisse man gar nichts von diesem schönen Feste. Der Gottesdienst in der Nacht sei die einzige besondere Feier. Man sehe den prächtig gekleideten Priester und höre ein lateinisches Gloria singen. Das lasse das Herz kalt, und man sei froh, wenn man endlich die Festtage mit den vielen Betstunden überstanden habe. Der Mutter tut diese Rede doppelt weh. Sie sieht ihren Liebling etwas verweltlicht und glaubt ihm abzuhören, dass es ihm daheim nicht mehr recht und gut sei. Das wird aber anders, wenn er nun sagt, er hätte Weihnachten trotzdem nirgends feiern mögen als zu Hause. Von aller Pracht und Herrlichkeit würde die Sehnsucht ihn weggetrieben haben in den Kreis der lieben Seinen; da sei ihm jetzt am wohlsten, wie still und ruhig es auch immer zugehen möge. Dass ihm das ernst ist, sieht ihm nicht nur die Mutter an. Er redet fröhlich in der Mundart seiner Heimat, in deren Brauch er sich gleich wieder so ganz hineinzuleben beginnt, dass er beim Schlafengehen nicht nach dem Weihwasserkrüglein zu langen vergisst. Die Mutter hat das lächelnd bemerkt und ist nun gerne bereit, ihm manches andere dafür zu verzeihen. Nun, an Gelegenheit wird es ihr sicher nicht fehlen. Er hat sich seine Landsleute geistig viel freier gedacht, als er sie wirklich findet. Wie schonend er auch manches wohl nur durch sein Alter Ehrwürdige angreift, er tut den guten Leuten doch oftmals weh und weckt die Sorge, dass er sich durch derlei Äußerungen in gar üblen Ruf bringen könnte. Vergebens wendet er sich oft an ihren Verstand; aber er hat das Herz der Seinen für sich, und auch die Nachbarn lauschen ihm gern, wenn er, in ihrer Mundart nach Ausdrücken für seine neuen Gedanken suchend, ihnen ganze Abende lang aus der weiten wunderbaren Welt Neues erzählt.
Am Sonntag liest er im Wirtshause seinen Schulfreunden die Zeitung vor, für die sie erst durch seine eingestreuten Erzählungen und Anmerkungen das rechte Verständnis gewinnen. Herzhafter jedoch als hier, wo er nie weiß, wer hinter

der halb offenen Türe des »Herrenstüble« sitzt, redet er, wenn er mit den andern auf den Heuzug geht. Stundenweit tragen sie die schweren Schlitten bergauf, durch klaftertiefen Schnee muss ein Weg gebahnt werden bis zu dem ob der Holzgrenze unter kalter Decke versteckten Bergheu, welches im Sommer mit Lebensgefahr zwischen vielköpfigen Felsen neben toddrohenden Abgründen, wetteifernd mit der leichtfüßigen Gemse, gewonnen wurde. Im Aufklimmen erzählt der Fremdler seinen wohlhabenderen Gefährten, die des Vaters stattlicher Hof beschäftigt und ernährt, sowie denen, welche mit Not und Mangel ringen, von dem Leben da draußen im Blauen, von der schönen Schweiz, von Vereinen und Volksversammlungen, von Schützen- und Sängerfesten und allem, was drum und dran hängt. Halbe Viertelstunden lang lässt er keinen vom Platz und denkt nicht einmal daran, dass er sich doch unterdessen den schweren Schlitten abladen könnte. Auch die andern Burschen scheinen manches zu vergessen. Immer lauter werden Rede und Gegenrede. Der Lärm wächst, und es ist schon vorgekommen, dass er die nur noch leise schlummernden Lawinen weckte. Rechts und links begann es zu krachen. Die ernsten Berge schienen über so unerhörtes Gerede unwillig die starren Häupter zu schütteln, und die Heumacher danken Gott mit den Ihrigen, dass sie glücklich, wenn auch unverrichteter Sache wieder heimgekommen sind. Mag man das auch als einen ernstlichen Wink Gottes zu deuten suchen, dennoch, ohne es zu merken, kommt der Fremdler immer wieder zu seinem Vergleichen zwischen Heimat und Fremde. Immer größer auch werden die Ringe, welche sein Steinwurf im ruhigen Wasser erregt. In den entlegensten Dörfern beginnen sich kleine Vereine zu den verschiedensten Zwecken zu bilden. Es fehlt nicht an Beiträgen zum Betriebe gemeinnütziger Gewerbe, zur Errichtung von Leihbibliotheken und zu vielem, was die Fremdler und alle, die einmal über die Heimat hinauszublicken wagten, als so große Wohltaten

schätzen und empfehlen. Und wenn es nun wieder schön und warm wird, sodass er von Neuem die Wanderung wagt, weil ihn die Heimat nicht ernähren will, blickt manches Auge ihm weit weniger neidisch nach, seit er in den Kreis der Seinen auch ein bisschen aus der Welt hereinzuzaubern vermochte. So scheinen in den Tälern des Walgau, im Montafon und an der Bregenzer Ach im Gegensatze zu den Städten, arme, im Kampf mit tausend Hindernissen gestählte, von des Gedankens Blässe nicht angekränkelte Handwerker die Pioniere des Geistes zu werden. Meistens unbewusst, nicht beachtet oder noch gar verlacht von denen, die im Herrenstüble der Wirtshäuser sich breitmachen; verfolgt sogar von solchen, welche die Bildung nur für das Vorrecht eines Standes, einer Klasse halten, nehmen sie lange schon teil an der großen Kulturarbeit unseres Jahrhunderts. Aber in den stets getrennten Gemeinden Vorarlbergs tat es jeder allein, jeder nur für sich und in seinem engen Kreise.
Der Kampf war schon angegangen. Aber noch fehlte das Wort, welches die ringsum Zerstreuten zusammen auf einen Kampfplatz rufen konnte. Man hatte so lange jeden Denkenden einen Lutherischen genannt, bis dieses Wort seine furchtbare Spitze verlor. Da kam denn, wohl als eine Art Hinterlader für die Ultramontanen, das Wort »Freimaurer« in das Land. Ähnlich einem versengenden Wüstenwinde kam es und traf jeden, der nicht tief genug kroch. Wer den Kopf auch nur ein wenig aufrichtete – und das tun selbst die kernigen Bauern nicht mehr so selten –, den brandmalte es, dass man ihn bald im ganzen Gerichtsbezirke kannte. Ja, da hörten sie zum ersten Mal voneinander alle, welche bisher einzeln rangen und unter dem grenzenlosen Hass einer ihnen auf den Leib gehetzten bildungslosen, frömmelnden Rotte die Hölle auszustehen hatten. Sie empfanden als gemeinsame Last, was bisher jeden Einzelnen mit furchtbarer Gewalt gedrückt hatte. Wie brüderlich sie sich nun die Hand reichten, wie mutig sie selbst ihren allwissenden und all-

mächtigen Pfarrbeamten gegenüber für des Volkes Recht und Freiheit mit Wort und Tat einzustehen wagten, sagt schon ihr Name Freimaurer jedem, der die furchtbare Bedeutung kennt, welche er im Munde eifriger Seelsorger und unwissender Kapuziner gewann. Ein Freimaurer ist nämlich der Söldling des leibhaftigen Teufels, dem er sich mit seinem Blute verschrieb. Natürlich, wie sollte ein Mensch sich so dem Hasse und der Verfolgung aussetzen, wenn er dafür nicht besser als für friedliche Arbeit bezahlt würde! So ein Frömmler, vor dem sein Schutzengel mit vollen Flaschen steht und hinter dem der Teufel mit feurigen Ketten immer rasseln muss, damit er auf dem rechten Wege bleibt, so ein Erbärmlicher kann es nicht begreifen, wie ein Mensch sich für Wahrheit und Recht um ihrer selbst willen begeistern, wie er den Frieden und die Ruhe seines Hauses, das Wohl seiner Kinder aufs Spiel setzen könne. Doch kein Wort mehr über das, was hierzulande ein sogenannter Freimaurer ausstehen muss. Die Tagblätter haben seinerzeit davon erzählt, wie die Wut einer aufgeregten Menge den Schreiber dieser Zeilen zur Flucht aus der Heimat nötigte. Er ist nun wieder zurück; aber man hat es ihm deutlich genug zu verstehen gegeben, er habe noch Schlimmeres zu erwarten, wenn er sich nochmals an die Öffentlichkeit wende. »Predigt also ungestört Hass und Feindschaft in die Gemeinden und Familien hinein, schimpft über Reichsvertretung und Landtag, lasst Erklärungen für das Konkordat und gegen den Geist unseres Jahrhunderts die Unmündigen mit sechs Namen unterschreiben, schlagt gemeine Schimpfgedichte auf Einzelne an die Kirche an. Ihr wisst aus Erfahrung, dass ihr das alles ungestraft tun dürft! Und dabei bleibt euch unbestritten das Verdienst, dass ihr so alle Schranken, die der Lage, der Abstammung und des Besitzes, überwinden helft und die Tüchtigen überall von Berg und Tal her unter eine Fahne zusammentreibt!« Während man im Norden Deutschlands im Kampf um Einheit auf die Freiheit verzichtet, scheint hier im

Freiheitskampf auch die Einheit gewonnen zu werden. Wenn jetzt der reiche unabhängige Bauer seinem armen, aus der Fremde kommenden Freunde klagt, wie es aus sei mit Frieden und Eintracht, wie fast mit jeder Predigt neues Feuer unter das Volk geworfen wird und wie man sich in Wirtshäusern um des lieben Glaubens willen blutige Köpfe zu schlagen sucht, so antwortet der Fremdler: »Lasst sie nur machen. Auch Stahl und Stein treffen sich feindlich; aber eben davon gibt's Funken, welche die Nacht erhellen, sodass dann auch der verirrte Wanderer leicht wieder von dem grell erhellten Abgrunde zurück und auf die rechte Straße gelangt.«

Liebeszeichen

Handschrift: Franz-Michael-Felder-Archiv der Vorarlberger Landesbibliothek in Bregenz. Signatur: N 1/2 : A : 2. Entwurf, 72 Bl., Tinte, Korrekturen.
Erstdruck: Liebeszeichen. Eine Erzählung aus dem Bregenzerwalde. Von Franz Michael Felder. In: Österreichische Gartenlaube. Wochenschrift für Familie und Volk, Freiheit und Fortschritt. Redigiert von Carl Pröll. Jg. 2 (1867), Nr. 42, S. 496–498, Nr. 43, S. 517–520, Nr. 44, S. 529–535.
Werkausgabe: Franz Michael Felder: Nümmamüllers und das Schwarzokaspale. Erzählungen und Gedichte. Bearbeitet von Elmar Haller. Bregenz 1978 (= Franz Michael Felder, Sämtliche Werke I), S. 247–308.

Bersbucher Brücke – Brücke über die Bregenzerach, welche die Gemeinden Schwarzenberg und Andelsbuch verbindet.

Berufe als Schullehrer – Zum Lehrer konnte man sich in Bregenz an der Kreishauptschule ausbilden lassen. Die Ausbildung dauerte ab 1848 ein Jahr.

Rekrutenaushebung – Bevor in Österreich 1868 die allgemeine Wehrpflicht eingeführt wurde, geschah die Aushebung zum Militärdienst durch Losentscheid.

Vorsteher – Gemeint ist der Gemeindevorsteher, in Städten und Märkten Bürgermeister.

Zörne – mundartliche Mehrzahl von Zorn, Wutausbrüche.

Holzhacker – Die Holzwirtschaft war neben der Bauernwirtschaft und der Stickerei eine wichtige Erwerbsquelle im Bregenzerwald.

Kesselflickermoden – gemeine Anspielung auf die fahrenden Kesselflicker, denen man nachsagte, dass sie besonders laut und vulgär auftraten.

Weltflügel – flatterhafter, unzuverlässiger, sittlich noch nicht gefestigter Mensch.

Weinreisenden – Weinhändler.

Nachtbuben – Buben, die nachts in Gruppen herumstreifen und Schabernack treiben.

aus der Schweiz zurückgekommene Arbeiter – Viele Bregenzerwälder zogen als sogenannte Fremdler in die Schweiz oder nach Frankreich, um dort zu arbeiten.

Kussnacht – Anspielung auf den Schweizer Ort Küssnacht, früher auch Kussnacht.

Werktagsschule – Begriff in Abgrenzung zur Sonntags- oder Feiertagsschule, die zur Fortbildung diente.

vor Martini – Unterrichtszeiten waren von Martini bis Georgi, vom 11. November bis zum 24. April.

Schmids biblische Geschichte – Christoph von Schmids »Biblische Geschichte für Kinder« war ein weit verbreitetes Werk, das in verschiedenen Verlagen zahlreiche Auflagen und Ausgaben mit unterschiedlichen Titeln erfuhr.

Abdankungsrede – Rede am Schluss des Hochzeitsmahles.

Kriege mit Italien – Anspielung auf den kommenden Sardinischen bzw. Zweiten Italienischen Unabhängigkeitskrieg 1859 gegen das Kaisertum Österreich.

Kartoffelabende – An diesen (regelmäßig stattfindenden) Abenden bestand die Mahlzeit ausschließlich aus Kartoffeln.

Adjunkt – Gehilfe des Beamten.

»B'hüt Gott« – mundartlich für »Behüte dich Gott«.

In der guten alten Zeit – Anspielung auf die sogenannte »Wälderrepublik«. In der Zeit von 1380 bis 1807 hatte der Hintere Bregenzerwald eine eigene Gerichtsbarkeit und Verfassung.

Hornung – ältere Bezeichnung für Februar.

Ein Ausflug auf den Tannberg

Handschrift: Franz-Michael-Felder-Archiv der Vorarlberger Landesbibliothek in Bregenz. Signatur: N 1/2 : A : 4. 36 Bl., Tinte, Korrekturen.
Erstdruck: Ein Ausflug auf den Tannberg. In: Europa. Chronik der gebildeten Welt für das Jahr 1867. Redigiert von Friedrich Steger. Leipzig: Verlag von Ernst Keil, Nr. 14, Spalte 418–428 und Nr. 15, Spalte 471–480.
Werkausgabe: Franz Michael Felder: Nümmamüllers und das Schwarzokaspale. Erzählungen und Gedichte. Bearbeitet von Elmar Haller. Bregenz 1978 (= Franz Michael Felder, Sämtliche Werke I), S. 217–246.

Erläuterungen, die bereits als Anmerkungen dem Text in der Zeitschrift »Europa« beigefügt sind, werden übernommen und mit einem (E) gekennzeichnet.

Bundestag in Frankfurt – So wurde landläufig die Bundesversammlung genannt, die von 1815 bis 1866 in Frankfurt tagte. Sie bestand aus Mitgliedern des Deutschen Bundes und war dessen einziges Organ. Den Vorsitz hatte der Vertreter Österreichs inne.

Leiter – Leitartikel.

Vetter Jakob – Johann Jakob Moosbrugger (geb. 19.1.1828, gest. 27.2.1879) ist ein Bruder von Kaspar Moosbrugger und Anna Katharina Moosbrugger, der Gattin Franz Michael Felders. »Vetter Jakob« ist damit ein Schwager Felders. Johann Jakob Moosbrugger heiratet am 8.1.1866 Maria Katharina Wolf aus Warth.

Amt – gesungene Messe (E).

Maien – Sträußchen, die hier dem Brautpaar und ihren Begleitern angeheftet werden.

Grundlauine, Lauine – Lawine, von lauen (auftauen).

Birnenbrot – im Erstdruck »Bienenbrot«.

Selbherr – sein eigener Herr sein, Unabhängigkeit.

durchtrieben – praktisch (E).

Walliser – Anspielung auf die Geschichte des Tannbergs, der von den Walsern aus dem Schweizer Kanton Wallis im 14. Jahrhundert besiedelt worden sein soll.

Schloße – Eisstücke, ähnlich wie Hagel.

Lauinentobel – Bergschlucht, eng zusammenlaufendes Tal in dem leicht Lawinen abgehen können.

Carey – Henry Charles Carey (1793–1879), nordamerikanischer Nationalökonom. In Felders Bibliothek befindet sich von ihm das Lehrbuch der Volkswirtschaft und Socialwissenschaften. München: Fleischmann 1866.

Rinse – Bergsturz, von Gerinnsel (E).

Jochum – Johann Anton Jochum (geb. 15.9.1825, gest. 26.9.1901), Besitzer und Wirt des Gasthofs in Schröcken. Er kaufte das Anwesen nach dem Brand am 28.8.1863. Bei der Wirtin handelt es sich um seine Frau Maria Christina Jochum, geb. Ritter, aus Au.

erdottern – gebraucht im Sinne von erzittern, erschüttern. Hier im Sinne von verängstigt.

Wasen – Rasenstück.

Gut – d. h. das Besitztum an der Wiese, die Matte (E).

Gaden – Schlafzimmer neben der Stube.

Binder – Allgemeine Realencyclopädie oder Conversationslexicon für das katholische Deutschland. Bearbeitet von einem Vereine katholischer Gelehrten und herausgegeben von Wilhelm Binder. 13 Bde. Regensburg: Verlag Georg Joseph Manz 1846–1850. Es erschienen mehrere Auflagen.

Meyer – Neues Konversations-Lexikon, ein Wörterbuch des allgemeinen Wissens. Unter der Redaktion von H. Krause herausgegeben von Hermann Meyer. 16 Bde. Hildburghausen: Verlag vom Bibliographischen Institut 1861–1867.

Unsere Zeit – Unsere Zeit. Deutsche Revue der Gegenwart. Monatsschrift zum Conversations-Lexikon. Hrsg. von Rudolf Gottschall. Leipzig: F. A. Brockhaus. Die Zeitschrift erschien zunächst von 1857 bis 1864 und dann als neue Folge ab 1865. Ihr Erscheinen wurde 1891 eingestellt.

Renan – Ernest Renan (1823–1892) rief mit seiner sehr erfolgreichen Studie »Vie de Jesus« / »Das Leben Jesu« (1863) aufgrund seiner kritischen Sicht auf die Authentizität der in den Evangelien dargestellten Biographie Jesu sowie seiner eigenen Darstellung des Leben Jesu heftigste ablehnende und positive Reaktionen in allen Konfessionen hervor.

Maika – Mädchen (E).

Birnenlaib – im Erstdruck »Bienenleib«.

Verwelschtsein – abwertend für die Übernahme romanischer Lebensart.

Hopper – Tanz im ¾-Takt, bei dem in die Höhe gesprungen und gestampft wurde.

Spuso – Braut, Verlobte (von Gespons).

Fremdler – einer, der in der Fremde gewesen, fremde Sitten angenommen hat (E).

Hochzeitstrachten – hier: Speise, Essen, was auf den Tisch gebracht wird.

Schließt froh den Freundschaftsbund – Das im Bregenzerwald beliebte vierstrophige Lied hat folgenden Refrain: »Schließt froh den Freundschaftsbund! Schließt froh den Freundschaftsbund bei Wein, Gesang und frohem Scherz! / Der Wein macht ja gesund, der Wein macht ja gesund, Gesang ein froh's Herz.«

Heiterer – abgeleitet von Heiterkeit als Synonym für Klarheit, ein Ausdruck für einen »klaren« Schnaps.

viertelstundenlange Risse – Damit wird die Länge der Risse durch die Zeit, die man braucht, sie abzuschreiten, angegeben.

Schreiben – In dem Brief ist unzweideutig der Stil von Felders Schwager, des Adjunkten Kaspar Moosbrugger, zu erkennen. Ein Schreiben solchen Inhalts hat sich aber nicht erhalten.

Zwei Geburtstage eines Bäuerleins

Handschrift: Franz-Michael-Felder-Archiv der Vorarlberger Landesbibliothek in Bregenz. Signatur: N 1/2 : A : 5. Entwurf, 28 Bl., Tinte, Korrekturen. Titel der Handschrift: Zwei Wiegenfeste eines Bregenzerwälder Bauern.
Erstdruck: Zwei Geburtstage eines Bäuerleins. In: Grenzboten. Zeitschrift für Politik und Literatur. Hrsg. von Gustav Freytag. Jg. 26, I. Semester, Bd. 2, Leipzig: Verlag von Friedrich Ludwig Herbig 1867, S. 493–506 (ohne den letzten Absatz).
Werkausgabe: Franz Michael Felder: Vermischte Schriften. Ediert von Walter Methlagl. Bregenz 1979 (= Franz Michael Felder, Sämtliche Werke VIII), S. 207–226.

Schopf – ein nach der Straße offener Teil des Unterstocks, ähnlich den »Lauben« alter Stadthäuser (Anmerkung aus den »Grenzboten«).

Bräuhaus – Gasthof zum Hirschen, der Wirt war Johann Jakob Moosbrugger (geb. 1.3.1802).

Freunde – Es handelt sich um die Schreiner und Brüder Josef Wolfgang Oberhauser (geb. 31.10.1831, gest. 4.4.1882), Johann Kaspar Oberhauser (geb. 20.4.1833, gest. 13.4.1903) und den Schneider Josef Natter (geb. 1.12.1846, gest. 9.11.1928).

Mährenländer – Im ausgehenden 16. Jahrhundert wanderten Wiedertäufer aus Au nach Mähren aus.

Brixen – Hinweis auf das Priesterseminar, wo auch Felders Gegner, Johann Georg Rüscher, Pfarrer in Schoppernau, ausgebildet wurde.

holdes Mädchen – Maria Anna Oberhauser (geb. 4.9.1836, gest. 10.4.1856).

Nanni – Anna Katharina Moosbrugger, genannt Nanni (geb. 16.3.1838, gest. 31.8.1868), seit 4.2.1861 mit Franz Michael Felder verheiratet.

Stockmayr – Alois Stockmayr (geb. 28.11.1815, gest. 28.2.1897), von 1847 bis 1864 Pfarrer in Schoppernau.

Baron von Seyffertitz – Carl Freiherr von Seyffertitz (geb. 17.2.1825, gest. 12.6.1900), seit 1851 im Staatsdienst, u. a. seit 1867 Abgeordneter der liberalen Partei im Vorarlberger Landtag.

Feuerstein – Josef Feuerstein (geb. 6.11.1832, gest. 18.12.1903), Lithograph, 1865–1867 Vorsteher in Bezau, enger Freund Franz Michael Felders.

»Wie einer ist, so ist sein Gott« – Das Zitat stammt nicht von Gotthold Ephraim Lessing, sondern ist bei Johann Wolfgang von Goethe in den »Zahmen Xenien« zu finden.

Rüscher – Johann Georg Rüscher (geb. 21.4.1829, gest. 26.7.1907), seit 1864 Pfarrer in Schoppernau, prominentester Gegner Felders.

Wingolf – Bezeichnung Felders für sein Arbeitszimmer nach dem gleichnamigen Odenzyklus Klopstocks.

Dr. Hildebrand – Rudolf Hildebrand (geb. 13.3.1824, gest. 28.10.1894), Germanist und Professor in Leipzig, Freund und wichtiger Förderer Felders.

einer Einsamen in Straßburg an das Bregenzer Bäuerlein – Das Gedicht hat sich erhalten und ist abgedruckt in: Franz Michael Felder, Briefwechsel 1856–1869, I. Teil. Hrsg. von Walter Methlagl. Bregenz 1981 (= Franz Michael Felder, Sämtliche Werke; 10), S. 308f.

Gartenlaube – Rudolf Hildebrand: Ein Bauer als Dichter. In: Die Gartenlaube Nr. 15 (1867), S. 234–238. Wiederabgedruckt in: Franz Michael Felder/Kaspar Moosbrugger, Briefwechsel. Kommentar, S. 454–463.

Erklärung – Kaspar Moosbrugger: Erklärung. In: Feldkircher Zeitung (1867), Nr. 39 (15.5.), S. 153f. und in: Vorarlberger Landes-Zeitung Jg. 1867, Nr. 57 (14.5.) und in: Vorarlberger Volks-Blatt, 1867, Nr. 42. Wiederabgedruckt in: Franz Michael Felder / Kaspar Moosbrugger, Briefwechsel. Kommentar, S. 365f.

*Jasskuns*t – Jass, ein Kartenspiel (Erläuterung von Felder)

Brief vom Wible – Anna Katharina Moosbruggers Brief an Franz Michael Felder vom 10.5.1867 ist ediert in: Franz Michael Felder: Briefwechsel 1856–1869. 1. Teil. Hrsg. von Walter Methlagl. Bregenz 1981 (= Franz Michael Felder, Sämtliche Werke; 10), S. 312f.

Grobe Federzeichnungen aus dem Bregenzerwalde

Handschrift: Nicht überliefert.
Erstdruck: Grobe Federzeichnungen aus dem Bregenzerwalde. In: Wanderer, Jg. 1868, Morgenblatt, Nr. 62 (3. 3.), Feuilleton.
Werkausgabe: Franz Michael Felder: Vermischte Schriften. Ediert von Walter Methlagl. Bregenz 1979 (= Franz Michael Felder, Sämtliche Werke VIII), S. 245–250.

Vetter – Johann Josef Felder (geb. 16.9.1835, gest. 21. 2.1873), genannt der Uhrmacher, lebte als Fremdler seit 1856 in der Schweiz und lange in Frankreich. Er kehrte 1866 nach Vorarlberg zurück und war ein wichtiger Freund und Unterstützer Franz Michael Felders.

Rößlewirt – Josef Anton Moosbrugger (geb. 27.12.1817, gest. 3.1.1872), einer der bedeutendsten Gegner Franz Michael Felders in Schoppernau.

Manharter – Die Manharter waren eine in Tirol gegründete religiös-politische Sekte des 19. Jahrhunderts.

ehemaliger Professor des Feldkircher Gymnasiums – gemeint ist der Hittisauer Pfarrer Bartholomä Berchtold, der diese Zuschreibung gegenüber dem Bischof von Feldkirch tätigte.

neue Grundgesetze – Am 21.12.1867 war von Kaiser Franz Joseph die Dezemberverfassung erlassen worden.

Arzt – Dr. Ferdinand Dünser (geb. 5.6.1837) bezeichnete die Verletzungen des Uhrmachers Johann Josef Felder als ernst, sogar als lebensgefährlich. Der Arzt erstattete Anzeige bei Gericht. Vgl. Franz Michael Felder: Vermischte Schriften. Ediert von Walter Methlagl. Bregenz 1979 (= Franz Michael Felder, Sämtliche Werke; 8), S. 390.

Heilsgeschäfte

Handschrift: Franz-Michael-Felder-Archiv der Vorarlberger Landesbibliothek in Bregenz. Signatur: N 1 : A : 21 : 1. 12 Bl., Tinte, Korrekturen.
Erstdruck: Den Artikel schickte Felder an die Redaktion der »Österreichischen Gartenlaube«, die ihn zwar für den Druck annahm, aber dennoch nicht veröffentlichte.
Werkausgabe: Franz Michael Felder: Vermischte Schriften. Ediert von Walter Methlagl. Bregenz 1979 (= Franz Michael Felder, Sämtliche Werke VIII), S. 186–197.

Schwedenkrieg – Felder bezieht sich auf eine Sage, nach der 1647 den marodierenden schwedischen Söldnern, die Bregenz erobert hatten, weiß gekleidete Frauen, mit Sensen, Heugabeln und Ähnlichem bewaffnet, entgegentraten. Die Frauen schlugen die Schweden in die Flucht. Die Schweden hielten die Frauen aufgrund der weißen Gewänder für himmlische Wesen. Die Bregenzerwälderinnen erkannten darin ein Wunder und beschlossen, dass ihre weißen Kleider »nur den Himmlischen gebühren«. Sie trugen fortan nur noch dunkle Kleider Die Sage befindet sich in Josef Elsensohn: Sagen und Volksglauben im inneren Bregenzer Walde. Teschen 1866 (= Programm des k. k. katholischen Gymnasiums in Teschen für das Schuljahr 1866), S. 33f. Über die historischen Vorgänge berichtet Joseph Bergman in: Die Schweden in und um Bregenz, und ihre Aufreibung durch die mannhaften Weiber des Bregenzer-Waldes. In: Archiv für Geschichte, Statistik, Literatur und Kunst 15 (1824), S. 637–639.

Skapulierbruderschaft – Skapulierbruderschaften sind fromme katholische Gemeinschaften und Vereinigungen. Als großes Skapulier bezeichnet man eine Ordenstracht, ein kleines Skapulier ist eine Ordenstracht im Miniaturformat.

Redhaus – Mund.

Skizzen aus Vorarlberg

Handschrift: Franz-Michael-Felder-Archiv der Vorarlberger Landesbibliothek in Bregenz. Signatur: N 1 : A : 41 : 1. Fragment, 12 Bl., Tinte, Korrekturen.
Erstdruck: Skizzen aus Vorarlberg. In: Österreichische Gartenlaube. Wochenschrift für Familie und Volk, Freiheit und Fortschritt. Redigiert von Carl Pröll. Jg. 3 (1868), Nr. 7, S. 79–81.
Werkausgabe: Franz Michael Felder: Vermischte Schriften. Ediert von Walter Methlagl. Bregenz 1979 (= Franz Michael Felder, Sämtliche Werke VIII), S. 238–244.

Josef Ritter von Bergmann – Josef Ritter von Bergmann (geb. 13.11.1797, gest. 29.7.1872) wirkte in Wien als Direktor des k. k. Münz- und Antikenkabinetts und als Mitglied der Akademie der Wissenschaften. Bergmann veröffentlichte u. a. ca. 40 Studien zur Geographie und Geschichte Vorarlbergs und war einer der ersten Förderer Felders. Vgl. Jelko Peters: Vier Briefe Franz Michael Felders an Josef Ritter von Bergmann. In: Jahrbuch Franz-Michael-Felder-Archiv der Vorarlberger Landesbibliothek, 15 (2014), S. 61–75.

»gegartenlaubt« – etwas, das für die Zeitschrift »Die Gartenlaube« aufbereitet werden sollte.

zollfrei – Das Sprichwort »Die Gedanken sind zollfrei« ist seit dem 16. Jahrhundert bekannt und wird besonders Martin Luther zugeschrieben.

»gesteifter« Kaffee – starker Kaffee.

Textgestalt
und
Überlieferung

Die vorliegende Sammlung enthält Erzählungen, autobiografische Berichte und volkskundliche Skizzen, die Franz Michael Felder für überregionale Zeitschriften wie die »Österreichische Gartenlaube. Wochenschrift für Familie und Volk, Freiheit und Fortschritt«, »Europa. Chronik der gebildeten Welt« und »Die Grenzboten. Zeitschrift für Politik und Literatur« verfasste. Die Ausgabe versteht sich als philologisch korrekte, wenngleich nicht als historisch-kritische Edition. Es handelt sich um eine zitierfähige Lese- und Studienausgabe. Editionsgrundlage bilden jeweils – wenn es zu einer Veröffentlichung kam – die Erstdrucke in den Zeitschriften, die mit erhaltenen Handschriften und der Ausgabe in den »Sämtlichen Werken« Felders abgeglichen wurden.
Die Texte werden unter Beibehaltung alter Formen gemäß der neuen Rechtschreibung ediert. Offensichtliche Druckfehler sowie Wortauslassungen werden stillschweigend korrigiert. Unterschiedliche Schreibweise der Vorlagen, beispielsweise »Lauine« / »Lawine«, bleiben erhalten. Auf einen textkritischen Apparat wird verzichtet. Die Angaben zur Überlieferung der Texte beschränken sich – wenn möglich – auf den Nachweis der Handschrift, der Nennung des Erstdrucks zu Felders Lebzeiten sowie den Verweis auf die Edition in Felders »Sämtlichen Werken«. Die Erläuterungen konzentrieren sich auf Worterklärungen, Hinweise auf Personen und historische Zusammenhänge.

Nachwort
von
Jelko Peters und Jürgen Thaler

Es lässt sich nicht mehr genau rekonstruieren, wie es Franz Michael Felders Kuss-Novelle »Liebeszeichen«, die in diesem Band den Auftakt bildet und erstmals in der »Österreichischen Gartenlaube« 1867 in mehreren Teilen erschien, 1911 ins Programm von Reclams Universal-Bibliothek geschafft hat. Nach dem Tod Franz Michael Felders 1869 endeten alle Versuche, sein Werk weiter wach- und bekannt zu halten, im regionalen Kontext. Erst 1904 kam wieder Schwung in die Felder-Rezeption. In diesem Jahr erschien erstmals seine Autobiografie »Aus meinem Leben«, 1910 begann der für diesen Zweck gegründete Felder-Verein die Herausgabe einer vierbändigen Werkausgabe, in deren letzten Band »Erzählungen und kleine Schriften« die »Liebeszeichen« 1913 aufgenommen wurden. Zuvor nun aber, im Jahr 1911, erschien die Novelle in Reclams Universal-Bibliothek als Nummer 5326, herausgegeben und eingeleitet vom Obmann des Felder-Vereins, des Gymnasialprofessors Martin Bilgeri, und mit einem Bildnis des Dichters versehen.[1] Der Rezensent der »Vorarlberger Landes-Zeitung« war davon überzeugt, dass mit dem Erscheinen der Werkausgabe im Leipziger Verlag Hesse und Becker und der »Liebeszeichen« bei Reclam »ein neues Zeitalter für den Ruhm des vorarlbergischen Dichters« beginne und dass die »Liebeszeichen« durch den Reclam-Verlag »zu einem deutschen Volksbuche werden«[2].

In der Tat konnte man darauf vertrauen, dass Felders »Liebeszeichen« als Teil der grassierenden Heimatkunstbewegung seine Leserinnen und Leser finden würde, dass jene Städter, die Hermann Bahrs »Entdeckung der Provinz« folgten, auch Gefallen fänden an der »Erzählung aus dem Bregenzerwald«, wie der Untertitel der Novelle lautet. Es liegt indes auf der Hand, dass die anderen zu Felders Lebzeiten veröffentlichten kleineren Schriften, die der vorliegende Band ebenfalls versammelt, nicht so leicht neuerliches verlegerisches Interesse jenseits regionaler Anstrengungen generieren konnten. Die autobiografisch ausgerichteten Schilderungen des dörflichen »Not- und Terrorzusammenhangs«[3], wie die Flucht aus Schoppernau, die ethnografischen Beschreibungen von Land und Leuten, aber auch die Kritik religiöser Praxis schlummerten lange Zeit in der Vergessenheit. Uns heutigen Lesern treten diese Texte hingegen mit einer unbekümmerten Frische entgegen, unbekümmert vor allem deshalb, weil Felder in den Gattungen, die nicht im Zentrum des zu seiner Zeit relevanten poetischen Realismus standen, wie die Autobiografie, die Reportage, der Brief, regelmäßig zu literarischer Höchstform auflief. Wie überhaupt es in Felders Werk eine eigentümliche Verschränkung von Sach- und Wahrheitsgehalt gibt. Die Frage nach der »Echtheit« der Schilderungen spielt in der Rezeption seiner Werke von Anbeginn an eine dominante Rolle. Auch Rudolf Hildebrand, Felders Leipziger Freund und Mentor, schreibt im Zusammenhang mit Felders »Nümmamüllers«, dass manches Verhalten der bäuerlichen Figuren in der Dorfgeschichte »dort wirklich so sein [muss]!«[4]. Man erwartete von Felders Literatur etwas über das Leben auf dem Dorf, von Land und Leuten zu erfahren und vergisst dabei, dass Felder eine eigenständige literarische Programmatik verfolgte: auch in den »Liebeszeichen«.

Auch wenn Felder sich bewusst ist, dass er mit »Nümmamüllers« eine Dorfgeschichte, den »Liebeszeichen« eine Novelle und mit den »Sonderlingen« sowie »Reich und Arm« Romane verfasst hat,[5] verzichtet er in den Untertiteln auf die Nennung der Gattung. Stattdessen spricht er von »Bildern« und »Erzählung«. Eine mögliche Erklärung für diese Entscheidung findet sich in einem programmatischen Brief Felders an seinen Schwager Kaspar Moosbrugger. Dort erklärt er mit Hinblick auf die Poetik des »Nümmamüllers«: »ich schreibe keinen Roman, bei dem der Schluß, sondern ein Werk, das an sich selbst die Hauptsache ist.« Er versteht sich mit dieser Aussage in der Nachfolge Jeremias Gotthelfs, über den er sich »mehr als einmal gewundert [hat], wie ganz regellos er seine Sachen geschrieben und wie kunstlos und einfach abgeschlossen hat. Bei ihm ist das Werk die Hauptsache. Mir gefällt er gut.«[6]

Im selben Brief führt Felder aus: »[D]er Romanschreiber [...] sollte die Menschen malen, wie sie sind; er darf zwar einzelne Charaktere als Gegensatz und Muster etwas besser machen, als man sie im gewöhnlichen Leben antrifft, aber das Volk im allgemeinen, welches den Hintergrund bildet, sollte ein Dichter, der nützen und nicht bloß schmeicheln will, gerade so zeichnen, wie man es alle Werktage sieht und hört.«[7] Zentral sind für ihn die Inhalte. Diese wahr darzustellen, ist ihm wichtiger, als den Regeln einer Gattung oder eines Standes zu genügen. Seine Haltung als »Volksschriftsteller«[8] ist eindeutig: »Ich will dem Volke dienen mit meiner Kraft«, erklärt er in einem Brief an den Redakteur des »Vorarlberger Volksblattes«.[9] Dadurch werden seine Schriften um ein didaktisches Element erweitert. Felder erwartet, dass man seine Bücher nicht nur »lese«, sondern auch »überlege«.[10]

Dabei will er seine Leserschaft nicht von oben herab belehren, sondern sie soll nachdenken und aus seinen Werken lernen. Mit seinen Schriften verfolgt Felder aufklärerische, und damit auch politische, demokratische und ethische Anliegen. Felder geht davon aus, dass positive Veränderungen aus dem Volk selbst erwachsen müssen und dass das Volk, wenn es sich auf sich und seine Vergangenheit besinnt, moralisch bzw. sittlich klug und fortschrittlich handeln wird: »Die öffentliche Meinung wächst aus dem Gefühl der Notwendigkeit, dem Rechtssinne und den Bedürfnissen des Volkes heraus und wächst immer fort und wird stets mächtiger, stärker, je mehr neue Elemente sie in sich aufnimmt.«[11]

Während dieses Prozesses der Aufklärung soll jeder seinen individuellen Weg gehen: »Alle sollen daher wandern und suchen und tasten und sehen und hören können, wie's jedem paßt. Die Starken sollen es und die Empfindsamen, dann wird z. B. das Licht nicht nur erhellend sondern auch erwärmend erkannt werden.«[12]

Vor diesem Hintergrund wird verständlich, warum Felder seine Werke keinen Gattungen zugeordnet hat; für ihn ist das Werk, der Inhalt, zentral, nicht die Form. Dass er mit seinen Werken dennoch eine Dorfgeschichte, eine Novelle und Romane geschrieben hat, ist ihm wohl bewusst, er überlässt diese Zuschreibung indes den Rezensenten und Interpreten.

Mit der Bezeichnung »Bild« für seine Texte verweist Felder auf sein realistisches Programm, nach dem der Schriftsteller wie ein Maler die Gesellschaft so darstellen soll, wie sie ist, aber auch, wie sie sein soll. Der Begriff »Lebensbild« unterstreicht diesen Anspruch. Zudem spielt Felder durch die Bezeichnung »Bild« darauf an, dass seine Geschichten in der Gegenwart oder näheren Vergangenheit angesiedelt sind. Denn nur, was man sieht oder gut erinnert, kann auch realistisch gemalt bzw. beschrieben werden.

Passend zum Bild und zum realistischen Anspruch erscheint die Bezeichnung »Erzählung«; im Unterschied zum Roman, der per definitionem fiktiv ist. Zudem schwingt in dem Begriff die von Felder avancierte unparteiische, demokratische, jenseits der Stände liegende Haltung des Erzählers mit. Schließlich verortet Felder seine Werke im Bregenzerwald. Er bekräftigt damit seine Position als wissender Autor, der als Bregenzerwälder weiß, worüber er schreibt. Sein Realismus erfährt so ein Authentizitätssiegel. Durch diese regionale Zuordnung verdeutlicht Felder ferner, dass er für die Bewohner des Bregenzerwaldes schreibt und ihnen die aktuellen Verhältnisse vor Augen führen will, er leistet mit seinen Schriften einen Beitrag zur Aufklärung sowie gesellschaftlichen und politischen Diskussion im Bregenzerwald.

Wie bei seinen längeren Werken, so verzichtet Felder auch bei seinen kürzeren Texten darauf, diese bestimmten Gattungen zuzuordnen. Für die kürzeren Texte gilt sein realistisch-didaktisches Programm ebenso wie für seine Romane. Aus den »Bildern« werden »Skizzen« und »Grobe Federzeichnungen«, Felder nimmt hier seine Vorstellung eines malenden Autors wieder auf. Die Kürze der Texte lässt freilich kein vollständiges Bild zu. Den Roman »Reich und Arm« bezeichnet Felder als »Erzählung«, er wählt diese Bezeichnung auch für die »Liebeszeichen«, obgleich er in Briefen den Text oft als »Novelle« erwähnt. »Ein Ausflug auf den Tannberg« und die »Zwei Geburtstage eines Bäuerleins« versteht er in seinen Briefen jeweils als »Aufsatz« und wählt damit einen ähnlich neutralen Begriff wie »Erzählung«. Die Titel deuten darauf hin, dass Felder in seinen Zeitschriftenbeiträgen seinem literarischen Programm und sich als Autor treu bleiben will. Doch wie kam es überhaupt dazu, dass der Schoppernauer Schriftsteller Felder zu einem Autor für überregionale Zeitschriften und Zeitungen wurde?

Als in der Zeitschrift »Europa. Chronik der gebildeten Welt für das Jahr 1867« der erste Beitrag Franz Michael Felders, »Ein Ausflug auf den Tannberg«, in einem überregionalen Blatt erscheint, versieht der Redakteur Friedrich Steger den Aufsatz mit folgender Anmerkung: »Im Februar dieses Jahres lief die Notiz durch die Zeitungen, daß ein ›Bauer aus Vorarlberg‹ einen Roman geschrieben habe, den eine der ersten Leipziger Buchhandlungen verlegen werde. ›Der Bauer‹ ist Franz Michael Felder, der Verfasser der obigen Skizze. Hoffentlich interessirt seine Darstellung unsere Leser nicht blos wegen der Stellung des Verfassers, sondern auch wegen seines großen Talents und des Einblicks, der der ›Ausflug auf den Tannberg‹ in tyroler und vorarlberger Verhältnisse thun läßt. Herr Felder ist übrigens kein Neuling in der Literatur mehr; er veröffentlichte 1864 [recte 1863] eine Dorfgeschichte: ›Nümmamüllers und das Schwarzokaspale‹, auf die wir in Nr 5. jenes Jahrgangs aufmerksam machten. Wir fügen die Bemerkung hinzu, daß eine der nächsten Nummern der ›Gartenlaube‹ eine Charakteristik des bäuerlichen Dichters und die Geschichte von dessen *Entdeckung*, um uns so auszudrücken, veröffentlichen wird.«[13]
Die Erläuterungen verdeutlichen den Status Franz Michael Felders als Schriftsteller im Frühjahr 1867. Noch ist er erst einem kleinen Publikum durch seine Dorfgeschichte »Nümmamüllers« bekannt. Allerdings – so deutet es der Redakteur an – stehen die Zeichen günstig, dass Felder der Durchbruch gelingen wird. Sein nächster Roman »Sonderlinge« erscheint im renommierten Leipziger Hirzel Verlag, wodurch eine Verbreitung des Werks im gesamten deutschen Sprach-

raum gesichert ist. Einer breiten Leserschaft wird Felder zudem durch den Artikel Hildebrands »Ein Bauer als Dichter« in der »Gartenlaube« bekannt werden.[14] Der Titel des Aufsatzes verdeutlicht allerdings auch, dass Felder vor allem als literarisches Faszinosum eines schreibenden Bauern wahrgenommen wird. Nichtsdestoweniger sind sowohl Hildebrand, Steger als auch viele andere Rezensenten von der literarischen Qualität der Werke Felders überzeugt.[15]

Betrachtet man die Anmerkung genauer, tritt ein Netzwerk zutage, das es Felder ermöglichte, seine Werke in einem bedeutenden Verlag und überregionalen Zeitschriften zu veröffentlichen.

Die Kontakte kommen über Rudolf Hildebrand zustande, der sich in der Verlagsstadt Leipzig für Felder einsetzt. Ihm ist es zu verdanken, dass Felders neuer Roman »Sonderlinge« vom Hirzel-Verlag publiziert wird, der auch das von Hildebrand herausgegebene »Deutsche Wörterbuch« der Brüder Grimm verlegt.

Über Hildebrand versucht Felder auch einen Kontakt mit dem Herausgeber der auflagenstarken »Gartenlaube« Ernst Keil herzustellen. Insgeheim hofft er, seinen Bericht »Ein Ausflug auf den Tannberg« in der Familienzeitschrift veröffentlichen zu können. An Hildebrand schreibt er am 24. Juli 1866: »So hab ich denn eine Reise auf den Tannberg, einen noch nie geschilderten Strich Landes, zu beschreiben angefangen. [...] Wenn Sie glauben, daß meine Arbeit Aufnahme finden könnte, so werde ich sie an Sie oder Herrn Ernst Keil in Leipzig übersenden.«[16] Etwa einen Monat später antwortet Hildebrand und verspricht, sich für Felder bei dem Herausgeber der »Gartenlaube« einzusetzen: »Ihren Aufsatz über den Tannberg traute ich mir wol bei Keil anzubringen, obschon ich noch nicht mit ihm bekannt bin; schicken Sie mir ihn doch, ich wollte ohnehin einmal bei Keil vorsprechen, um ihn mit Ihrem merkwürdigen Lebenslauf bekannt zu machen.«[17]

Felder schreibt »in den letzten Regenwochen« den Tannbergaufsatz nieder[18] und schickt am 8. September eine Reinschrift nach Leipzig: »Die mitgetheilten Tatsachen sind bis aufs Kleinste wahr, wenn auch nicht in diesem Zusammenhange vorgekommen. Ich bin sehr begierig, Ihr Urtheil zu hören, bitte aber recht herzlich, es nicht mehr so sorglich einzuwikeln. Sollte Keil den Aufsatz nicht annehmen, so machen Sie sich doch keine Mühe, besonders wenn seine Bedenken auch von Ihnen getheilt werden. Senden Sie ihn auch nicht zurük da er das Porto vielleicht kaum werth und ich überdieß eine ziemlich genaue Abschrift im Entwurf besitze.«[19] In diesen Zeilen wird Felders Selbstverständnis als realistischer Autor sichtbar, der die Wirklichkeit wahr, aber eben auch durch die Hand des Dichters geordnet darstellen will.

Zwei Monate gehen ins Land. Hildebrand zögert, den Text Keil vorzulegen, da er meint, dass der Bericht »für die Gartenlaube nicht so recht geeignet scheint«. Zum einen sei der Aufsatz für das Familienblatt zu lang, zum anderen fehle ihm die allgemeine »Anziehungskraft«.[20] Felder lässt sich jedoch nicht entmutigen und bittet Hildebrand nochmals, »wenigstens einen Versuch zu machen«, und Keil den Aufsatz vorzulegen.[21] Felder ist nicht bereit, etwas an seinem Text zu ändern.
Als wenige Tage später bekannt wird, dass Hirzel Felders »Sonderlinge« verlegt, hat die Vorbereitung des Romans zum Druck Vorrang. Gegenüber seinem Freund Josef Feuerstein erklärt Felder, dass der »Gartenlaubeartikel«, den er zu seinem »Privatvergnügen« verfasst habe, »nicht so schnell erscheinen« werde.[22] Der Aufsatz verschwindet bis März 1867 in Hildebrands Schublade.
Doch als Keil die kurze Notiz »Ein Autodidakt« über Felder in der »Gartenlaube« lancierte,[23] wagt Hildebrand einen Besuch bei dem Zeitungsverleger. Aus dem Gespräch geht Hildebrand mit dem Auftrag, einen Artikel über Felder für die Familienzeitschrift zu verfassen, um »eben so das Publicum mit Ihrer Person bekannt zu machen«.[24] Des Weiteren wird deutlich, dass Felder grundsätzlich als Autor für die »Gartenlaube« in Frage kommt. Hildebrand zitiert Keil, der bereits einen Brief an den Schoppernauer geschickt habe, in dem er ihn auffordert, »ein Charakterbild von seinem Ländchen« zu schreiben. Als Gegenleistung solle Felder 100 Gulden pro Bogen erhalten.[25]
Als ersten Aufsatz für die »Gartenlaube« überreicht Hildebrand Keil den Aufsatz »Ein Ausflug auf den Tannberg«, den der Leipziger Gelehrte in weiser Voraussicht mit zu dem Herausgeber genommen hat. Durch die Aussicht, in der »Gartenlaube« publizieren zu können, verfasst Felder in wenigen Tagen das »Artikelchen« »Heilsgeschäfte«, welches er Anfang April Hildebrand schickt, der prüfen soll, ob es für die »Gartenlaube« annehmbar ist.[26]
Doch weder der »Ausflug« noch die »Heilsgeschäfte« werden in dem Familienblatt erscheinen. Den »Ausflug« hält Keil für diese Zeitschrift für ungeeignet, weil die »Schilderung eine Kenntniß des Bregenzer Waldes voraussetzt, die ein großer Theil meiner Leser schwerlich besitzt«.[27] Stattdessen verschiebt Keil, ohne Felder darüber zu informieren, den Beitrag in die »Europa«, einer Zeitschrift mit einer im Vergleich zur »Gartenlaube« sehr geringen Auflage.[28] Dessen ungeachtet motiviert der Verleger Felder, einen neuen Beitrag mit Vorarlberger Thematik für die »Gartenlaube« einzuschicken.
Sowohl Hildebrand als auch Felder sind über Keils eigenmächtiges verlegerisches Handeln verärgert, wie Felder seinem Schwager Kaspar Moosbrugger zusammenfassend mitteilt. Er geht zudem davon

aus, dass es »zweifelhaft« ist, ob die »Heilsgeschäfte« in die »Gartenlaube« kommen.[29]
Schließlich will Felder es von der Reaktion Keils auf die »Heilsgeschäfte« abhängig machen, ob er weitere Beiträge für die »Gartenlaube« verfasst.[30] Hildebrand tritt wieder als Mittelsmann auf und hakt bei Keil während eines Besuchs nach: »Ihre Heilsgeschäfte erwähnte ich dabei gegen ihn, aber er zeigte sich nicht sehr begierig, die alte Wärme für Sie ist bei ihm offenbar verraucht. Ich fürchte, auch die Heilsgeschäfte würden das Schicksal des Tannbergs haben.«[31] Aus der Mitteilung ist zu schließen, dass Hildebrand den Aufsatz Keil nicht überreicht hat.
Kurze Zeit später stellt Felder Hildebrand frei, wo er die »Heilsgeschäfte« unterbringt: »Wenn Keil sie nicht will, so wird sich wol noch ein Anderer finden. Auch in der Europa hätten sie einen hübschen Platz und etwas Honorar wird da wol auch gezahlt werden.«[32] Hildebrand will prüfen, ob der Aufsatz in den »Grenzboten« publiziert werden kann, allerdings zahle diese Zeitschrift nur 12 Taler pro Bogen.[33] Felders Antwort sagt viel über sein Selbstverständnis als Autor aus: »Mit den Heilsgeschäften machen Sie was Ihnen gut dünkt. Ich möchte den Aufsatz nicht ungern gedruckt sehen und bitte mir ihn zuzusenden. Wegen dem niedrigem Honorar machen Sie sich ja keine Sorgen. Ich kenne manchen, der ein hohes Honorar bekommt und mit dem ich doch nicht tauschen möchte.«[34] Wichtiger als Bekanntheit, Ruhm und Geld ist ihm die Veröffentlichung. Ihm geht es um die Sache. Seinem Schwager teilt Felder mit, dass er überlege, die Heilsgeschäfte »in der österreichischen Gartenlaube erscheinen [zu] lassen«.[35]
Doch es kommt anders. Während seiner Fahrt nach Leipzig besucht Felder am 30. August 1867 Ernst Keil, der ihm sowohl den »Ausflug auf den Tannberg« als auch die »Heilsgeschäfte«, »die er ungeprüft annahm«, bezahlt.[36] Damit ist der Weg für eine Publikation der »Heilsgeschäfte« in der »Gartenlaube« frei. Dennoch wird quasi im letzten Moment der Aufsatz aus dem Heft genommen, da sein Stil und Gehalt nicht in die »Gartenlaube« passten, wie Hildebrand ausführlich seinem Schoppernauer Freund schildert: »Auch mit Deinen Heilsgeschäften hab ich Verdruß gehabt. Kurz nach Deiner Abreise kam ein Brief von Keil, er könnte sie so wie sie wären nicht drucken, sie wären unverständlich, das Wichtigste wäre oft so gesagt, daß es wie künstlich versteckt wäre statt ausgesprochen. Ich gieng hin, nahm das als Corectur schon ganz Gedruckte mit nach Hause, um es zu prüfen [...]. Manches war in Deiner Fassung wirklich eigentlich nicht zu verstehen, nur zu rathen, die erklärenden Einzelheiten standen manchmal erst hinter dem, was dadurch erklärt und verständlich wurde. So setz-

te ich mich denn Sonntags hin und suchte das Verfehlte einzurenken und das Dunkle klar zu machen, immer mit Gewissensbissen ob ich auch recht daran thäte, und voll Ärger über die Gartenlaube. Dann trug ichs wieder hin, traf aber statt Keils nur sein Factotum, einen gewissen Schaube, der in dem Zimmer hinter ihm sitzt und der eigentliche Macher im Gartenlaubenstil ist. Er trat mir ziemlich kühl entgegen, war auf Deinen Stil gar nicht gut zu sprechen, ich erwiderte ihm entschieden, es wurde ein Gespräch über den Gartenlaubenstil überhaupt daraus, in dem er geradezu zugab, daß er für denkfaule Leser berechnet sei und darum prickelnd sein müßte (er brauchte selbst diese Worte); für die höhere Aufgabe, das Publicum zu erziehen, hatte er gar kein Gehör. Wir schieden nicht etwa in einer gegenseitigen Verstimmung, aber der Aufsatz kommt nicht und kommt nicht, und es ist doch nun schon 6 Wochen her.«[37]
Die »Heilsgeschäfte« blieben zu Felders Lebzeiten ungedruckt. Felder reichte zudem keine weiteren Beiträge mehr bei Keils »Gartenlaube« ein. In Frühjahr 1868 stellt er fest: »Gekeilt werde ich auch nicht mehr werden, das ist mir klar, aber mutlos bin ich nicht.«[38]
Denn dass es auch anders kommen kann, beweist das Beispiel des autobiografischen Berichts »Zwei Geburtstage eines Bäuerleins«, den Felder im Mai 1867 für die überregional bedeutsamen liberalen »Grenzboten. Zeitschrift für Politik und Literatur« verfasste. Möglich wurde dies durch die Vermittlung Hildebrands, der sich beim Herausgeber Gustav Freytag für seinen Schoppernauer Freund einsetzt.[39] In diesem Fall funktioniert das Leipziger-Vorarlberger-Netzwerk schnell und ausgezeichnet. Allerdings muss Felder hinnehmen, dass Hildebrand und Freytag redaktionell in den Text eingreifen, Änderungen und Kürzungen vornehmen, damit der Aufsatz den »Lesern möglichst anziehend erscheine«.[40]

Während seines Aufenthalts in Leipzig beendet Felder im August 1867 seine Novelle »Liebeszeichen«, die er ursprünglich Keil für die »Gartenlaube« anbieten wollte.[41] Die Erzählung erscheint allerdings in der »Österreichischen Gartenlaube«, einem Pendant zu der Keil'schen Familienzeitschrift mit einer bedeutend kleineren Auflage.[42] Wie stark sich die Geschichte um den Kuss in seinen ersten Leipziger Aufenthalt hineinverwandelt hat, wird deutlich, wenn man sich folgende Briefstelle verdeutlicht. An seine Frau Anna Katharina Moosbrugger, die mit den Kindern in Schoppernau geblieben war, schreibt er: »Hier wird auch viel geküßt und zwar nicht nur im stillen Kämerlein, sondern – überall und bei jeder Gelegenheit, das kannst Du der Mutter recht laut vorlesen und auch meine Bemerkung, daß mir das recht gut gefällt.«[43]

Die Entstehungsgeschichte der Erzählung »Liebeszeichen« ist ein anschauliches Beispiel, wie die Freundschaft zwischen Hildebrand und Felder die Kreativität des Schoppernauer Dichters beflügelte. Hildebrand bittet Felder ab 1866 um Worte aus dem Bregenzerwald zum Buchstaben K, den der Leipziger Gelehrte für das »Deutsche Wörterbuch« bearbeitet.[44] Felder kommt der Aufforderung beflissen nach und sendet zahlreiche Beiträge nach Sachsen, von denen einige in das Wörterbuch aufgenommen werden.[45] In diesem Zusammenhang fragt Felder Hildebrand: »Wissen Sie, wie man hier den Kuß nennt? Nein, ich wills dann sagen, wenn einmal das Wörterbuch so weit ist, denn ich hoffe bis dahin noch oft an Sie zu schreiben.«[46] Die Frage bleibt mehrere Monate unbeantwortet, wird aber nicht vergessen. Sie führt bei Hildebrand zu einer Anmerkung über die Bedeutung des Küssens in Felders Dorfgeschichte »Nümmamüllers« und im Bregenzerwald überhaupt: »Ein Umstand ist mir in Ihrer Bauernwelt noch sehr merkwürdig, schon im Schwarzokaspale, daß nämlich die Liebenden auch in den innigsten und vertraulichsten Augenblicken nicht ans Küssen denken; das muß ja nach Ihrer Darstellung dort wirklich so sein. Dabei fällt mir ein, daß Sie mir einmal sagen wollten, wie Kuß und küssen bei Ihnen heißt, bitte sagen Sie mirs doch, das geheime Wort, ich bin ordentlich neugierig darauf.«[47]
Diese Ausführungen scheinen die Initialzündung für die »Liebeszeichen« gewesen zu sein. In seinem Antwortbrief löst er nicht nur das Geheimnis um die Vorarlberger Bezeichnung für den Kuss auf, er berichtet indes auch von einer neuen Erzählidee: »Der Kuß oder *Schmutz* ist hier als eine fremde – Bettlermode sehr verrufen, womit ich jedoch nicht sagen [will], es werde gar nicht geküßt. Es giebt hier viele Fremdler, aber wenn man von einem sagte er küßt seine Geliebte, so würde ihm diese Nachrede die öffentliche Meinung [un]freundlich, gegenüberstellen. Im Rößle in Au logirte im letzten Jahr ein Junges Ehpaar, die strenge Wirthin sah die beiden sich – küssen und theilte mir dann mit, die müßten noch unverheiratet sein, sonst würden sie keine solchen Dummheiten machen. Wir haben schon oft über diesen Schluß gelacht u ich hätte ihn in die fliegenden Blätter gegeben wenn ich nicht früher etwas eigenthümlich zurükgewiesen worden wäre. In meiner nächsten Arbeit, von der sich jedoch eigentlich noch gar nicht reden läßt, werden Sie vielleicht die Geschichte eines Kusses finden.«[48]

Felder gestaltet seine Idee um die Geschichte eines Kusses zu einem Konzept für eine Novelle aus: »Der Plan ist wie fertig, wenn sichs macht ein küssendes Paar von einer Bauerngesellschaft überrascht werden zu lassen. Das ist das Gewagteste, alles Übrige ergiebt sich von selbst.«[49] Damit beschreibt Felder die »unerhörte Begebenheit« seiner Novelle und den Keim seiner Erzählung. Veröffentlicht wird sein Werk unter dem Titel »Liebeszeichen. Eine Erzählung aus dem Bregenzerwalde«. Mit der Auslassung des Artikels lässt er offen, ob es um ein oder mehrere Liebeszeichen geht. Der Verzicht auf die Gattungsbezeichnung »Novelle« im Titel kann hier auch als ein Hinweis gedeutet werden, dass in der Erzählung mehrere unerhörte Begebenheiten vorkommen. Tatsächlich fungieren Kuss und Kleeblatt als Liebeszeichen und geben der Handlung entscheidende Wendungen. In einer Reflexion über die Bedeutung des Kusses im Bregenzerwald erläutert Felder die didaktische Intention, welche er mit seiner Erzählung verfolgt: »Aus der Erzählung geht hervor, daß auch hier geküßt wird (Männer erinnern sich daran – Frauen küssen Kreuze u dgl) nur die strenge Sitte, öffentliche Meinung ist dagegen. Mir kommts vor, der Kuß ist hier etwas Großes, die Liebe etwas Unheiliges. Drum ist der Kuß Verliebter – Sünde. Aber in einem Augenblick, wo eine Mutter ihr Kind glücklich sieht, wo sie so erregt ist, wie wenn sie selbst in freudigem Dankgebeth ihr Christusbild küßt, da findet sie natürlich, was in ruhigen Augenblicken die Verknöcherte Dienerin der strengen Sitte streng tadeln müßte. In der Erzählung wollte ich nebenbei den Kampf des rein Menschlichen mit dem künstlich geschaffenen, im Wesen des Volkes nicht vorhandenen Vorurtheil zeigen.«[50] Einmal mehr versteht sich Felder als Aufklärer. Er will den Kuss als wahres Liebeszeichen zur Geltung bringen. Dieses geschieht, als Christian und Philomena ihre tiefe Liebe zueinander erkennen: »Einem langen, innigen Blick in des Mädchens seelenvolles Auge folgte wirklich und wahrhaftig – ein herzhafter Kuss.« (s.o.S. 37) Als Moralist zeigt sich Felder in seiner Deutung der Figur der Philomena, die den neuen Dorflehrer küsst, um als vorurteilsfrei zu gelten, in der Folge aber im »Läuterungsfeuer der Reue [...] den endlichen Geliebten schätzen« lernt und sich vor ihm »verdemütigt [...], wozu sie es ohne die Kußgeschichte wol niemahls gebracht hätte«.[51]

Felders »Liebeszeichen« wurde in einigen überregionalen Zeitungen nachgedruckt, 1916 wurde die Novelle in der Schweiz vom Verein für Verbreitung guter Schriften in Bern herausgegeben, 1925 veröffentlichte sie der Berliner Enck-Verlag. Für kurze Zeit war Felder durch diese beiden Veröffentlichungen, aber vor allem durch die vierbändige Werkausgabe auf dem deutschsprachigen Buchmarkt gut vertreten. Ein einzelnes Rezeptionsdokument verdeutlicht die weite Verbreitung des Textes bis hin in die Lagerbibliotheken der russischen Kriegsgefangenen des Ersten Weltkrieges. Rudolf Wacker, bedeutender Vertreter der Neuen Sachlichkeit, schreibt am 26. November 1916 aus dem Gefangenenlager in Sibirien an seine Mutter in Bregenz: »– Heut Abend las ich dem lieben Griechischprofessor F. M. Felders ›Liebeszeichen‹ vor; denk Dir! Das fand ich hier in der Bibliothek.«[52]

Siegen, Bregenz, im Oktober 2018

Anmerkungen

1 Ein Teil der Auflage zeigt übrigens nicht Franz Michael Felder, sondern den in Bregenz 1884 verstorbenen Schriftsteller und Pädagogen August Wilhelm Grube. Dank an Harald Eberle von der Vorarlberger Landesbibliothek für die Bildrecherche.

2 Hans Nägele: F. M. Felders »Liebeszeichen«. In: Vorarlberger Landes-Zeitung, 20.9.1911, S. 1–2, Zitat S. 2.

3 Vgl. Urs Jeggle / Albert Ilien: Die Dorfgemeinschaft als Not- und Terrorzusammenhang. Ein Beitrag zur Sozialgeschichte des Dorfes und zur Sozialpsychologie seiner Bewohner. In: Dorfpolitik. Hrsg. von Hans Georg Wehling. Opladen 1978, S. 38–53.

4 Brief Rudolf Hildebrands an Franz Michael Felder vom 1. Jänner 1867. In: Franz Michael Felder: Briefwechsel mit Rudolf Hildebrand. Hrsg. von Walter Methlagl 1984 (Franz Michael Felder: Sämtliche Werke IX), S. 99.

5 Sowohl in den Briefen an Kaspar Moosbrugger als auch an Rudolf Hildebrand verwendet Felder diese Gattungsbezeichnungen für seine Werke.

6 Brief Franz Michael Felders an Kaspar Moosbrugger vom 10. März 1863. In: Franz Michael Felder und Kaspar Moosbrugger: Briefwechsel. 1. Teil. Bearb. von Eugen Thurnher. Bregenz 1970 (Franz Michael Felder: Sämtliche Sämtliche Werke V), S. 54.

7 Ebd., S. 53. Felder spielt hier auf die Aufgabe der Literatur an, die nach Horaz nützen und erfreuen soll.

8 Brief Franz Michael Felders an Kaspar Moosbrugger vom 24. April 1863. In: Sämtliche Werke V, S. 57.

9 Beilage vom 2. März 1868 zu einem Brief Franz Michael Felders an Kaspar Moosbrugger vom 5. März 1868. In: Franz Michael Felder und Kaspar Moosbrugger: Briefwechsel. 2. Teil. Bearb. von Eugen Thurnher. Bregenz 1972 (Franz Michael Felder: Sämtliche Werke VI), S. 133.

10 Brief Franz Michael Felders an Kaspar Moosbrugger vom 11. Dezember 1868. In: Sämtliche Werke VI, S. 201.

11 Franz Michael Felder: Über die öffentliche Meinung. In: Ders.: Vermischte Schriften. Ediert von Walter Methlagl. Bregenz 1979 (Franz Michael Felder: Sämtliche Werke VIII), S. 128–132, hier S. 131.

12 Franz Michael Felder: Aufklärung. In: Sämtliche Werke VIII, S. 133–135, hier S. 135.

13 Franz Michael Felder: Ein Ausflug auf den Tannberg. In: Europa. Chronik der gebildeten Welt für das Jahr 1867 Nr. 14, Sp. 417–428 und Nr. 15, Sp. 471–480, hier Sp. 417, Anm. *.

14 Rudolf Hildebrand: Ein Bauer als Dichter. In: Die Gartenlaube Nr. 15 (1867), S. 234–235. Wiederabgedruckt in: Franz Michael Felder und Kaspar Moosbrugger: Briefwechsel. Kommentar von Walter Methlagl. Bregenz

1975 (Franz Michael Felder: Sämtliche Werke VII), S. 454–463. Der Artikel erschien im Frühjahr 1867.

15 Sämtliche bekannten und durchweg positiven Rezensionen zu Felders »Nümmamüllers« und die Ankündigungen zu dem Roman »Sonderlinge« finden sich in: Sämtliche Werke VII, S. 436–454.

16 Brief Franz Michael Felders an Rudolf Hildebrand vom 24. Juli 1866. In: Sämtliche Werke IX, S. 54f.

17 Brief Rudolf Hildebrands an Franz Michael Felder vom 13. August 1866. In: Sämtliche Werke IX, S. 57.

18 Brief Franz Michael Felders an Rudolf Hildebrand vom 19. August 1866. In: Sämtliche Werke IX, S. 60 und 61.

19 Brief Franz Michael Felders an Rudolf Hildebrand vom 8. September 1866. In: Sämtliche Werke IX, S. 69f.

20 Brief Rudolf Hildebrands an Franz Michael Felder vom 4. November 1866. In: Sämtliche Werke IX, S. 77 und 78.

21 Brief Franz Michael Felders an Rudolf Hildebrand vom 18. November 1866. In: Sämtliche Werke IX, S. 81. Felder erwähnt einen Brief an Keil, den er dem Schreiben an Hildebrand beigelegt hat. Es dürfte sich dabei in etwa um den Wortlaut des im Entwurf überlieferten Briefs an Keil vom 6. September 1866 handeln, den Felder jedoch nicht abgeschickt hat. Vgl.: Franz Michael Felder: Briefwechsel 1856–1869. 1. Teil. Hg. von Walter Methlagl. Bregenz 1981 (Franz Michael Felder: Sämtliche Werke X), S. 229f.

22 Brief Franz Michael Felders an Josef Feuerstein vom 23. November 1866. In: Sämtliche Werke X, S. 258.

23 [Ernst Keil:] Ein Autodidakt. In: Die Gartenlaube. Illustrirtes Familienblatt. Hg. von Ernst Keil. Nr. 10 (1867), S. 160. Wiederabgedruckt in: Sämtliche Werke VII, S. 452f.

24 Brief Rudolf Hildebrands an Franz Michael Felder vom 10. März 1867. In: Sämtliche Werke IX, S. 124.

25 Ebd., S. 123. Im Nachlass Felders findet sich ein Brief Keils vom 24. März 1867, der nach der Aussage Hildebrands auf den 2. März zu datieren wäre, in dem der Herausgeber der »Gartenlaube« Felder um »Erzählungen, welche allerdings den Raum von 2 Bogen nicht überschreiten dürfen, Schilderungen von Land u. Leuten des Vorarlbergs, Bilder aus d. Gebirgsleben etc.« für sein Familienblatt bittet. In Aussicht stellt er ein Honorar von 100 fl. pro Bogen. Brief Ernst Keils an Franz Michael Felder vom 24. März 1867. In: Sämtliche Werke X, S. 290.

26 Brief Franz Michael Felders an Rudolf Hildebrand vom 4. April 1867. In: Sämtliche Werke IX, S. 126.

27 Brief Ernst Keils an Franz Michael Felder vom 11. April 1867. In: Sämtliche Werke X, S. 292.

28 Nach Keil hat die »Europa« eine Auflage von 1000 Exemplaren (ebd.), nach Hildebrand die »Gartenlaube« eine Auflage von 230 000 Exemplaren. Vgl.

Brief Rudolf Hildebrands an Franz Michael Felder vom 7. April 1867. In: Sämtliche Werke IX, S. 131.

29 Brief Franz Michael Felders an Kaspar Moosbrugger vom 16. April 1867. In: Sämtliche Werke VI, S. 36.

30 Vgl. Brief Franz Michael Felders an Rudolf Hildebrand vom 9. Mai 1867. In: Sämtliche Werke IX, S. 154.

31 Brief Rudolf Hildebrands an Franz Michael Felder vom 12. Mai 1867. In: Sämtliche Werke IX, S. 158.

32 Brief Franz Michael Felders an Rudolf Hildebrand vom 15. Mai 1867. In: Sämtliche Werke IX, S. 163.

33 Ebd., S. 165.

34 Brief Franz Michael Felders an Rudolf Hildebrand vom 19. Mai 1867. In: Sämtliche Werke IX, S. 168.

35 Brief Franz Michael Felders an Kaspar Moosbrugger vom 12. August 1867. In: Sämtliche Werke VI, S. 76.

36 Eintrag Felders im Leipziger Tagebuch vom 30. August 1867. In: Sämtliche Werke IX, S. 202.

37 Brief Rudolf Hildebrands an Franz Michael Felder vom 12. Oktober 1867. In: Sämtliche Werke IX, S. 210f.

38 Brief Franz Michael Felders an Rudolf Hildebrand vom 1. März 1868. In: Sämtliche Werke IX, S. 256. Mit »Gekeilt« spielt Felder auf die hohe Entlohnung an, die er im Falle einer Publikation in der »Gartenlaube« erhalten würde.

39 Vgl. Brief Rudolf Hildebrands an Franz Michael Felder vom 15. Mai 1867. In: Sämtliche Werke IX, S. 163–166.

40 Brief Rudolf Hildebrands an Franz Michael Felder vom 1. Juni 1867. In: Sämtliche Werke IX, S. 176.

41 Vgl. Felders Überlegungen an Hildebrand über einen Publikationsort der »Liebeszeichen«: »Wenn mir das Ganze gelingt, so dürfte die Arbeit sich für die Gartenlaube eignen. Doch das alles liegt noch im Weiten.« Brief Franz Michael Felders an Rudolf Hildebrand vom 4. April 1867. In: Sämtliche Werke IX, S. 127.

42 Vgl. den Brief an Felder unbekannten Datums von Karl Pröll, dem Herausgeber der »Österreichischen Gartenlaube« aus Graz, der die »Liebeszeichen« in seiner Zeitschrift drucken will. In: Sämtliche Werke X, S. 405. Aus dem Brief Prölls zitiert Felder in seinem Brief an Rudolf Hildebrand vom 4. Oktober 1867. In: Sämtliche Werke IX, S. 208.

43 Brief Franz Michael Felders an Anna Katharina Moosbrugger vom 13./14. August 1867. In: Franz Michael Felder. Nachträge. Hrsg. von Walter Lingenhöle und Jürgen Thaler 1995 (Franz Michael Felder: Sämtliche Werke XII), S. 124.

44 Vgl. den Brief Rudolf Hildebrands an Franz Michael Felder vom 8. Mai 1866. In: Sämtliche Werke IX, S. 24.

45 Vgl. Jelko Peters: »Für die Sprachspäne aus ihrer Heimat meinen besten Dank«. Franz Michael Felders Spuren im »Deutschen Wörterbuch« der Brüder Grimm. In: Jahrbuch/Franz-Michael-Felder-Archiv der Vorarlberger Landesbibliothek, 8 (2007), S. 29–56.

46 Brief Franz Michael Felders an Rudolf Hildebrand vom 19. August 1866. In: Sämtliche Werke IX, S. 61.

47 Brief Rudolf Hildebrands an Franz Michael Felder vom 1. Jänner 1867. In: Sämtliche Werke IX, S. 99.

48 Brief Franz Michael Felders an Rudolf Hildebrand vom 9. Jänner 1867. In: Sämtliche Werke IX, S. 103f.

49 Brief Franz Michael Felders an Rudolf Hildebrand vom 17. April 1867. In: Sämtliche Werke IX, S. 138f.

50 Brief Franz Michael Felders an Rudolf Hildebrand vom 1. März 1868. In: Sämtliche Werke IX, S. 257.

51 Ebd., S. 256f.

52 Rudolf Wacker an seine Mutter, Tomsk, 26. November 1916, Franz-Michael-Felder-Archiv, Nachlass Rudolf Wacker, N 15:SB:1916:72.

Zeittafel

1839 Am 13. Mai wird Franz Michael Felder in Schoppernau als zweites Kind von Jakob Felder, Bauer und Wagner, und Maria Felder, geb. Moosbrugger, geboren. Sein älterer Bruder Jakob war 1837 gestorben.

1840 Im September verliert Felder bei einer Operation durch einen betrunkenen Arzt das gesunde linke Auge.

1846 Felder tritt, ein Jahr verspätet, in die Schule ein.

1849 Am 12. Februar stirbt Felders Vater im Alter von 45 Jahren.

1853 Im April verlässt Felder die Volksschule und arbeitet am elterlichen Hof. Im November abonniert er seine erste Zeitschrift, den »Illustrierten Dorfbarbier«.

1857 Felder macht die Bekanntschaft mit Anna Katharina Moosbrugger, genannt Nanni, seiner späteren Frau.

1859 Felder beginnt, sich als Hochzeitsredner einen Namen zu machen.

1860 Am 6. Juni stürzt Felder in die hochwasserführende Bregenzerach. Einige Bauern und Knechte gehen vorbei, ohne ihn zu retten. Kurz bevor er ertrinkt, rettet ihn Josef Wolfgang Oberhauser.

1861 Im Januar beginnt die Freundschaft mit dem Juristen Kaspar Moosbrugger, dem Bruder von Anna Katharina. Am 4. Februar heiratet Felder Anna Katharina Moosbrugger.

1862 Felder beginnt an seiner Dorfgeschichte »Nümmamüllers und das Schwarzokaspale« zu schreiben. Am 13. Juni Geburt des Sohnes Jakob (später Priester und Religionslehrer in Feldkirch).

1863 Am 26. Juli erste Begegnung mit dem Germanisten Rudolf Hildebrand aus Leipzig, der sich im Bregenzerwald aufhält. Am 22. August Geburt des Sohnes Kaspar (später Schreiner in Schoppernau). Im November erscheint »Nümmamüllers und das Schwarzokaspale« bei Stettner in Lindau.

1864 Am 3. Oktober tritt Johann Georg Rüscher sein Amt als Pfarrer von Schoppernau an. Zuerst zurückhaltend, wird er später ein erbitterter Gegner Felders. Felder wird in den Gemeindeausschuss gewählt.

1865 Am 29. Mai Geburt der Tochter Maria Katharina (später verehelichte Willam).

1866 Im Mai Abschluss der »Sonderlinge«. Am 12. Juni Geburt des Sohnes Hermann (später Gemeindearzt in Bezau).
Im Oktober entsteht der Plan zur Gründung der »Vorarlberg'schen Partei der Gleichberechtigung« zusammen mit Kaspar Moosbrugger und Josef Feuerstein. Von Kaspar Moosbrugger erscheint anonym die Broschüre »Ruf aus Vorarlberg um Gleichberechtigung«. Felder wird verdächtigt, der Verfasser zu sein, und ist heftigen Anfeindungen von Pfarrer Rüscher ausgesetzt. Gegen Ende des Jahres kommt Felders Jugendfreund Johann Josef Felder, genannt Seppel, nach Schoppernau zurück, nachdem er viele Jahre als Uhrmacher in der Schweiz und in Frankreich gearbeitet hat. Er wird Felders Mitstreiter.
Im Dezember schließt Felder die »Gespräche des Lehrers Magerhuber mit seinem Vetter Michel« ab. Der Text ist als Parteischrift geplant, erscheint aber erst 1912.

1867 Zur Jahreswende Gründung des Schoppernauer Handwerkervereins. Im Januar und Februar verfasst Felder die »Ordnung der vom Schoppernauer Handwerkerverein errichteten Leihbibliothek«. Im Februar erscheint anonym die zweite Parteischrift »Klarstellung der vorarlberg'schen Partei der Gleichberechtigung« von Kaspar Moosbrugger. Pfarrer Rüscher verdächtigt wiederum Felder der Autorschaft. Die Auseinandersetzungen um Felder nehmen zu. Ab Februar arbeitet Felder an »Reich und Arm«. Rudolf Hildebrand veröffentlicht in der auflagenstarken »Gartenlaube« den Artikel »Ein Bauer als Dichter«, der Felders Namen schlagartig berühmt macht.
Im April erscheint »Ein Ausflug auf den Tannberg« in der Zeitschrift »Europa« in Leipzig. Im Mai erscheinen die »Sonderlinge« bei Hirzel in Leipzig und werden anschließend ins Holländische übersetzt. Felder flüchtet infolge der gegen ihn ausgesprochenen Drohungen Anfang Mai zu Kaspar Moosbrugger nach Bludenz.
Mitte Mai gibt Kaspar Moosbrugger in den Vorarlberger Zeitungen bekannt, dass er der Autor der beiden Broschüren sei. Felder erstattet Anzeige gegen Pfarrer Rüscher wegen Ehrenbeleidigung und Bedrohung der persönlichen Sicherheit bei der Staatsanwaltschaft in Bludenz, zieht die Klage aber später zurück. Am 31. Mai Rückkehr von Felder nach Schoppernau. Der Artikel »Zwei Geburtstage eines Bäuerleins« erscheint in den »Grenzboten« in Leipzig. Am 10. August bricht Felder zu seiner ersten Reise mit Hildebrand nach Leipzig auf. Felder bleibt ungefähr drei Wochen. Ende August wird in Bezau aufgrund der Initiative Franz Michael Felders der Käsehandlungsverein

gegründet, damit sich die Bauern von der finanziellen Abhängigkeit von den sogenannten »Käsgrafen«, den monopolistischen Käsegroßhändlern, befreien können. Bei den Gemeindeausschusswahlen im Oktober stehen sich erstmals zwei wahlwerbende Gruppen in Schoppernau gegenüber: die ultramontane »Pfarrer-Partei« und die »Felder-Partei«. Bei den Wahlen kommt es zu Unstimmigkeiten in der Wahlkommission. Daraufhin ficht die »Pfarrer-Partei« die Wahl, die die »Felder-Partei« gewonnen hat, an. Im November erscheint Felders Erzählung »Liebeszeichen« in der »Österreichischen Gartenlaube«. In der »Feldkircher Zeitung« erscheint Felders Reportage »Vom Tannberg«.

1868 Am 4. Januar erscheint in der »Feldkircher Zeitung« Felders Artikel »Aus dem Bregenzerwald. Über eine ultramontane Unterschriftenaktion«. Im Januar kommt es im Gasthof Rößle in Schoppernau zu einer Schlägerei zwischen Johann Josef Felder und Felder-Gegnern, bei der dieser so schwer verletzt wird, dass der Arzt Anzeige erstattet. Kaspar Moosbrugger versucht ab Januar eine »Vorarlbergische Demokratische soziale Partei auf christlicher Grundlage« zu gründen. Felder reagiert skeptisch. Bei der Wahlwiederholung kommt es zu Unruhen in Schoppernau: Anhänger der klerikal-konservativen Seite zünden die Stimmzettel in der Wahlurne an. Die Wahl wird nach einer Anzeige Felders am 7. Februar wiederholt. Die »Felder-Partei« siegt in beiden Wahlkörpern. Felders »Skizzen aus Vorarlberg« erscheinen in der »Österreichischen Gartenlaube«. In der Wiener Zeitung »Wanderer« erscheinen im März Felders »Grobe Federzeichnungen aus dem Bregenzerwalde«. Am 8. März Geburt des Sohnes Martin (er stirbt 1873). – »Ein Schattenbild aus dem Bregenzer Walde« erscheint in der »Grazer Tagespost«. Im Sommer unternimmt Felder seine zweite Reise nach Leipzig und besucht auch Weimar. Am 31. August stirbt überraschend Anna Katharina Felder nach kurzer Krankheit. Maria Anna Moosbrugger, genannt Mariann, eine Nichte von Kaspar Moosbrugger, führt Felder nach dem Tod seiner Frau den Haushalt. Beginn der Niederschrift der Autobiografie »Aus meinem Leben«. Im Oktober erscheint »Reich und Arm« bei Hirzel in Leipzig. Eine Übersetzung ins Holländische folgt 1869.

1869 Im März Abschluss der Autobiografie »Aus meinem Leben«, die mit der Hochzeit mit Nanni endet. Felder erhält eine Unterstützung der Deutschen Schillerstiftung in Wien, ebenso wird vorgeschlagen, ihm einen jährlichen Betrag zu gewähren. Am 26. April stirbt Franz Michael Felder im Alter von 29 Jahren in Schoppernau an Tuberkulose.

Inhaltsverzeichnis

Felder zum Weiterlesen …

Franz Michael Felder
Aus meinem Leben
Mit einem Nachwort von Walter Methlagl.
344 S., schöne Klappenbroschur
ISBN 978-3-909081-41-7

Franz Michael Felder
Reich und Arm
Herausgegeben von Ulrike Längle und Jürgen Thaler.
Mit einem Nachwort von Karl Wagner.
416 Seiten, schöne Klappenbroschur
ISBN 978-3-905707-17-5

Franz Michael Felder
Nümmamüllers und das Schwarzokaspale
Herausgegeben von Ulrike Längle und Jürgen Thaler.
Mit einem Nachwort von Hermann Kinder.
232 Seiten, schöne Klappenbroschur
ISBN 978-3-905707-54-0

Franz Michael Felder
Franz Michael Felder, Ich Felder. Dichter und Rebell
Ein opulent gestalteter Katalog zur Ausstellung anlässlich des
175. Geburtstages von Franz Michael Felder.
Herausgegeben von Jürgen Thaler und Ulrike Längle
sowie dem vorarlberg museum.
336 S., gebunden, über 100 Abbildungen
ISBN 978-3-905707-57-1
(vergriffen)

»Nichts auf der Welt tut solche Wunder wie Wissenschaft und Bildung. Schließlich muss diesen sich alles beugen. Das sei unter diesen ziemlich rohen Leuten mein und auch dein Trost (...).«
»Aber fort möcht ich doch auch nicht«, sagte das Mädchen entschieden, ohne dass es dem Lehrer seine Hand entzog. „Nein“, wiederholte es beinahe bittend, »fort möcht ich nicht, wie unnatürlich, ja wie roh mir auch das Fühlen und Empfinden dieser Bauern manches Mal vorkommt.« Dem Lehrer war ganz eigen zumute. Er musste etwas sagen – gleich, ohne sich noch zu besinnen... (s. o. S. 25f.)

Auch in diesem Buch mit Texten von Franz Michael Felder,
die in solch erhellender Zusammenstellung erstmals erscheinen,
geht es auf nachdenkliche, impulsive,
jedenfalls leidenschaftliche Art um Aufklärung,
wie schon in den bisherigen Veröffentlichungen des Vorarlbergers.
Der Seitenblick auf »ziemlich rohe Menschen« ist 151 Jahre
nach dem Erstdruck wieder auf neue Weise nötig.

Die Reihe dieser Einblicke in ein Vorarlberg älterer Zeit,
seine Dörfer und lawinenbedrohte Hänge als beschaulichen und
latent gewalttätigen »Not- und Terrorzusammenhang« (s. o. S. 169),
begann vor zwanzig Jahren
mit dem 1999 von Jürgen Thaler herausgegebenen
Briefwechsel zwischen Felders Schwager
Kaspar Moosbrugger (s. o. S. 124) und dem Leipziger Germanisten
Rudolf Hildebrand (s. o. S.170).

Seither sind im Zeichen der Libelle in ziemlich kontinuierlicher Folge
Felders Autobiografie »Aus meinem Leben« (2004), seine Romane
»Reich und Arm« (2007) und »Nümmamüllers und das Schwarzokaspale«
(2013; s. o. S. 107) sowie zwei Kataloge zu Ausstellungen erschienen.

Und, warten wir's ab: womöglich findet sich noch etwas mehr als
»ein so schönes unbeschriebenes Blatt Papier« (s. o. S. 62),
um Weiteres zu drucken.

Gesetzt aus der Walbaum felderiana im Herbst 2018,
gedruckt und gebunden bei Pustet in Regensburg.

Umschlag: Phlox-Art unter Verwendung einer kolorierten Ansicht:
»Schoppernau im Bregenzerwald mit Canisfluh 2041m« um 1920,
Postkarte, 9 x 14 cm, Vorarlberger Landesbibliothek.

ISBN 978-3-905707-68-7